Accords parfaits

JUDE DEVERAUX

La princesse de feu	
La princesse de glace	
Les yeux de velours	*J'ai lu* 2927/5
Un teint de velours	*J'ai lu* 3003/5
Une mélodie de velours	*J'ai lu* 3049/4
Un ange de velours	*J'ai lu* 3127/4
Les dames de Virginie - 1	*J'ai lu* 3180/5
Les dames de Virginie - 2	*J'ai lu* 3181/4
Les dames de Virginie - 3	*J'ai lu* 3182/5
Le pays enchanté	*J'ai lu* 3372/5
Duel de femmes	*J'ai lu* 3447/4
L'homme au masque	*J'ai lu* 3523/4
Les entraves de l'amour	*J'ai lu* 3643/5
La duchesse infidèle	*J'ai lu* 3683/6
Un mari par procuration	*J'ai lu* 3794/4
La patience récompensée	*J'ai lu* 3843/2
La tentatrice	*J'ai lu* 3889/5
Accords parfaits	*J'ai lu* 3942/3
L'éveil d'Amanda	*J'ai lu* 4045/4 *(nov. 95)*

Jude

Deveraux

Accords parfaits

Traduit de l'américain
par Marie-Claude Elsen

Éditions J'ai lu

Titres originaux :

Book 1 : MATCHMAKERS
Book 2 : A PERFECT ARRANGEMENT
A Pocket Star Book, published by Pocket Books,
a division of Simon & Schuster Inc., New York

Livre 1

Plus jamais sans toi

1

Un téléphone console à six touches reposait sur le bureau de Kane Taggert ; tous les signaux d'appel clignotaient. Lorsque son numéro privé sonna, il mit la ligne six en attente pour répondre. Sa ligne privée était réservée à sa famille et à toute personne qui approchait de près ou de loin ses deux petits garçons.

– Je ne m'attendais pas à ton coup de fil, maman, mais il me fait très plaisir, dit-il en faisant pivoter son fauteuil afin de pouvoir contempler la silhouette des gratte-ciel new-yorkais.

Sa mère ne l'aurait pas appelé sans une bonne raison, car elle ne lui téléphonait jamais pour bavarder pendant les heures d'ouverture de la Bourse ; il se garda bien cependant de lui poser la moindre question.

– J'ai un service à te demander...

Kane se retint de grommeler. Son frère jumeau s'était marié cinq mois auparavant et, depuis, sa mère n'arrêtait pas d'essayer de le caser pour mettre un terme à son veuvage.

– A mon avis, tu as besoin de vacances.

Cette fois-ci, Kane ronchonna. Il jeta un coup d'œil

au clavier. La ligne numéro quatre clignotait ; Tokyo devait être sur le point de raccrocher.

– Ça suffit, maman ! Dis-moi, quelle torture tu m'as préparée cette fois-ci ?

– Ton père ne se sent pas bien, et...

– J'arrive.

– Non, non, ce n'est pas ça. Figure-toi que son cœur compatissant l'a mis dans une position délicate et que j'ai promis de l'en sortir.

Il n'était pas rare que ce genre d'incident se produise dans leur ménage. Son père se portait volontaire pour aider les gens avec une telle générosité qu'il prenait tout à sa charge et qu'il en faisait trop. Du coup, sa mère se retrouvait dans l'obligation de jouer au grand méchant loup pour le sortir de ces situations dans lesquelles il s'était fourré de son plein gré.

– Qu'est-ce qu'il a fait cette fois-ci ? demanda Kane, en même temps que le clignotant s'éteignait.

– Tu sais que Clem, notre voisin...

Elle appuya bien sur le mot afin qu'il comprenne qu'à force d'être éloigné de la maison depuis si longtemps il risquait d'avoir oublié un homme qu'il connaissait depuis toujours.

– Clem emmène souvent des gens de l'Est en camping. Le mois dernier, il a servi de guide à six hommes et l'expédition s'est révélée un peu trop rude pour lui. Tu comprends, Clem se fait vieux. Ces escalades le fatiguent...

Kane garda le silence. Sachant que Clem était aussi nerveux qu'un mustang, il devinait que sa santé n'avait rien à voir avec ce que sa mère attendait de lui.

– Bref, ton père s'est proposé pour emmener le prochain groupe.

Clem était également un peu arnaqueur. Par conséquent, s'il avait convaincu Kay Taggert de le remplacer, c'est qu'il y avait anguille sous roche.

– C'était si dur ? Une vraie bande d'imbéciles ? demanda Kane.

Pat Taggert poussa un soupir.

– De la pire espèce ! Des râleurs ! Effrayés par les chevaux. S'ils ont fait l'excursion, c'est contre leur gré. Uniquement parce que leur patron le leur avait demandé.

– Je vois... Dans quoi Clem a-t-il donc entraîné papa cette fois-ci ?

– Apparemment, Clem savait que le prochain groupe de touristes viendrait de la même entreprise, répondit sa mère d'un ton irrité, mais, Kane...

– Qu'est-ce qui cloche ?

– Ce sont des *femmes* ! Clem le savait et il a demandé à ton père d'accompagner quatre New-Yorkaises pendant quinze jours dans une excursion qu'elles n'ont pas envie de faire !

Cette nouvelle l'amusa.

– Maman, tu ne gagneras jamais l'Oscar de la meilleure actrice, alors abrège. Tu veux que moi – pauvre veuf solitaire –, je passe deux semaines avec quatre jeunes femmes et profite de l'occasion pour trouver une mère à mes jeunes fils.

– En un mot, oui, répliqua Pat, ennuyée. Comment comptes-tu rencontrer quelqu'un si tu passes ta vie à travailler ? Ces quatre femmes vivent toutes à New York où Mike et toi avez choisi de vous installer et...

– Ma réponse est non, maman ! Non ! Point final ! Je suis capable de trouver des compagnes seul, sans avoir recours à tes services matrimoniaux.

– Bon, bon, soupira Pat. Réponds à tes coups de fil...

Sur ce, elle raccrocha. Kane resta à contempler le téléphone, les sourcils froncés. Il se sentait obligé de lui envoyer des fleurs, voire même de lui faire cadeau d'un bijou. Mais, évidemment, les fleurs et les bijoux ne remplaceraient jamais ses petits-enfants.

Ce soir-là, il ne rentra chez lui qu'après 20 heures. Sa belle-sœur, Samantha, avait déjà eu le temps de mettre au lit ses fils jumeaux et de les border. Comme son frère Mike était au gymnase, il était seul avec elle. Après être allé embrasser ses fils qui étaient sur le point de s'endormir, il la rejoignit au salon. Samantha était enceinte jusqu'aux dents, et se déplaçait dans cette maison où elle s'occupait de deux hommes et de deux petits garçons délurés de cinq ans comme si sa main gauche était liée à ses reins. Kane possédait son propre appartement à New York, un endroit nu, rempli essentiellement de jouets d'enfants. Il avait également son coin dans la maison de ses parents dans le Colorado, mais, après que son frère lui eut présenté Samantha, Kane avait peu à peu emménagé avec ses deux fils dans la maison de Mike. C'était Samantha qui avait provoqué ce déménagement, songeait Kane. Elle désirait une famille, et si c'était ce qu'elle voulait, Mike allait lui en donner une.

Sans le consulter, Samantha lui apporta une bière fraîche et la lui tendit. Kane lui avait dit mille fois qu'elle ne devait pas le servir, mais elle avait la tête dure. Posant la bière, il se leva pour l'aider à s'installer dans l'un des profonds fauteuils de cuir de Mike. Elle n'était pas lourde, mais aussi difficile à manier qu'un dirigeable.

– Merci, fit-elle avant de désigner la bière d'un signe de tête. A mon avis, nous sommes quittes : je te sers et tu m'aides à m'asseoir.

Tout en lui souriant, Kane s'assit et avala la moitié de sa bière d'une seule gorgée. Il lui arrivait parfois de désirer si violemment ce que son frère possédait qu'il avait l'impression qu'un incendie allait le consumer. Il voulait une femme qui les aimerait, lui et ses fils, une maison à lui. Et il voulait cesser de vivre par procuration à travers son frère.

– Raconte, dit Samantha.

– Quoi ?

– Tu es aussi incapable que Mike de mentir. Qu'est-ce qui te tracasse ?

Vous, aurait-il voulu lui dire. Aimer ma belle-sœur et détester mon frère.

– Kane, insista-t-elle, arrête de me regarder comme ça et parle-moi. Dis-moi ce qui te tracasse.

Comme il ne pouvait pas lui avouer la vérité, il lui parla du coup de fil de sa mère.

– Que vas-tu faire ? lui demanda Samantha.

Kane n'avait pas envisagé une seconde d'accepter la proposition de sa mère, mais, subitement, la perspective de passer deux semaines seul avec quatre femmes dans un désert de montagne le tenta. Si c'étaient des New-Yorkaises, elles auraient peur des grands espaces, des bruits nocturnes, et elles tomberaient amoureuses, comme à l'ordinaire, de leur guide. Pour séduire une New-Yorkaise, il suffisait de se montrer à elle en chemise de jean, Levi's moulant et bottes de cow-boy éculées. Et, quand on enfourchait un cheval, il y avait toutes les chances pour qu'elle tombe en pâmoison.

Il termina sa bière, et son visage s'éclaira d'un sourire. Cela lui plairait bien d'avoir une femme qui le regarderait avec des yeux émerveillés. Samantha regardait Mike comme s'il était un dieu descendu de l'Olympe et ses deux fils la regardaient comme s'ils n'avaient jamais eu d'autre mère.

– Tu te dis que tu vas peut-être y aller ?

– Peut-être, dit Kane en se levant. Je vais chercher une autre bière. Veux-tu quelque chose ?

– Il y a un fax de Pat sur le plan de travail dans la cuisine. Elle donne des détails sur les quatre femmes qui vont participer à l'excursion.

L'air ébahi, Kane lui jeta un regard ; Samantha se contenta de hausser les épaules.

– Elle a appelé en disant qu'elle espérait que tu changerais d'avis. Kane, l'une de ces femmes est veuve. Il y a trois ans, son mari est mort dans un accident de voiture qui lui a également fait perdre l'enfant qu'elle portait.

Kane alla prendre le fax dans la cuisine et le lut. La veuve s'appelait Ruth Edwards, et sa mère avait même trouvé une photo d'elle. Malgré la très mauvaise qualité de la reproduction, il voyait qu'elle était belle et grande, avec les mêmes jambes longues et les mêmes cheveux noirs que sa femme bien-aimée.

Kane prit rapidement connaissance des informations concernant les autres femmes. L'une était assistante d'un coiffeur, une autre dirigeait une librairie de philosophie dans le Village, et la quatrième était une petite blonde agréable dont le nom lui rappelait quelque chose.

– Elle écrit des romans policiers, l'informa sa belle-sœur par-dessus son épaule.

Samantha se tenait si près que son ventre lui touchait le flanc, mais, vu la distance entre le bout de son ventre et son visage, on aurait dit qu'un mètre les séparait.

– En as-tu lu certains ?

– Tous. Je les achète dès qu'ils sortent.

– A propos d'écrivains, comment avance le livre de Mike ?

– *Notre* livre, souligna-t-elle, sachant que Kane la taquinait. Il sortira dans six mois.

Ils avaient écrit une biographie, *Le Chirurgien*, signée Elliot Taggert, nom de plume formé en utilisant son nom de jeune fille et le surnom de Mike.

– Alors, demanda-t-elle avec impatience, tu y vas ?

– Tu garderas les garçons ?

C'était une question superflue et tous les deux le savaient bien.

– Je les garderais éternellement !...

– C'est bien pour cette raison que je me permets d'aller jeter un œil sur les dames de maman.

Les yeux de Samantha pétillaient.

– Pat envoie l'avion de la famille te prendre demain matin. Il a déjà décollé de Denver.

Kane ne savait pas s'il devait rire ou ronchonner. Il se décida à faire les deux, puis prit Samantha par l'épaule et déposa un baiser sur sa joue.

– Suis-je aussi solitaire que j'en ai l'air auprès des femmes ?

Davantage, songea Samantha, mais elle se garda bien de le lui avouer. Elle était heureuse de savoir qu'il allait se retrouver en compagnie d'autres personnes.

2

Savez-vous ce qui ne manque pas de refroidir un homme ? Non, ce n'est pas de rire de lui au beau milieu des affres de la passion. Le moyen garanti, absolu, sur lequel vous pouvez parier sans risque, c'est de lui apprendre que vous gagnez davantage d'argent que lui.

Les hommes ont l'air de penser qu'il est normal qu'une petite toquée sans cervelle hérite de millions de dollars, car, après tout, ce sont des mâles qui ont gagné cet argent. Mais je peux vous assurer que cela ne leur plaît pas d'apprendre qu'une femme a gagné un million et demi de dollars au cours de l'année précédente et que c'est sa petite personne de rien du tout qui gère tout cet argent, sans leur aide.

Il y a cinq ans, j'avais alors vingt-cinq ans et un emploi barbant et sans avenir sur lequel il est inutile d'insister, et je vivais dans une ville ennuyeuse du centre des Etats-Unis sur laquelle je ne souhaite pas m'étendre davantage. Comme je l'ai toujours fait, je me racontais des histoires pour m'occuper et pour empêcher mon cerveau de s'amollir. Je sais que cette occupation ne vous mène pas loin de la double personnalité, mais j'ai découvert très jeune qu'il fallait que je me laisse emporter, sinon je risquais de perdre complètement la tête. Mon père était effrayé par son ombre et il exigeait que sa famille lui obéisse tout le temps au doigt et à l'œil. Je devais porter les vêtements qu'il voulait, manger ce qu'il désirait, aimer ce qu'il décrétait adorer et bouger selon ses ordres. Il a contrôlé chaque parcelle de ma vie, jusqu'au jour où je me suis enfuie, à dix-huit ans. Mais, avant ma fuite, j'ai découvert qu'il y avait une partie de moi-même qu'il ne parviendrait jamais à contrôler : mon imagination. Peut-être ai-je été forcée de porter du bleu quand j'avais envie de porter du rouge, peut-être n'ai-je pas eu le droit de boire de la limonade parce que mon vieux la détestait, mais, dans ma tête, j'étais libre. Mentalement, je faisais ce que je voulais, j'allais là où mon désir me portait, je formulais toutes les choses intelligentes qui me venaient à l'esprit, et on me félicitait de les dire.

A vingt-cinq ans, alors que je vivais à plusieurs kilomètres de chez mes parents et que j'essayais par tous les moyens d'économiser l'argent qui me permettrait de me procurer mon billet de sortie, j'ai couché ma première histoire sur le papier. C'était un roman policier dont le tueur était une jeune femme qui avait supprimé son père tyrannique. Après l'avoir écrite, j'ai finalement décidé de l'envoyer à une maison d'édition en me disant qu'ils ne l'accepteraient jamais. A mon avis, le monde est plein de gens de vingt-huit ans qui en ont par-dessus la tête que leurs pères ou leurs maris dirigent leur vie, parce que, vingt-huit jours plus tard, j'ai reçu une lettre dans laquelle ils me demandaient l'autorisation de publier mon roman, accompagnée d'une grosse somme d'argent.

Quelle arnaque ! ai-je alors pensé, et je n'ai pas changé d'avis. Ces gens sont prêts à me payer pour que je fasse quelque chose que j'ai fait toute ma vie.

Grâce à l'argent qu'ils m'avaient envoyé, j'ai déménagé à New York. Jamais encore je n'avais mis les pieds dans cette grande ville, mais il me semblait que c'était là que venaient vivre les écrivains. J'en étais un désormais, au lieu d'une rien du tout crevant d'ennui au bord du dédoublement de la personnalité.

J'ai loué un minuscule appartement et j'ai acheté un ordinateur.

Les quatre années qui ont suivi, j'ai rarement levé les yeux du clavier, car j'écrivais mes histoires les unes après les autres. J'ai tué un oncle que je n'aimais pas. J'ai supprimé plusieurs collègues de travail qui m'avaient snobée et, dans mon plus grand best-seller, j'ai fait passer de vie à trépas toute l'équipe de majorettes de mon lycée.

Pendant ces quatre années, j'ai entraperçu un monde bien différent de celui où j'avais grandi. Les gens étaient impressionnés par mes compétences. Je vous ai raconté que mon père était un tyran, c'est sûr, mais vous ai-je dit au passage qu'il n'y avait pas plus fainéant que lui ? D'après ce que j'ai appris, il était une véritable mauviette dans son travail, terrorisé à l'idée de se défendre, et il se laissait bousculer par les autres. Dès qu'il rentrait à la maison, il se libérait sur moi de sa rage. Ma mère s'était échappée depuis fort longtemps dans une contrée imaginaire, et mon père n'éprouvait aucun plaisir à se mettre en colère contre elle. Alors que mes cris, mes souffrances, mes provocations et la conscience que j'avais de cette injustice lui procuraient une vive satisfaction.

Mais, malgré tous ses défauts, mon père a fait de moi une femme compétente qui ne connaît pas la peur. Faites-moi confiance, lorsque l'on a vécu avec un homme comme lui, plus rien de ce que quelqu'un dira ou fera ne peut plus vous blesser. Les sadiques étudient leurs victimes, alors que la plupart des gens sont trop absorbés par leur propre personne pour faire cette démarche. Grâce à l'entraînement que j'ai reçu dans mon enfance, je suis donc devenue une femme d'affaires très avisée. Je n'arrêtais pas d'écrire, je négociais moi-même mes contrats, j'investissais l'argent que je gagnais sans l'aide d'un comptable et, au bout de ces quatre années, je me suis acheté un appartement en haut d'un immeuble de Park Avenue. J'avais réussi – et dans les grandes largeurs.

Et ma vie privée, à quoi ressemblait-elle ? Inexistante, dirais-je. Mon éditrice me sortait de temps à autre, et, lorsque j'écrivais pendant des journées à la file, elle finissait même par m'apporter de quoi manger. Mais les éditeurs ne vous apportent pas des hommes avec qui sortir. Les auteurs qui tombent amoureux, les auteurs qui sortent, n'écrivent pas. A mon avis, si on laissait faire les maisons d'édition, elles enfermeraient tous leurs auteurs de best-sellers dans des tours de Park Avenue sans jamais les laisser sortir, et leur feraient porter leurs repas.

Après cinq années d'écriture, après avoir gagné des millions, après m'être fait connaître partout dans le monde, j'ai donc décidé d'accepter l'invitation de Ruth Edwards. Aller faire une excursion de deux semaines sur les pistes sauvages du Colorado.

Ayant vu le film *City Slickers*, le patron de Ruth avait décidé qu'une excursion à cheval dans la nature, au cours de laquelle ils aideraient un veau à naître ou un truc de ce genre, constituerait une expérience intéressante pour ses grands directeurs, et, du coup, ceux-ci y avaient eu droit. Malheureusement, ce type avait décidé à la dernière minute que son mariage comptait davantage que tout le reste, et il était parti aux Bermudes avec son épouse, laissant ses employés se débrouiller à la dure avec leurs rations de haricots et de bœuf trop cuit. A leur retour, ils s'étaient tous naturellement empressés de raconter qu'ils venaient de vivre une expérience extrêmement enrichissante. Leur patron ne vit jamais la tête de cheval plantée en plein milieu d'une carte du Colorado.

Après le retour des hommes, le patron décréta que toutes ses employées devraient elles aussi faire cette excursion, afin de vivre cette paix profonde qui vous revivifiait. Comme Ruth était la seule femme qui n'était pas secrétaire – elle avait d'ailleurs dirigé l'entreprise pendant que les hommes se trouvaient au Colorado –, elle fut chargée de choisir les amies qu'elle souhaitait emmener avec elle.

C'est alors qu'elle m'appela. Même avec un gros effort d'imagination, il n'est pas possible de dire que Ruth et moi sommes amies. Nous avons été en fac ensemble et, la première année, nos dortoirs étaient situés de part et d'autre du même couloir. Ruth a grandi dans l'opulence, auprès de parents qui l'adoraient et se fixaient pour but dans la vie de lui donner tout ce qu'elle désirait, alors que j'ai poursuivi mes études grâce à des bourses du gouvernement, et que je rentrais tous les week-ends à la maison pour m'adonner à des tâches enrichissantes : tondre le gazon, faire la lessive et satisfaire le besoin insatiable de mon père de rabaisser quelqu'un. Et puis il y avait Ruth elle-même. Grande, avec une superbe chevelure brune qu'elle domptait à merveille, des vêtements splendides – elle faisait partie de ces filles qui nouaient toujours un foulard Hermès à leur cou, même lorsqu'elles portaient un T-shirt – et entourée par des filles à la peau boutonneuse, trop grosses, qui la suivaient partout en la regardant d'un air gaga. Ces filles n'arrêtaient pas de changer, car quand elles se fatiguaient d'aller chercher des choses pour Ruth et de l'adorer elles étaient remplacées par d'autres.

Comme j'avais toujours le nez plongé dans un livre et que je ne surveillais Ruth que de loin – d'accord, je la regardais avec envie, m'imaginant que j'étais un vilain canard et qu'un jour je grandirais de trente centimètres, que mes cheveux se mettraient à boucler et que j'aurais un franc succès en société au lieu d'être toujours celle qui dit la chose qu'il ne faut pas au mauvais moment –, je ne savais absolument pas qu'elle était au courant de mon existence.

Je la sous-estimais. Il ne faudrait jamais sous-estimer une femme capable de s'accrocher au point d'atteindre le sommet dans son domaine à trente ans.

Elle m'appela pour me dire à quel point mon succès lui faisait plaisir, pour m'apprendre qu'elle suivait ma carrière depuis des années et qu'elle m'enviait énormément à l'époque de la fac.

– Vraiment, me suis-je entendue lui demander sur le ton d'une gosse aux yeux écarquillés. *Tu m'enviais, moi ?*

Alors qu'une partie de moi-même me soufflait qu'elle était en train de me mener en bateau, je me sentais flattée. Elle me raconta qu'elle m'observait en fac et qu'elle admirait la façon dont les autres étudiants me respectaient, alors que je ne me souviens que de ceux qui essayaient de me faire écrire leurs disserts à leur place. Mais, comme Ruth semblait prête à poursuivre ses louanges à l'infini, je l'ai laissée faire. Il y a une chose que les gens comprennent mal au sujet des écrivains : ils ont un besoin d'approbation désespéré. Si vous désirez écrire, ayez la pire enfance à laquelle vous puissiez survivre. Lorsque j'étais gosse, j'essayais d'obtenir l'approbation de mon père par tous les moyens : j'obtenais mention très bien, j'accomplissais quatre-vingt-dix pour cent des tâches ménagères, je me montrais intelligente quand je pensais qu'il voulait que je le sois, et j'essayais de deviner à quel moment je devais me tenir tranquille. Son plaisir consistait à modifier les règles sans m'en avertir. Je visualisais ma vie comme celle de l'un de ces petits canards sur un stand de tir dans une fête foraine. Au cours de mes voyages, j'étais parfois tuée par l'homme à la carabine, et, parfois, je survivais sans blessure. Cela a rendu mon enfance passionnante, mais a aussi donné naissance à une adulte prête à tout pour qu'on la félicite. L'argent ne peut pas m'acheter, les gens qui hurlent contre moi n'obtiendront jamais que je fasse quelque chose contre mon gré, mais adressez-moi six mots de félicitations et je suis à vous.

Ruth me raconta donc des tas de choses formidables sur moi-même et me confia qu'elle avait lu tous mes livres. Bizarrement, elle préférait celui dans lequel elle avait servi de modèle à la victime. Je lui avais même fait raser la tête, les sourcils et les cils par son tueur afin qu'elle soit affreuse dans son cercueil.

En tout cas, Ruth m'apprit qu'elle devait faire cette excursion dans le Colorado et qu'elle souhaitait que je l'accompagne afin que nous puissions entretenir notre amitié.

J'en ai honte, mais j'avoue que tout cela m'est monté au cerveau. J'ai pensé que maintenant que j'étais riche et célèbre des femmes comme Ruth me considéraient telle leur égale. Envolée, la petite chose inexistante d'un trou perdu. Désormais, j'étais quelqu'un.

Malheureusement, j'ai une nouvelle fois sous-estimé Ruth. A moins que je ne l'aie surestimée. Car, dès que nous sommes arrivées dans le Colorado, j'ai compris qu'elle m'avait invitée pour impressionner son patron. A son retour dans son bureau new-yorkais, elle pourrait raconter qu'elle avait invité sa chère et vieille amie, Cale Anderson, l'auteur de best-sellers.

Je n'ai pas eu besoin de recourir au moindre détective pour m'en apercevoir. Quand j'ai débarqué du petit avion miniature, à la lisière d'un bled du nom de Chandler, Ruth s'est précipitée sur le tarmac et m'a prise dans ses bras. Formidable. Mon visage s'est retrouvé plaqué contre des seins d'une fermeté bizarre, et j'en ai pris plein la bouche de son écharpe de soie, pendant que le maquillage que je m'étais soigneusement appliqué coulait sur mon visage. Derrière elle, comme au lycée, se trouvaient deux femmes qui posaient sur elle un regard d'adoration.

– Cale, a dit Ruth, je te présente Maggie et Winnie.

Elle ne m'a pas précisé à qui appartenaient ces prénoms, mais la grosse m'a fait un clin d'œil et j'ai tout de suite compris que l'autre, qui était petite et maigrichonne, allait me donner des leçons sur les vertus des herbes médicinales.

Je les ai saluées d'un sourire en me disant que j'allais prendre mes jambes à mon cou pour remonter dans l'avion, mais le pilote avait déjà fait virer son engin. Il y avait deux ou trois hangars au bord de la piste dont l'un contenait – je vous jure que c'est vrai ! – un biplan datant de la Première Guerre mondiale. J'ai jeté un regard en arrière à Ruth, et je me suis dit qu'après tout elle et ses acolytes n'étaient pas si mal que cela.

C'est alors que Ruth m'a adressé un sourire par-dessus son épaule :

– Cale, ma chérie, ça t'ennuierait de porter mon sac bleu ? Je n'arrive pas à m'en sortir toute seule...

Comment se fait-il que je sois capable de négocier des contrats de plusieurs millions de dollars et d'obtenir ce que je veux, d'écrire sur des femmes qui se défendent toutes seules, et que, face à une femme comme Ruth, je n'arrive qu'à m'amollir et à ramasser sa foutue valise ? Est-ce parce que ma mère ne m'aimait pas ? Bon sang, ma mère ignorait mon existence tant qu'il ne fallait pas nettoyer les petits coins. On pourrait donc se dire que cela m'a fait mépriser les femmes. Au lieu de quoi, je suis prête à faire n'importe quoi pour plaire à l'une d'elles.

Et je me suis donc retrouvée, saine d'esprit et bouillonnant de rage, tandis que ma carcasse traînait la satanée valise de Ruth avec trois des miennes, à la suite de ses deux soldats, également chargés de ses bagages, pendant que Son Altesse Royale avançait majestueusement devant nous en direction de Dieu sait quoi. Nous étions les fantassins et elle était le général lançant la charge.

Lorsque nous sommes arrivées au bout de la piste – c'était un champ d'aviation privé, il n'y avait donc pas de salon d'attente confortable –, Ruth s'est immobilisée, et, d'un geste vague de la main, nous a fait signe de poser ses bagages par terre.

Merci à toi, gentille maîtresse, ai-je pensé en lâchant sa valise chic et en m'asseyant dessus.

Ruth, ses deux petits chiots les yeux levés vers elle – pour autant que je le sache, elle n'a jamais eu un acolyte aussi grand ou plus grand qu'elle, elle les aime courtauds et ordinaires –, a remarqué :

– Quelqu'un était censé venir à notre rencontre...

Du regard, elle balayait de haut en bas le tarmac en fronçant les sourcils. Il n'y avait personne en vue et je doutais fort que quelqu'un l'ait jamais fait attendre. Une expérience inédite pour elle.

On m'en avait dit un minimum sur cette excursion. Le moins que l'on puisse dire était que Ruth ne m'avait donné que de vagues instructions, mais, à l'époque, elle m'avait raconté en détail à quel point elle avait aimé mon roman, *Adieu les majorettes*, l'une de mes meilleures intrigues.

Après tout, j'étais alors convaincue qu'elle était l'un des plus grands génies de tous les temps.

Et c'est comme cela que je me suis retrouvée assise sous le soleil du Colorado. Ma consolation, c'était la certitude de tirer un livre de cette expérience. Peut-être que je ferais d'un auteur de roman policier le meurtrier. Sous la forme d'une brune du nom d'Edwina Ruthan, que l'on n'attraperait jamais. Ou alors, le détective dirait à la fin : « J'ai la conviction intime que c'est vous qui avez commis ce meurtre, mais, comme je suis sorti avec Edwina, je sais que vous avez rendu service au monde. Vous êtes libre de vous en aller. Simplement, ne recommencez pas. »

Bien sûr, cela n'arriverait jamais, car les seules personnes qui adoraient Ruth encore plus que les femmes insipides étaient les hommes. Les petits, les grands, les moches, les beaux, n'importe lesquels, tous l'adoraient. D'une façon ou d'une autre, Ruth, avec son mètre soixante-quinze, arrivait à leur faire croire qu'elle était petite et mignonne et qu'elle avait désespérément besoin de leur aide. Tout comme King Kong avait besoin d'aide. Tout comme Sharon Stone qui n'avait pas de cavalier pour le bal de fin d'année.

Deux minutes après ma décision de quitter cet Etat pour toujours, une camionnette de livraison bleue s'est arrêtée devant nous dans un crissement de pneus. Quand je dis « nous », il s'agit d'un euphémisme. La camionnette s'est arrêtée de façon à ce que le conducteur puisse regarder Ruth. Nous autres – mortes de chaleur et d'ennui, assises sur ses valises –, nous nous sommes retrouvées en train de contempler les pneus et la peinture écaillée du plateau de la camionnette.

J'ai levé les yeux vers Ruth. Quand j'ai vu son visage changer, j'ai compris que le conducteur devait lui plaire, car son froncement de sourcils a disparu sur-le-champ pour être remplacé par une expression aguicheuse tandis qu'elle se penchait par-dessus le siège du passager.

– Etes-vous monsieur Taggert ? a-t-elle ronronné.

J'aimerais bien savoir ronronner. Mel Gibson aurait-il été au volant de la camionnette que je n'aurais probablement pas pu m'empêcher de lui reprocher son retard.

Un borborygme mâle est sorti de la camionnette, et, même moi, j'ai été sensible à sa virilité. Soit le conducteur était un superbe étalon de cow-boy, soit il avait appris à l'un de ses taureaux à conduire lui-même.

Ruth a battu des cils.

– Non, vous n'êtes pas en retard, a-t-elle susurré. C'est nous qui sommes en avance.

Cela m'a donné envie de vomir.

– Bien sûr qu'on vous pardonne, hein les filles ? a-t-elle continué en posant sur nous un regard d'adoration.

Cela faisait si longtemps que l'on ne m'avait traitée de « fille » que j'ai presque trouvé cela agréable.

La portière du conducteur s'est ouverte, et j'ai vu le gros pneu devant mon visage – pneu de camionnette, pneu pour la boue, pneu d'homme – se délester de son poids. Ils nous avaient envoyé le grand modèle. Toujours ennuyée, me demandant s'il y avait un endroit dans ce trou perdu qui acceptait les cartes American Express pour pouvoir me tirer de là, j'ai regardé ses pieds faire le tour du véhicule. Il portait des bottes de cow-boy, mais elles n'étaient pas fabriquées en cuir exotique et avaient l'air d'avoir beaucoup servi. A donner des coups de pied dans les bouses de vache ?

A l'instant même où il apparaissait derrière le coffre, j'ai éternué et je l'ai enfin vu. Mais, tout d'abord, j'ai remarqué que Maggie et Winnie en restaient bouche bée – ou était-ce Winnie et Maggie ?

Formidable, ai-je songé, ils nous envoient de jolis cow-boys pour émerveiller les donzelles de la ville.

J'ai honte d'avouer que lorsque j'ai fini par lever les yeux vers lui ma réaction a été aussi nulle que celle du duo et pire encore que celle de notre leader sans crainte. Il s'appelait Kane Taggert et il était splendide : des cheveux noirs bouclés, des yeux noirs, une peau hâlée, des épaules à rendre un élan jaloux, et une expression de douceur et de gentillesse sur le visage qui me fit flageoler. Si je n'avais pas déjà été assise, je serais sûrement tombée.

Ruth, qui battait toujours des cils, nous a présentés l'un à l'autre, et il a tendu la main pour serrer la mienne. Je me suis contentée de rester là à le zyeuter.

– Nous sommes toutes un peu fatiguées, a expliqué Ruth en me fusillant du regard, avant d'attraper la plus énorme de ses valises et d'essayer de la jeter à l'arrière de la camionnette.

Depuis longtemps, elle avait appris que le meilleur moyen de se faire remarquer par les hommes est de commencer à faire le travail à leur place.

Instantanément, le cow-boy Taggert a cessé de me contempler comme s'il essayait de se souvenir de ses notions de langage par signes, et s'est tourné pour aider cette chère Ruth à porter sa valise. Personnellement, j'ai été surprise qu'elle sache où se trouvait la poignée ; jusque-là, je ne l'avais pas vue la toucher.

C'est à ce moment que nous avons toutes perçu un bruit que l'on a entendu un millier de fois dans les films, mais que l'on n'a aucune envie d'entendre dans la vie : celui d'un serpent à sonnettes. M. Taggert tenait la grosse valise pesante dans ses bras, et Ruth, si près de lui que j'espérais qu'elle suivait une méthode anticonceptionnelle ou une autre, était à sa gauche. A dix centimètres de son pied se lovait un serpent qui avait l'air de se prendre au sérieux.

Très lentement, M. Taggert s'est adressé à moi, qui étais la plus proche du véhicule.

– Ouvrez la portière, m'a-t-il ordonné tranquillement. Il y a un pistolet sous le siège du conducteur. Prenez-le et contournez à pas très lents la camionnette par-derrière pour venir me l'apporter.

Si je l'affirme, c'est que mon esprit fonctionne à la vitesse de l'éclair en cas d'urgence. Je ne suis pas l'une de ces personnes qui se pétrifient et j'ai tout de suite vu que des tas de choses clochaient dans son plan. Pour commencer, comment ce type allait-il tirer alors que ses bras et ses mains étaient occupés par la valise pachydermique de Ruth ? Ensuite, il me faudrait un bon moment pour contourner la camionnette, et le serpent n'avait nullement l'intention d'accorder du temps à Ruth.

Lentement, j'ai ouvert la portière de la camionnette. En dehors des sonnettes du serpent qui faisaient un bruit d'enfer sur ce champ d'aviation balayé par le vent, j'étais la seule chose à remuer. Sans me presser davantage, je me suis penchée à l'intérieur du véhicule, et j'ai poussé un soupir de soulagement en sortant le pistolet. J'espérais qu'il ne s'agissait pas de l'un de ces énormes revolvers capables de mettre les mains d'un bûcheron en feu. C'était un gentil petit neuf millimètres et il suffisait d'armer, de viser et de tirer.

Ce que j'ai fait. Je tremblais un peu, ce qui m'a empêchée de faire éclater nettement la tête de ce pauvre serpent qui ne désirait peut-être après tout que la chaleur de la valise de Ruth, mais je l'ai tué, c'est certain.

C'est alors que tout s'est déroulé à la fois. Le cow-boy a jeté la valise par terre juste à temps pour rattraper Ruth qui s'est évanouie dans ses grands bras costauds, pendant que Winnie et Maggie tombaient en sanglotant dans les bras l'une de l'autre.

Je me suis retrouvée là, debout avec un revolver fumant dans la main. En regardant Ruth, drapée esthétiquement en travers des bras bronzés du cow-boy, j'ai imité Matt Dillon de mon mieux : les jambes écartées, j'ai soufflé sur le bout du revolver, puis je l'ai enfoncé dans la poche de ma chemise. « Eh bien, Tex, ai-je lancé d'une voix traînante, un de plus pour Boot Hill. »

Je n'avais pas besoin d'une licence de psychologie pour voir que le cow-boy était fâché. En fait, il me regardait comme s'il voulait m'étrangler, mais ses mains étant déjà pleines du corps en pâmoison de Ruth il ne pouvait que me foudroyer d'un regard entendu. En dépit de ce fardeau, il a fait un pas vers moi, et je me suis écartée. Je ne pense pas que les assassinats soient autorisés dans le Colorado, mais je ne voulais pas tenter ma chance.

En fait, il s'est contenté de laisser glisser son précieux fardeau sur le siège arrière. Ruth interprétait toujours la mort du cygne mais, au frémissement de ses paupières, j'ai bien vu qu'elle était aussi éveillée que moi. Puis il a ordonné à sa suivante maigrichonne de monter à côté d'elle. Je pense qu'il avait envie de claquer la portière, mais le bruit aurait fait mal aux oreilles de la Belle au bois dormant.

Winnie – Maggie ? – et moi sommes restées plantées sur le côté à regarder jeter les valises, quatre à la fois, à l'arrière de la camionnette.

– Montez, a-t-il ordonné à la larbine de Ruth, qui s'est exécutée avec la dextérité, sinon la grâce, d'une gazelle.

Puis il s'est tourné vers moi, le visage furibond, et c'est alors que j'ai décidé que je n'allais pas monter dans cette camionnette pour me laisser emporter Dieu sait où.

– Ecoutez, ai-je dit en reculant, je me suis contentée de tirer sur un serpent. Je suis désolée d'avoir blessé votre sensibilité masculine, mais...

Peut-être n'était-ce pas la bonne manière de s'adresser à un cow-boy. Il y a une raison pour que les hommes grands et beaux soient des sportifs, et les petits maigrichons des cerveaux. Comme si Dieu avait essayé d'égaliser les choses, comme s'il avait dit : « Tu auras la beauté, mais pas de cervelle, et toi, là-bas, la cervelle, mais pas la beauté. » Parler de psychologie subtile à cette créature à l'air succulent n'était peut-être donc pas la meilleure chose à faire. Savait-il lire et écrire ? Je me posais la question.

– Quand je donne un ordre, vous devez m'obéir. Compris ?

D'un seul coup, je ne me trouvais plus dans le Colorado. Je n'étais plus un auteur célèbre. Je suis redevenue la petite fille dont le père contrôlait tout. Aussi vite que j'avais été transportée dans le passé, je suis revenue au présent, mais toute la rage que cette petite fille avait ressentie m'habitait encore.

– Vous pouvez toujours attendre, ai-je répliqué en entreprenant de faire le tour de la camionnette.

Lorsqu'il a posé la main sur moi, je me suis déchaînée. Aucune personne en colère ne m'avait touchée depuis que je m'étais échappée de la maison de mon père, et personne ne le ferait maintenant. J'ai donné des coups de pied, j'ai mordu, je me suis battue et je l'ai égratigné pour me dégager de lui. J'ignore combien de temps j'ai lutté avant de revenir à la réalité et de réaliser qu'il avait les mains posées sur mes épaules et qu'il me secouait. Ruth et sa suivante maigrichonne me regardaient, la bouche ouverte, par la vitre arrière de la camionnette, et celle qui était au fond se rétrécissait derrière les valises de Ruth, comme si elle craignait d'être celle que j'allais attaquer ensuite.

– Ça va ? m'a demandé le cow-boy.

Des traînées sanglantes maculaient son beau visage, et c'était mon œuvre. J'étais incapable de le regarder.

– Je veux rentrer à la maison, suis-je parvenue à murmurer.

A la maison, dans mon gentil appartement, loin de Ruth et de son cow-boy. Loin de mon embarras.

– Très bien, a-t-il dit d'une voix qui donnait l'impression qu'il s'adressait à une cinglée dangereuse. Quand nous arriverons au ranch, je m'arrangerai pour vous trouver un moyen de transport pour repartir, mais, pour le moment, il n'y a personne ici. Vous me comprenez ?

Son ton condescendant m'a déplu au plus haut point, et, en posant le regard en arrière sur lui, je ne l'ai pas trouvé si beau que cela.

– Non, je ne vous comprends pas. Vous devriez

peut-être vous exprimer un peu plus lentement, ou appeler des hommes en blouse blanche.

Il n'a pas eu l'air de trouver cela drôle, pendant qu'il me prenait par la taille pour me jeter à l'arrière de la camionnette avec toute la délicatesse dont il avait fait preuve en y balançant les valises. J'étais presque à moitié dehors lorsqu'il a appuyé sur le champignon, ce qui m'a renvoyée en arrière. Heureusement, j'ai atterri sans me faire mal sur les formes très tendres de Winnie/Maggie.

Moi, la romancière au succès international, j'étais assise à l'arrière d'une camionnette. Une valise pesante commençait à m'écraser la cheville, et quatre personnes me prenaient pour une cinglée. Mary Higgins Clark avait-elle jamais vécu pareille aventure ?

3

– Mais que t'est-il arrivé ? demanda Sandy en relevant la tête qu'il avait penchée sur la table de la cuisine à la vue du visage furibond et barré de trois égratignures.

Ce dernier ne lui répondit qu'après s'être versé une bonne dose de whisky et l'avoir avalée d'un trait.

– J'ai attrapé ça parce que je suis un imbécile, dit-il à son aîné. Existe-t-il des bouquins sur la relation mère-fils ?

Sandy sourit. Du coup, son visage se plissa de milliers de ridules provoquées par toutes les années qu'il avait passées au soleil de la montagne.

– Des milliers, je dirais. Qu'est-ce que Pat a inventé cette fois-ci ?

– Elle m'a convaincu d'emmener un groupe de cinglées en excursion dans la montagne. Elle m'a culpabilisé à leur sujet et...

Il se tut pour reboire du whisky.

– Les as-tu rencontrées ?

– Non, dit Sandy. Parle-moi un peu d'elles.

Kane secoua la tête. Il ne parvenait pas à y croire.

– L'une d'elles a mis la main à l'intérieur de ma chemise et m'a palpé, une autre m'a posé des questions sur le blocage de mes intestins, quant à la troisième...

Sachant que Kane ne tenait pas bien l'alcool, Sandy fronça les sourcils en le voyant se remplir un troisième verre.

– La troisième a failli me tuer d'un coup de pistolet. Après quoi, elle est devenue folle furieuse. Si elle ne nous assassine pas dans notre sommeil, elle s'arrangera au minimum pour terroriser les chevaux.

– Et la quatrième ?

– Ça doit être Ruth, dit Kane, l'air béat.

Sandy dut se détourner pour que Kane ne voie pas son sourire. Pat lui avait clairement fait comprendre que le motif qui l'avait poussée à contraindre son fils à accompagner ces femmes était l'amour, et, à en juger par l'expression stupide qui venait de s'inscrire sur le visage de Kane, son plan avait l'air de bien fonctionner.

– Il faut que je retourne auprès d'elles. Impossible de prévoir ce que cette folle va faire. Il y a des carabines dans la maison et elle pourrait décider de se déguiser en Annie Oakley pour voir si elle est capable de faire voler les barrettes de ses copines en tirant dessus.

– Elle irait jusque-là ? fit Sandy, soucieux.

– Plus loin !...

Kane termina son verre.

– Je voudrais que tu envoies un message radio à papa pour lui demander d'envoyer l'hélicoptère la chercher. Je ne veux pas d'elle dans les parages. Elle est dangereuse !

– Franck a pris l'hélicoptère pour aller dans l'Etat de Washington. Quelque chose à voir avec Tynan Mills.

– Flûte ! ronchonna Kane dans sa barbe. Bon, envoie un message à papa et demande-lui de nous envoyer un moyen de transport le plus vite possible. S'il ne peut rien faire de plus, qu'il envoie au moins un camion à notre rencontre à Eternity. Si je suis obligé de passer deux semaines entières avec cette femme, je risque de la tuer.

– Tu ferais mieux de t'en abstenir. Ta mère n'apprécierait pas...

– Il n'y a pas de quoi rire. Tu ne l'as pas rencontrée.

Kane prit une profonde inspiration.

– Je vais faire des efforts pour m'entendre le mieux possible avec elle jusqu'à ce que je sois en mesure de l'expédier loin d'ici. D'accord ? Tu envoies le message à papa ?

Sandy opina de la tête et alla envoyer le message radio pendant que Kane quittait le chalet.

La première chose que vit Kane, à son entrée dans la grande maison de deux étages, fut la petite blonde qui écrivait des romans policiers. Il commença par se demander si toutes les histoires qu'elle racontait étaient basées sur des événements au cours desquels les gens essayaient de la tuer. S'ils le faisaient, il lui était possible de comprendre pourquoi. Malgré ce qu'il avait affirmé à Sandy, il tenta, en s'apercevant qu'elle était seule, de reculer sur la pointe des pieds avant qu'elle ne le voie à son tour.

– Coincé ! lança-t-elle, comme si elle trouvait fort drôle de le voir essayer de lui échapper en douce.

Se retournant vers elle, Kane essaya de lui adresser un sourire. Elle était son invitée, ou, pour être plus précis, celle de son voisin, et il allait essayer de faire preuve d'hospitalité à son égard. Le rez-de-chaussée de la grande bâtisse de bois n'était composé que d'une seule pièce, les chambres étant situées au-dessus, et elle était installée au bar ; elle avait l'air de trouver la situation amusante. Kane n'arrivait pas à s'expliquer ce qui lui déplaisait tant chez elle, mais il y avait quelque chose. Elle était plutôt jolie, et, s'il l'avait vue dans la rue, elle aurait peut-être attiré son attention, mais elle paraissait si arrogante, si sûre d'elle, qu'il ne pensait qu'à s'éloigner le plus vite possible.

Un sourire forcé sur les lèvres, il passa derrière le bar.

– Voulez-vous boire quelque chose ? Vous devez avoir soif après ce long vol...

– N'êtes-vous pas inquiet sur ce que je risque de faire si je m'enivre ?

Comme il était obsédé par cette idée, il se sentit devenir écarlate.

– T'inquiète pas, Tex, dit-elle en posant le pied sur le barreau le plus haut du tabouret voisin, je tiens l'alcool aussi bien que n'importe quel homme.

La main de Kane se crispa autour de la bouteille de whisky. Il y avait quelque chose chez cette femme qui faisait davantage que l'ennuyer : tout ce qu'elle faisait, disait, insinuait le rendait furieux. Sans prendre la peine de lui demander ce qu'elle voulait, il lui prépara un gin tonic léger sans glace et parvint même à sourire en le lui tendant.

Elle baissa les yeux vers le verre, et, pour la première fois, il vit une expression humaine s'inscrire sur son visage. Lorsqu'elle avait posé les yeux sur lui lors de leur rencontre, elle l'avait regardé comme s'il appartenait à un cirque et il s'était demandé si elle n'était pas mentalement retardée. Quelques secondes après, elle tirait sur le serpent, puis hurlait et sortait ses griffes. Maintenant, elle paraissait un peu triste, mais cette expression s'évanouit, laissant place à un petit sourire narquois quand elle lui rendit son regard.

– A vous, cow-boy !

Mais il posa la main sur son poignet pour l'empêcher de boire.

– Je ne m'appelle pas « cow-boy ».

Baissant le verre, elle le regarda d'un air renfrogné.

– Qu'est-ce qui vous a tellement déplu cet après-midi ? Que je ne fasse pas ce que vous m'aviez ordonné de faire et que vous n'ayez pas été en mesure de jouer les héros pour sauver Mlle Ruthie vous-même ?

A pas très lents, il contourna le bar et vint se planter devant elle. Puis, sans la quitter des yeux, il posa le pied sur son tabouret, juste entre ses jambes. Quand elle vit le trou que la balle avait percé au bout de sa botte – il aurait suffi d'un demi-centimètre plus à droite pour que ses doigts de pied soient emportés –, elle eut la courtoisie de paraître légèrement choquée. Mais cela ne dura pas longtemps. Une seconde plus tard, elle enfonçait un doigt dans le trou et lui chatouillait l'orteil – la balle avait emporté un petit bout de sa chaussette – en disant :

– Ce petit cochon est allé au marché, ce petit cochon est resté à la maison, ce petit cochon...

Même enfant, Kane n'avait jamais fait de mal à une fille. Son frère aîné, Franck, lui avait fait la leçon un jour qu'il rentrait du cours élémentaire avec les yeux au beurre noir. Kane ne s'était pas défendu ; il avait attendu sans bouger en se laissant cogner dessus par Cindy Miller jusqu'à ce que la maîtresse vienne les séparer. Cette dernière avait dit qu'elle ignorait si Kane était un idiot ou un futur héros. Franck n'avait pas fait preuve de la même ambivalence : pour lui, son frère était un crétin.

Mais, pour l'instant, Kane voulait faire mal à cette fille. Il avait envie de l'étrangler, et, sans même savoir ce qu'il faisait, il se retrouva les mains tendues, prêt à passer à l'action.

– Ah, vous voilà ! lança Ruth qui descendait l'escalier en flottant dans une ravissante robe de soie rouge.

Kane sortit subitement de ce qu'il considérait comme un cauchemar éveillé et, en se redressant, aperçut le petit écrivain qui descendait à la hâte de son tabouret et se précipitait sur Ruth, comme pour chercher de la protection. Kane fut obligé de se détourner, horrifié par le geste qu'il avait failli commettre.

– Que je suis contente de te voir ! dit Cale à Ruth. Nous avions une discussion des plus ennuyeuses sur les ventres de cochons. Veux-tu boire quelque chose ? Le cow-boy Taggert fabrique un gin tonic bien chaud et bien léger.

– Je vous prépare tout ce que vous voulez, Ruth, dit Kane, en essayant de maîtriser les battements survoltés de son cœur et d'éviter de regarder l'affreuse femme qui se tenait à ses côtés.

– Un petit peu de vin blanc frais, répondit Ruth sagement en obtenant un sourire de Kane.

– Déjà des tourtereaux, marmonna Cale.

Kane ignora volontairement sa présence.

S'il continuait à ne pas lui prêter attention, elle s'apercevrait qu'elle n'était pas désirée et le laisserait en tête à tête avec Ruth.

En tendant le verre à cette dernière, il plongea le regard dans ses yeux noirs, et vit en pensée ses cheveux éparpillés sur un oreiller.

– Oh, on dirait que ça roucoule, lança Cale.

Du coup, Kane se tourna pour que Ruth ne voie pas l'étincelle de rage qui brillait dans ses yeux.

Une fois parvenu à se reprendre, il se dirigea vers la fenêtre, espérant que Ruth l'y suivrait. Elle le fit, et il songea qu'il serait des plus naturels de glisser un bras autour de sa taille. Elle ressemblait tellement à sa femme qu'il savait que son bras s'adapterait parfaitement à elle, mais la présence de la blonde, de l'autre côté de Ruth, l'empêcha de la toucher. Il ne pouvait pas se laisser aller avec cette femme dans le secteur.

Par la fenêtre, Kane vit Sandy, menant deux chevaux sellés par la bride, qui se dirigeait vers la maison.

– C'est qui ? demanda Ruth.

– Sandy. Ou plus exactement J. Sanderson.

Kane remarqua la façon dont le soleil déclinant se posait sur sa chevelure.

– Personne ne sait à quoi correspond le J., poursuivit-il. C'est pour cela que nous l'appelons tous Sandy. C'est un lointain parent à moi.

Cale contourna Ruth du regard pour lever les yeux vers Kane.

– Et lequel est votre parent ? Celui avec la selle noire ou celui avec la selle marron ?

Sans réfléchir à ce qu'il faisait, Kane se précipita sur elle. Il bondit par-dessus une chaise, tandis qu'elle grimpait sur le sofa après avoir poussé un cri de frayeur, l'enjambait et fonçait vers la porte. Kane la rattrapa au moment où elle percutait Sandy qui entrait dans la pièce. D'un seul bond, elle se retrouva derrière Sandy, l'utilisant comme bouclier, les mains posées sur ses hanches.

Kane était trop en colère pour comprendre ce qui se passait. Il n'avait plus qu'un but dans la vie : tuer cette femme. Tendant le bras de l'autre côté de Sandy, il essaya de l'attraper, mais elle lui échappa. Il poussa donc Sandy sur le côté.

– Kane ! hurla Sandy.

Une nouvelle fois, Kane eut l'impression de sortir d'un état de transe. Pendant un moment, il resta immobile à cligner des yeux ; puis, il comprit ce qu'il avait failli faire. La femme, à moitié plus petite que lui, lui souriait derrière Sandy, avec l'air de la pipelette de l'école qui vient de commettre sa mauvaise action de la journée et qui s'en glorifie. Il venait de dégoûter et de choquer Sandy, et il n'osait même pas regarder Ruth. Trop mortifié de gêne pour bouger, il resta planté là.

Avec un regard de reproche à son endroit, Sandy glissa le bras autour des épaules de la jeune femme et l'escorta hors de la pièce. Elle sortit de la maison avec lui, sa petite croupe dodue frétillant de plaisir.

4

En son for intérieur, Sandy était forcé de reconnaître que la conduite de Kane l'avait secoué. Il l'avait connu petit garçon. Kane et son frère jumeau avaient toujours été les plus gentils et les plus doux des enfants, toujours prêts à tendre une main secourable à qui avait besoin d'eux. Ils dormaient dans la grange quand un cheval était malade et pleuraient lorsque l'un de leurs chiens tuait un serpent. C'étaient des garçons qui aimaient rire, des garçons heureux qui avaient envie de partager leur bonheur.

Ainsi, lorsque Sandy, à son entrée dans la maison, avait vu son ami qui menaçait la vie d'une ravissante et minuscule jeune femme, il n'avait d'abord pas su comment réagir. Ce qui le surprenait davantage, c'était que Kane manifeste quelque chose. Depuis la mort de sa femme cinq années plus tôt, il semblait s'être réfugié en lui-même. En dehors de ses fils, rien ne semblait l'agacer ou le rendre triste ; rien ne semblait le ravir, le décevoir ou l'ennuyer. En vérité, plus rien au monde ne semblait l'affecter.

Lorsque Pat avait raconté à Sandy le coup qu'elle comptait monter avec ces quatre femmes, en précisant même qu'elle avait choisi l'une d'elles comme future épouse, Sandy n'avait pas ri. Il ne cessait d'espérer que quelqu'un ou quelque chose ramènerait Kane à la vie, et, si une veuve pouvait y parvenir, alors il était prêt à admettre que l'on ait recours à n'importe quelle tromperie.

Mais, à son entrée dans la maison, Sandy n'avait pas trouvé Kane occupé à faire la cour à une jolie veuve, mais en train de poursuivre une jeune femme espiègle en bondissant par-dessus le mobilier. Et force lui était d'admettre que cette scène qu'il venait de surprendre l'intriguait autant qu'elle le déconcertait.

– C'est vous qui avez tiré sur le serpent ? demanda Sandy à la jeune femme qui marchait en silence à ses côtés.

Un joli brin de fille, blonde aux yeux bleus. S'il ne venait pas de la voir à l'œuvre, il aurait pensé qu'elle était timide et calme.

– Et c'est moi qui ai été prise de folie, ajouta-t-elle d'une voix tendue.

Sandy vit qu'elle rentrait légèrement les épaules, comme si elle s'apprêtait à se défendre.

– Voulez-vous me raconter ce qui est arrivé ?

– Pas vraiment...

Sandy avait envie de connaître l'autre version de l'histoire, et il avait bien l'intention de découvrir ce qui s'était passé.

– Kane prétend que vous avez failli le tuer et qu'après vous avez piqué une crise d'hystérie. Ça vous arrive souvent de vous servir de revolvers et de devenir hystérique ?

S'efforçant de son mieux de ne pas sourire, Sandy observa la façon dont elle mordait à l'hameçon. Tandis que son joli petit visage rougissait, tout en nuances, du rose vif au pourpre, elle laissa éclater son exaspération :

– J'ai sauvé la vie de cette ingrate, lança-t-elle.

Elle lui expliqua que Kane portait la valise, et qu'elle s'était rendu compte que si elle n'agissait pas vite le serpent risquait de s'attaquer à Ruth.

Tout oreilles, Sandy perdait peu à peu son sourire. Kane lui avait donné l'impression que cette femme se conduisait de façon irrationnelle, mais les explications qu'elle lui fournissait étaient des plus sensées.

– Et ensuite ? demanda-t-il d'une voix douce. Avez-vous pris peur ? Vous êtes-vous trop énervée ?

Si cela avait été le cas, il aurait compris, mais elle détourna le visage, piqua de nouveau un fard, non pas de colère cette fois-ci, mais de gêne. Allait-elle lui avouer la vérité ? Il était manifeste qu'elle était en train de peser le pour et le contre. Sans bouger, il attendit donc patiemment qu'elle se décide.

Elle laissa échapper un profond soupir.

– Eh bien... mon vieux se fâchait souvent contre moi et... il levait la main sur moi. J'imagine que lorsque votre cow-boy m'a touchée, j'ai fait en quelque sorte un petit voyage dans le temps.

Elle se tut, le fixant d'un air belliqueux, comme si elle le défiait de faire le moindre commentaire. Elle ressemblait un peu à la brute du coin qui viendrait de révéler que, dans le fond, il n'est pas un si gros dur que cela.

D'un hochement de tête, Sandy lui indiqua qu'il l'avait comprise, mais il ne fit pas le moindre commentaire.

– Vous y connaissez-vous en chevaux ?

– Lorsque j'en vois un qui marche la queue en avant, je suis capable de m'en apercevoir, mais c'est à peu près tout.

– Que diriez-vous de venir m'aider à les desseller et de me raconter comment vous en savez autant sur les revolvers ?

– Je n'en sais pas assez, c'est clair, car j'ai failli faire exploser les doigts de pied de ce cow-boy !

Sandy, qui se dirigeait vers l'écurie, ne se retourna pas, mais il entendait les remords qui pointaient dans sa voix, et la façon dont elle accentuait le terme « cow-boy ».

– Avez-vous demandé pardon à Kane ?

– Plutôt crever !

Sandy lui jeta un regard en douce par-dessous les bords de son chapeau. Elle contemplait les montagnes, les poings crispés, la bouche pincée en une ligne dure.

– Etes-vous la coiffeuse, la veuve, ou celle qui possède une boutique excentrique ?

Avant qu'elle n'ait eu le temps de répondre, une étincelle s'alluma dans les yeux de Sandy.

– Vous écrivez des romans policiers !

– Oui, répondit-elle, toujours fâchée.

Après lui avoir jeté un regard, elle ajouta d'un ton plus doux :

– Mon prochain roman s'intitulera *Mort d'un cowboy*. Quel genre de mort vous semblerait-il approprié pour lui ? Pris dans son propre lasso et pendu ? Un serpent à sonnettes dans son sac de couchage, peut-être ?

Son visage s'éclaira d'un sourire coquin.

– Peut-être bien une gangrène provoquée par la balle rouillée qui lui aurait emporté tous les doigts de pied !

Sandy lui ouvrit la porte de l'écurie en gloussant de rire.

– Rentrez me raconter la suite. J'adore les bonnes histoires.

– Dans ce cas, vous allez m'aimer, dit-elle gaiement, parce que je suis capable de raconter des tas de bonnes histoires.

Puis elle ajouta, le visage rembruni :

– Ça me fera du bien d'être appréciée par quelqu'un dans ce patelin.

5

Contrairement aux apparences, je n'avais pas véritablement envie de me mettre le cow-boy Taggert à dos. Depuis toujours, je nourrissais le fantasme que les gens me trouvaient agréable. J'aurais adoré qu'à mon entrée dans une pièce ils poussent un soupir et disent : « Cale vient d'arriver. *Maintenant*, la soirée peut commencer. » Bien entendu, cela ne s'est jamais produit. Les femmes et hommes de lettres ne sont pas très souvent invités dans des soirées, et, lorsque cela arrive, ils ont plutôt tendance à rester assis dans un coin à observer sans rien dire.

Pendant que j'aidais ce charmant vieillard dans la grange, j'ai prétendu que rien ne me dérangeait et j'ai fait le vœu de me conduire correctement jusqu'à la fin du voyage. Dans dix ans, le cow-boy jetterait un coup d'œil en arrière et dirait : « Ce petit auteur de romans policiers n'était pas une si mauvaise fille que cela. »

Je suis parvenue à tenir ma parole pendant vingt-quatre heures. Le dîner s'est déroulé autour d'une table ronde et je n'ai pas prononcé un mot. Je n'ai pas ouvert la bouche lorsque le cow-boy s'est penché pour la centième fois vers Ruth pour lui remplir son verre de gin. Je n'ai rien dit quand la groupie maigrichonne s'est mise à parler de ses antennes. Je me suis même retenue de rire lorsque la grosse groupie a renversé son vin sur les genoux du cow-boy, et qu'elle a ensuite essayé de faire partir la tache qui décorait son entrejambe. J'ai dit poliment bonsoir à tout le monde et je me suis retirée dans ma chambre, dans l'intention de travailler au plan de mon prochain roman.

Puisque mon trait de caractère le plus fort et le plus positif est ma faculté de concentration, que d'autres considèrent comme la faculté d'entretenir des obsessions, c'est à me concentrer que j'ai consacré ma soirée.

Comment se fait-il que les hommes soient incapables de percer à jour des femmes comme Ruth ? Pourquoi sont-ils tellement *stupides* dans leurs rapports avec les femmes ? De longues jambes, une poitrine pigeonnante, une chevelure abondante, et une femme obtient tout ce qu'elle veut d'un homme.

J'étais fort ennuyée d'être attirée – très attirée – par un cow-boy idiot qui me regardait comme s'il voulait me faire avaler de la mort-aux-rats.

Je me suis tenue coite durant tout le petit déjeuner alors que Ruth et le sportif se faisaient les yeux doux et avaient l'air de trouver des sous-entendus dans des phrases aussi mièvres que : « Passez-moi le miel. » Il n'y a rien de plus ennuyeux dans la vie que les amoureux absorbés l'un par l'autre. Chaque mot les amuse ; chaque geste de l'un est interprété comme quelque chose de superbe par l'autre. Ils ne s'intéressent à rien en dehors d'eux-mêmes.

Je mordais dans mon toast en observant la façon dont le cow-boy regardait Ruth : il était pris. Quant à elle, ses sentiments ne se lisaient pas dans ses yeux. De temps à autre, elle jetait un regard de triomphe au duo Maggie-Winnie, comme pour leur lancer : « Regardez ce dont je suis capable ! » Elle prévoyait peut-être déjà la grande scène finale dégoulinante au cours de laquelle elle lui ferait des adieux larmoyants. Alors que l'on aurait dit que ce pauvre imbécile de Taggert voulait passer un tablier autour de la taille impeccablement prise de Ruth et la mettre derrière des fourneaux. Pendant un moment, j'ai éprouvé un immense plaisir à imaginer Ruth dans une cuisine : un lino élimé, des rideaux de vichy, l'odeur des oignons en train de frire, une chaleur suffisante pour que les steaks cuisent sur le dessus de la table, trois marmots braillards pendus à ses jambes enflées, rouges et poilues.

Lorsque j'ai relevé la tête, Sandy me souriait comme s'il savait exactement ce que je pensais. Je lui ai adressé un clin d'œil et j'ai fait semblant de le saluer avec mon jus d'orange.

L'après-midi avançant, je me suis félicitée jusqu'à la suffisance de ma sage conduite, puisque j'ai réussi à tout faire capoter.

Nous étions tous montés à cheval pour une promenade dans les bois. Je n'avais fait du cheval qu'une ou deux fois auparavant, mais, si on se résume à l'essentiel, l'équitation n'exige pas tant de cervelle que cela. Je ne parle ni de dressage, ni de concours de sauts, qui exigent des années d'entraînement et de patience, mais du fait qu'il ne faut pas de connaissances extraordinaires pour s'asseoir sur le dos d'un animal bien nourri et bien disposé qui connaît déjà la piste par cœur.

Ruth et les duettistes ne partageaient pourtant pas du tout mon point de vue. Etant donné ses antécédents, je croyais Ruth excellente cavalière, mais, en réalité, elle était terrifiée par la bête. Terrifiée et épouvantée par ses larges naseaux et par sa gueule poilue, tout autant que par son arrière-train. Lorsqu'elle est montée sur ce cheval, les yeux écarquillés de frayeur, j'ai presque failli me prendre d'affection pour elle. Elle devait vraiment crever d'envie de s'accrocher à son job si elle était prête à grimper sur un animal qui la terrorisait tellement !...

C'est en fin d'après-midi que j'ai remis cela. Nous

avions tous mis pied à terre, endoloris, fatigués et pour la plupart silencieux. Ruth avait fait le chemin derrière Taggert, et le peu de paroles échangées au cours de la promenade l'avaient été entre eux. La maigrichonne avait essayé de me convaincre de faire un régime, mais quand je lui avais dit que je ne mangeais que de grosses quantités de viande, elle s'était refermée comme une huître et ne m'avait plus adressé la parole. Le silence qui régnait dans les bois, avec Sandy qui chevauchait dans mon dos, était pure félicité.

Mais, après avoir mis pied à terre et nous être égaillés dans la forêt pour satisfaire à des besoins naturels, j'ai jeté un regard à Ruth et je lui ai trouvé un air bizarre. Elle avait la main posée sur ses reins et devait souffrir beaucoup, n'aurait-elle été qu'à moitié moins endolorie que moi. J'ignorais à quoi elle pensait, mais, là encore, elle avait probablement la tête vide. Elle avait mal, et la cause de ce mal, c'était ce cheval qui mâchonnait placidement devant elle.

Les mains tremblantes d'épuisement, elle a allumé une cigarette. Puis, avec l'expression d'une enfant méchante, elle l'a écrasée sur l'encolure de l'animal confiant.

C'est alors que tout s'est déroulé en même temps. L'animal a poussé un hennissement de douleur, a fait un écart sur Ruth, l'a fait tomber et a commencé à la piétiner. Sans réfléchir, je me suis contentée de courir pour essayer de me placer entre Ruth et le cheval, le cheval furieux et qui souffrait. Le feu couvait dans une partie des poils de son encolure. Du mieux que je pouvais, je me suis accrochée à la bride de la main gauche et j'ai donné des tapes sur la brûlure de la droite pour essayer de faire comprendre au cheval que tout allait bien et que personne ne lui ferait plus de mal. Au milieu de toute cette agitation, Ruth s'est faufilée au loin comme le serpent qu'elle était et m'a laissée seule avec le cheval.

Et voilà que le grand cow-boy, se frayant un chemin à travers bois tel l'abominable Homme des Neiges, a foncé droit sur moi – je m'en suis aperçue en levant les yeux –, le visage défiguré par la rage. Et maintenant ? ai-je pensé. Qu'est-ce qui peut bien l'avoir mis en colère contre moi cette fois-ci ?

Le suppliant de la sauver, Ruth, fidèle à elle-même, s'est jetée dans les grands bras protecteurs du cow-boy en pleurant comme une madeleine, bien que sans faire couler son mascara. Taggert l'étreignait, mais c'était *moi*, plantée là en train de réconforter cette pauvre bête brûlée, qu'il fusillait du regard. Je me suis demandé ce que Ruth dirait si je révélais que j'avais vu le geste qu'elle venait de commettre.

– Vous auriez dû m'appeler, a sifflé Taggert entre ses dents.

Un millier de réponses m'ont traversé l'esprit à la fois. J'aurais pu lui révéler la vérité sur sa bien-aimée ; j'aurais pu lui faire remarquer que si je l'avais appelé et que j'avais attendu ensuite qu'il veuille bien arriver, le joli visage de Ruth serait sûrement marqué maintenant d'une empreinte de fer à cheval. J'ai choisi de ne pas me défendre, me contentant de lui lancer :

– Vous êtes vraiment nul, vous savez. Un nullard de première.

Puis j'ai lâché la bride et je me suis aventurée dans le bois.

Existe-t-il une peur intérieure plus froide, plus profonde que celle provoquée par le fait d'avoir été injustement accusé ? J'avais l'impression d'être un charbon encore ardent d'un feu qui aurait brûlé toute la journée. Il n'aurait fallu qu'un tout petit encouragement pour que j'embrase à la seconde toute cette forêt. Debout dans les bois, les poings serrés, je ne voyais rien, et j'avais le sentiment d'être une martyre. Cela n'était pas juste ! C'était vraiment, vraiment injuste.

Mes colères ne durent jamais très longtemps, et celle-ci n'a pas été différente des autres. Quelques minutes m'ont suffi pour l'endiguer et pour faire éclater ma bulle. Je suis restée là, immobile, tremblante d'émotion et d'épuisement, et, à ma grande horreur, les larmes aux yeux.

Quelqu'un s'est approché derrière moi. Je me suis frotté les yeux. C'était Sandy, le visage anxieux.

– Je ne comprends pas ce qu'a Kane, m'a-t-il dit. D'habitude, il n'est pas comme ça. D'habitude, il...

Règle numéro un dans la maison de mon père : ne jamais leur montrer que tu as du chagrin. S'ils apprennent que tu es blessée, ils sont capables de te blesser encore davantage.

J'ai fait de mon mieux pour lui sourire et m'exprimer d'un ton léger.

– Si j'avais hurlé de peur et que je m'étais couvert la face de terreur, il serait probablement en train de me donner du vin et du pâté.

– Probablement, a gloussé Sandy.

Il a observé un silence avant de me demander :

– Comment est Ruth ?

Je n'ai pu que rouler les yeux. Devais-je lui parler de la brûlure de cigarette ?

– Kane..., a dit Sandy en hésitant. Je crois que Kane a envie d'une épouse.

La vision de Ruth dans sa cuisine m'est revenue à l'esprit et a eu pour effet de me réjouir grandement. Mais je n'allais pas mentir à Sandy : il s'était montré trop gentil à mon égard pour recevoir des mensonges en retour.

– Et il pense transformer Ruth en épouse ? Ruth aime bien conquérir, mais, la chose faite, elle se fixe un autre but.

Je pensais au cow-boy en train de m'engueuler pour avoir sauvé Ruth, non pas à une, mais à deux reprises.

– Je trouve qu'ils se méritent l'un l'autre. J'espère bien qu'elle lui brisera le cœur.

Sandy a gardé le silence.

– Bon, a-t-il dit au bout d'un moment. Et vous ? Etes-vous mariée ?

Je savais qu'il pensait à Kane, qu'il considérait comme son fils. Comment se fait-il que certaines personnes reçoivent de l'amour quoi qu'elles fassent et d'autres pas ? J'ai fait mine de ne pas avoir compris.

– S'agit-il d'une proposition ?

– Si j'avais dix ans de moins, a-t-il affirmé avec le plus grand sérieux, je vous poursuivrais avec tellement d'ardeur que vous finiriez par m'épouser, ne serait-ce que pour que j'arrête de vous importuner.

Mon rire était un petit peu forcé, mais je ne peux nier que je me suis sentie flattée.

– Vous ne voudriez pas m'épouser, ai-je dit sincèrement. J'ai trop de compétences pour me marier. Les hommes aiment les femmes incapables de s'en sortir ou qui, comme Ruth, savent tout au moins faire semblant de ne pas savoir. Mais moi, je sais me débrouiller au point d'en être ridicule et j'oublie toujours de le cacher.

Je me tournai pour m'éloigner. Je ne voulais parler à personne d'autre. Vu l'humeur dans laquelle j'étais, on ne pouvait pas prévoir ce que je risquais de dire ensuite.

– Dépêchez-vous de revenir, m'a crié Sandy. Nous avons de la langue de buffle ce soir à dîner.

– Hum... mon plat favori, ai-je marmonné en continuant à m'éloigner.

6

Cale était étendue dans l'herbe dans la position préférée des écrivains, le corps relâché qui permet à l'esprit d'avoir toute la liberté de réfléchir et de créer. Elle imaginait une histoire dans laquelle le tueur était un cow-boy d'une beauté telle que personne ne songeait à le soupçonner, lorsqu'elle entendit des gens s'approcher.

Et alors ? pensa-t-elle, n'éprouvant pas la moindre envie de bouger et de mettre un terme aux fantasmes avec lesquels elle jouait mentalement. Certaines personnes détestent écrire, détestent être dans l'obligation de trouver des idées, et d'autres sont prêtes à faire n'importe quoi pour ne pas être dérangées lorsqu'elles sont en train de créer. Au bruit de ces pas, Cale songeait maintenant que si elle restait immobile les intrus s'éloigneraient peut-être et la laisseraient tranquille.

Mais elle leva les yeux et vit Kane enlacer Ruth et lui donner un baiser d'une douceur infinie, comme si elle était un objet précieux d'une immense fragilité. Cale se rendait compte qu'il fallait qu'elle s'en aille, et elle se préparait à le faire lorsque Kane s'écarta de Ruth.

– Ça va ? lui demanda-t-il. Le cheval ne vous a pas fait mal ?

Subitement fort intéressée, Cale posa la tête sur sa main pour écouter la réponse de Ruth. Avec le sentiment, non d'écouter aux portes, mais plutôt de se documenter pour son roman.

– Ça va bien, Kane, dit-elle dans un battement de cils subtil. Vous ne pouvez pas vous imaginer à quel point cette excursion m'inquiétait. J'avais tellement peur – peur des grands espaces, peur des animaux, peur des personnes qui organisaient le voyage. Je craignais que vous ne soyez agressif.

Elle eut un petit rire aguichant.

– Je craignais que vous ne nous demandiez de mettre des fers aux chevaux... enfin des choses de ce genre...

Ainsi donc, elle n'allait pas lui apprendre qu'elle avait brûlé le cheval. Non pas que Cale eût pensé qu'elle le ferait. La seule véritable terreur de cette femme était de ne pas être adorée des hommes. Question philosophique digne d'être soupesée, songea Cale : Ruth Edwards existe-t-elle lorsque personne ne la regarde ?

– Nous autres, hommes de l'Ouest, sommes semblables à tous les hommes. Nous voulons les mêmes choses qu'eux, répondit Kane d'une voix profonde.

Eh oui, songea Cale. Ils veulent Ruth.

Ruth fit courir sa main sur le bras de Kane.

– Je ne dirais pas que vous êtes pareil à tous les hommes.

Même un type de son genre ne pouvait pas se laisser prendre à une sortie pareille ! Ou bien était-ce possible ? C'était comme si un mec s'approchait de vous dans un bar et vous lançait : « Vous êtes vraiment une très jolie fille ! » Les femmes avaient dépassé ce stade, mais y avait-il un homme capable de ne pas se laisser avoir par ce stratagème éculé ?

– J'aimerais penser que je ne suis effectivement pas comme les autres, observa-t-il tout en lui effleurant à son tour le bras.

Une fois de plus, Cale avait surestimé l'animal masculin.

Question, pensa-t-elle : Quelle est la différence entre un cerf en rut et un homme dans la même situation ? Réponse : Aucune. Ils sont tous deux sourds, aveugles et complètement idiots.

Lorsqu'ils commencèrent à s'embrasser, Cale laissa échapper un bâillement sonore. Ecouter aux portes était une chose, mais le voyeurisme en était une autre.

Le visage de Kane changea lorsqu'il aperçut la jeune femme, mais, l'espace d'une seconde, celle-ci entraperçut ce que voyait Ruth : un homme au visage marqué par le désir, la passion, voire même une forme d'avidité. Mais il y avait encore plus intéressant que ce visage : l'expression de Ruth. A moins que Cale n'ait perdu son intuition, cette bonne vieille prédatrice avait peur du cow-boy Taggert. Dès qu'il se détourna, elle rebroussa chemin en direction du camp.

– Apparemment, je peux ajouter l'espionnage à votre liste de hauts faits, jeta-t-il, la mâchoire crispée de fureur.

– J'étais ici la première, commença Cale.

Mais il lui suffit de regarder son expression pour ne pas insister.

– A quoi bon vous parler ? Vous avez de moi une opinion toute faite.

Elle se leva afin de s'en aller, mais il lui tendit la main.

– Ne me touchez pas, dit-elle en s'écartant.

– Bon. Etre touchée fait partie de vos phobies, remarqua-t-il d'un ton sarcastique.

– Contrairement à l'idée que vous vous faites de moi... Oh, à quoi bon ? ajouta-t-elle avant de reprendre la direction du camp.

Sandy avait préparé un repas composé de haricots et de hot dogs que la maigrichonne remuait du bout de sa fourchette dans l'assiette d'étain, en marmonnant que les hot dogs étaient des trucs dégueulasses, pendant que la grosse brossait les cheveux de Ruth au grand ravissement de Kane. Après le dîner, Miss Maigreur se mit à parler de cristaux et de pyramides, leur racontant avec force détails d'un ennui mortel que les pyramides avaient le pouvoir d'améliorer votre vie sexuelle, puis suggérant sournoisement à Ruth de se pendre par les pieds à une branche d'arbre au-dessus de son sac de couchage. Dégoûtée, Cale s'éloigna du feu de camp en direction des chevaux.

– Voudriez-vous ôter votre chemisier pour que je puisse jeter un coup d'œil à votre épaule ?

Essayant de ne pas montrer la surprise que lui inspirait cette demande, Cale tourna vers Sandy un visage radieux. Dès qu'elle l'aperçut, son sourire s'envola, car Kane, grand et imposant, se tenait derrière lui.

– Qu'a-t-elle à l'épaule ? demanda-t-il.

Pivotant brusquement, Sandy lui jeta hargneusement :

– Si tu voyais plus haut que le bas de ta ceinture, tu te serais aperçu qu'elle s'est fait mal en se jetant au secours de Ruth pour la seconde fois.

Ah, douce justice, songea Cale. Mon adorable chevalier servant vient à mon secours. Sandy serait-il prêt à déménager à New York et à s'installer avec elle dans son duplex ?

Le visage de Kane vira à l'écarlate, tandis qu'il marmonnait vaguement qu'il allait regarder lui-même l'épaule de Cale. Mais elle releva le menton, et, redressant les épaules en arrière, retourna au camp d'une démarche pleine d'assurance. Elle ne s'était pas encore sentie si bien depuis son arrivée dans le Colorado.

7

Kane s'agitait dans son sac de couchage, donnant des coups de poing à ce qui lui servait d'oreiller, se retournant d'un côté à l'autre dans un crissement de nylon à effrayer les hiboux, et jurant à la moindre occasion. Il aurait dû être en train de penser à Ruth. Elle était parfaite : sous son enveloppe ravissante, se cachait une personnalité pleine de douceur et de gentillesse. Il essayait de la voir en compagnie de ses fils ; il l'imaginait même, enceinte de huit mois de leur propre enfant.

Mais, malgré tous ses efforts, Kane n'arrivait pas à penser réellement à Ruth. Et au lieu d'elle, c'était cette petite morveuse d'écrivain qu'il voyait et entendait. Elle ressemblait à une écharde que l'on ne parvient pas à extraire. Lorsqu'il l'avait vue sauter sur Ruth pour s'emparer de la bride du cheval, l'épouvante l'avait saisi. Un pas de travers et c'était fait : elle était par terre et le cheval la piétinait. Il savait qu'elle avait agi comme il le fallait, mais elle continuait à l'ulcérer.

Il n'arrivait pas bien à saisir ce qui le gênait tellement chez elle. Son sourire et ses vannes ? La manière dont elle regardait Ruth, comme si cette dernière venait de surgir de sous un rocher ? La façon dont la courbe de ses fesses remplissait son jean ?

Pourquoi avait-il éprouvé une telle rage à son égard lorsqu'elle avait sauvé Ruth ? Si ce geste avait été accompli par n'importe quelle autre femme, il aurait éprouvé de l'admiration devant une telle vivacité d'esprit. Mais quelque chose l'avait toujours énervé chez les blondes. Et pourtant, pendant qu'il était resté là à la fusiller du regard, l'envie de la prendre dans ses bras et de la protéger l'avait démangé.

La protéger ? Autant protéger un porc-épic. Ce qu'elle était effectivement : petite, piquante et dangereuse.

Vers 3 heures du matin, il sortit de son sac de couchage et se dirigea vers les bois, empruntant un sentier qu'il connaissait bien, pour aller jeter un coup d'œil en contrebas par-dessus la corniche de la piste. Demain, ils parviendraient à la ville fantôme d'Eternity où les attendrait le camion de son père destiné à emporter le plumitif au loin. Après cela, il lui resterait trois longues journées à passer en compagnie de Ruth. Il aurait le temps de faire plus ample connaissance avec elle, et celui de lui permettre de mieux le connaître. Il aurait le temps de...

L'éclair de phares trouant la nuit en contrebas le sortit de ses réflexions. Quelqu'un empruntait la vieille route menant à Eternity. Qui cela pouvait-il être ? A cette heure de la nuit ? Une réponse lui vint tout de suite à l'esprit : quelque chose clochait.

Immédiatement lui revint en mémoire le souvenir trop vivace du soir où, de retour chez lui, il avait trouvé une ambulance devant l'appartement parisien où il vivait avec sa femme et leurs bébés nouveau-nés. Dans l'ambulance se trouvait le corps brisé et sans vie de sa femme adorée. Kane s'était absenté pour un voyage d'affaires, et les garçons avaient tenu leur mère éveillée toute la nuit précédente. En fin d'après-midi, assise sur le rebord de la fenêtre, une tasse de thé à la main, elle attendait le retour de son mari. Elle s'était endormie, avait perdu l'équilibre et était tombée de la fenêtre.

Sans prendre le temps d'aller chercher un cheval, Kane dévala le flanc de la montagne, trébuchant sur les cailloux et se cognant aux arbres, s'enfonçant dans des tas de feuilles de chênes mortes, glissant le long d'une pente argileuse pour essayer d'intercepter le camion avant qu'il n'atteigne l'embranchement.

Il franchit les derniers mètres d'un bond et atterrit à quatre pattes, juste devant le camion. Dans une giclée de gravillons, le conducteur freina à mort. Le camion dérapa brusquement et, au prix d'un effort surhumain, il réussit à redresser les roues. Avant que le véhicule s'immobilise totalement, la portière s'ouvrit brutalement et le frère de Kane, Michaël, sauta à terre.

– Mais qu'est-ce qui te prend ? J'aurais pu te tuer ! hurla-t-il à son frère sans même l'aider à se relever.

Kane se remit lentement debout, époussetant les graviers et la poussière qui maculaient ses vêtements et ses mains.

– Qu'est-ce qu'il se passe ? Que fais-tu au Colorado ?

Comme si chaque muscle de son corps était endolori, Mike s'adossa au capot du camion et regarda son frère.

Les deux hommes étaient des jumeaux parfaits,

identiques trait pour trait : même taille, même corpulence, mêmes yeux et même couleur de cheveux, exactement. Toute leur vie, ils avaient été très proches, parfois si proches qu'ils n'avaient besoin que de signes pour communiquer. Il leur arrivait souvent d'avoir les mêmes pensées et les mêmes idées indépendamment l'un de l'autre et il n'était pas rare qu'ils achètent la même chemise au même moment sans le savoir et qu'ils la portent pour la même circonstance. Jamais il n'y avait eu le moindre secret entre eux, et lorsque l'un apprenait une nouvelle, il la communiquait d'abord à son jumeau.

– Félicitations, dit Kane d'une voix douce, car il savait, sans même qu'il le lui ait annoncé, que la femme de son frère venait de donner naissance à des jumeaux.

Les deux frères s'étreignirent longuement, violemment unis par leur amour et leur entente. Puis ils se séparèrent, tout aussi radieux l'un que l'autre.

– Alors ? fit Kane, certain que d'instinct son frère savait que la première question qu'il allait lui poser était : Pourquoi as-tu quitté New York ?

Mike se frotta les yeux de fatigue et d'exaspération.

– Ç'a été pénible. A la première douleur, Samantha s'est mise en tête d'accoucher à Chandler, au Colorado, en présence de maman. Personne n'a réussi à la raisonner. Elle s'est mise à pleurer. Alors Blair et moi l'avons embarquée avec tes fils dans le jet et nous avons décollé. Pendant le vol, Samantha a gardé son calme, mais Blair et moi étions vraiment hystériques. Imagine que les enfants soient nés pendant le vol et que nous ayons eu besoin de quelque chose dont nous ne disposions pas ! Samantha n'arrêtait pas de nous dire de ne pas nous inquiéter, que les garçons attendraient de pouvoir voir leur grand-mère pour faire leur apparition. Papa et maman nous attendaient à l'aéroport avec une ambulance. Dès notre arrivée à l'hôpital, Samantha a perdu les eaux et les enfants ont jailli comme des bouchons de champagne !

Mike fit une pause, le temps de sourire aux anges.

– On se dit que la naissance d'un enfant est un moment d'intimité, mais maman, papa, Jill, Blair, moi et deux infirmières nous trouvions tous dans la salle d'accouchement ! J'ai été étonné que personne ne fasse passer un plateau de petits fours...

Kane ne se laissa pas tromper par le ton qu'employait son frère. Mike était plus qu'heureux que ses fils soient nés dans les bras de ses parents. Que ses parents aiment Samantha autant que lui le ravissait.

– Comment va Samantha ? Et les bébés ?

– Très, très bien. Tout le monde va bien, mais...

– Mais quoi ?

– L'hôpital s'est transformé en asile de fous. Des cousins, cousines, oncles et tantes, dont je n'avais jamais entendu parler, pointent leurs nez.

Mike n'avait pas besoin d'expliquer à Kane qu'il aurait voulu rester seul avec sa femme et ses fils, car son frère le comprenait d'instinct. Pendant deux semaines après la naissance de ses propres fils, ils avaient été entourés de sa belle-famille jusqu'à ce qu'il se retrouve au bord de l'étouffement. La mère de son épouse faisait partie de ces femmes qui pensent que les hommes ne devraient pas changer les couches, si bien que Kane avait rarement eu l'autorisation de toucher ses minuscules bébés. Ce n'était qu'après son départ qu'il avait enfin pu prendre sa femme et ses fils dans ses bras, les sentir, les palper, les étreindre.

Il suffisait maintenant à Kane de regarder son frère pour comprendre la frustration que Mike ressentait et la jalousie qui le dévorait. Il imaginait Mike, debout sur le seuil de la porte de la chambre d'hôpital, regardant la famille défiler, les uns après les autres, devant ses fils nouveau-nés, en pensant qu'ils passaient davantage de temps avec ses enfants que lui. A l'époque où il avait vécu la même chose, Kane craignait que ses fils n'offrent leur premier sourire à quelqu'un d'autre que lui.

D'un geste de réconfort, Kane passa un bras autour des épaules de son frère.

– Sais-tu ce qui me plairait davantage que tout au monde ? J'aimerais faire venir mes fils ici. Il n'y a que des femmes dans ce groupe et je suis sûr qu'elles les gâteraient à mort.

– Tu crois ? fit Mike d'un air sinistre. Tu veux que je te les amène ?

– J'irais bien les chercher moi-même à Chandler.

Mike était tellement plongé dans ses propres problèmes qu'il ne comprit pas tout de suite.

– Une seconde ! Tu veux que moi, je reste ici pendant que tu retournes là-bas ?

– Vingt-quatre heures, c'est tout. D'ailleurs, j'ai bien envie aussi de voir mes neveux. Sont-ils aussi moches que toi ?

Il s'agissait de l'une de leurs vieilles plaisanteries, qui ne manquait jamais de leur arracher un sourire.

– Comment veux-tu que je sache à quoi ils ressemblent ? soupira Mike. Personne ne me les laisse approcher.

– Pourquoi voudrais-tu qu'on t'y autorise ? Maintenant que tu as fait ton boulot, plus personne n'a besoin de toi.

L'expression lugubre de son frère fit rire Kane. Il s'écarta de lui.

– Je parle sérieusement. J'ai besoin... d'une coupure avec ce qui se passe ici.

– Une coupure ? Ça ne fait que quelques jours que tu te trouves en compagnie de ces femmes. Que se passe-t-il ? fit Mike, un sourcil arqué.

Kane lui donna sa version des journées précédentes, lui racontant à quel point il trouvait Ruth charmante et les duettistes excentriques.

– Et l'auteur de romans policiers ? Samantha adore ses livres et rêve de la rencontrer.

Après avoir observé un silence, Kane explosa en une série d'invectives, racontant à son jumeau comment elle avait failli lui faire exploser les doigts de pied, se jeter sous les sabots d'un cheval en furie, et s'était conduite d'une façon générale comme une enquiquineuse.

– Je ne peux pas poser le regard quelque part sans qu'elle soit là. Elle m'épie quand je suis avec Ruth, elle m'appelle « Cow-boy Taggert », et elle me demande si je compte en donnant des coups de patte par terre.

Mike fut obligé de se pincer les lèvres pour ne pas éclater de rire.

– Ça n'a rien de drôle ! explosa Kane. Cette femme est cinglée.

Puis il raconta à Mike la crise d'hystérie qu'elle avait piquée après avoir tué le serpent.

– Mes égratignures sont guéries, mais j'en avais trois sur le visage après qu'elle m'eut griffé.

– Elles ne devaient pas être bien profondes si elles sont déjà guéries.

Il était rare que Mike et Kane ne soient pas d'accord. Leur mère disait qu'une dispute entre eux ressemblait à une lutte avec sa propre ombre. Mike recula donc en voyant l'expression de Kane. Vingt-quatre heures, ce n'était pas long, et vu la façon dont les choses se déroulaient pour le moment, Samantha ne s'apercevrait même pas de son absence. Peut-être même que prendre un peu de distance pendant une journée ne lui ferait pas de mal.

– O.K., dit-il. On se retrouve à Eternity demain soir.

8

Le matin s'est levé sur ce qui devait être mon dernier jour d'excursion. J'étais ravie. Je n'aime pas subir un échec, et je déteste encore davantage ne pas être appréciée. Durant quelques minutes, je suis restée allongée dans mon sac de couchage à réfléchir aux histoires amusantes que j'allais raconter à mon éditeur à mon retour à New York. Ma revanche, je l'obtiendrais en faisant mourir de rire toute une équipe éditoriale au récit de mes aventures dans la nature sauvage du Colorado. Mieux encore, j'écrirais un livre à la suite duquel le monde entier se moquerait du grand cow-boy et de son désir pour la femme aux deux visages.

Me sentant bien mieux vis-à-vis de moi-même et de la vie en général, je me suis extirpée de ce satané sac de couchage, j'ai tiré sur mon jean – y a-t-il quelque chose de pire que de dormir tout habillé ? –, ramassé mon nécessaire de toilette, et je me suis dirigée vers le torrent afin de voir s'il y avait un moyen d'ôter un peu de la saleté qui maculait mon visage.

Avec la chance que j'avais, j'allais probablement attraper des champignons dans l'eau limpide du ruisseau, et succomber à une mort affreuse.

Je venais juste de finir de me débarbouiller lorsque j'ai entendu des pas pesants dans mon dos. L'alternative était simple : soit il s'agissait de notre sémillant accompagnateur, soit du dernier des dinosaures.

Comme à l'ordinaire, il s'est arrêté juste à côté de moi, me fusillant sûrement du regard, certainement prêt à m'accuser de quelque nouvelle mauvaise action. Je l'ai ignoré le plus longtemps possible, puis je me suis retournée pour l'affronter, mais j'ai eu la surprise de découvrir un homme que je n'avais jamais vu auparavant.

– Oh, ai-je dit, déconcertée. Je croyais que vous étiez quelqu'un d'autre...

Lui aussi a paru surpris. Ils poussent vraiment idiots dans le Colorado. Grands, beaux, bien bâtis, mais définitivement idiots.

– Qui pensiez-vous que j'étais ? m'a-t-il demandé.

– J'ignore si on vous l'a déjà dit, mais vous ressemblez un peu... à notre guide.

L'inconnu m'a souri de toutes ses dents, comme s'il attendait depuis toujours qu'on lui fasse cette réflexion, et j'ai pensé : « Vraiment, c'est génial ! Rien de ce que je dis ou de ce que je fais n'arrive à plaire à l'autre, alors que celui-ci se réjouit d'une remarque sans importance. » Evidemment, le fait d'être comparé physiquement à notre cow-boy d'accompagnateur pouvait sembler flatteur à cet individu.

Il m'a tendu la main.

– Vous devez être Ruth. Je suis Mike, le frère de Kane.

Je lui ai serré la main avant de rectifier :

– Je ne suis pas Ruth. Je suis Cale Anderson et votre frère me hait.

J'ignore si ce fut le « il me hait » ou le fait que je n'étais pas la sublime Ruth dont il avait, c'était clair, abondamment entendu parler, mais, en tout cas, quelque chose a paru l'ennuyer. Il est resté planté là à ouvrir et à refermer la bouche, si bien qu'elle ressemblait à l'un de ces cœurs humains en train de pomper le sang, tels qu'on les voit dans les émissions de télé.

– Mais Ruth est... Ruth et Kane... je croyais...

Seigneur, ai-je pensé, un vrai intello !

Comme s'il avait lu dans mes pensées, il a arrêté de gober l'air devant moi, m'a adressé un sourire, et a gardé ma main sur laquelle je tirais pour essayer de me libérer.

– Pardonnez mon erreur, m'a-t-il dit. Kane m'a dit que Ruth et lui étaient très liés. Comme vous ignoriez qui j'étais, j'ai pensé que vous étiez Ruth.

Tout s'est éclairci. Tout a pris un sens : si je rencontrais un homme pour la première fois, je ne pouvais être que Ruth Edwards... Bien entendu. Je trouvais cela d'une clarté aveuglante.

Mike s'est remis à rire, il a lâché ma main et nous nous sommes assis. Puis il s'est mis à me raconter en long et en large comment son frère et lui étaient des jumeaux parfaitement identiques. C'est ça, et moi, je suis la jumelle de Kathleen Turner ! J'imagine qu'il a senti mon scepticisme, mais je n'ai pas pu m'empêcher de rire lorsqu'il m'a annoncé que, pendant les vingt-quatre heures à venir, il allait faire semblant d'*être* Kane. A mes yeux, c'était aussi intelligent que si j'avais décrété que j'allais me faire passer pour Elizabeth Taylor.

J'ai écouté son histoire jusqu'au bout, je l'ai congratulé pour la naissance de ses bébés, je lui ai même posé des questions sur les fils de Kane, tout en continuant à penser qu'il se méprenait du tout au tout s'il s'imaginait que quelqu'un allait le prendre pour son frère.

Quand il en a eu terminé, il a ri de mes doutes et m'a assuré qu'il s'en tirerait très bien.

– Au fait, m'a-t-il demandé avec le plus grand sérieux, lequel d'entre nous est le plus beau ? Mon frère, ou moi ?

Je ne voulais pas lui faire de peine, mais, pour tout dire, Kane appartenait à une classe d'hommes tout à fait différente, en ce qui concernait l'apparence physique.

– Ce n'est pas que vous ne soyez pas très bel homme, Mike. Mais Kane..., lui ai-je répondu avec le maximum de tact possible.

Je n'ai pas pu terminer ma phrase, car Mike a éclaté de rire et m'a embrassée bruyamment sur les deux joues. J'ignore ce qui lui avait plu, mais le fait était là.

Comme il continuait à vouloir se faire passer pour son frère, nous avons discuté pendant une demi-heure près du ruisseau de la façon dont il devrait se conduire avec chaque personne de notre groupe. Je lui ai parlé de Winnie-Maggie et, comme mes plaisanteries le faisaient rire, j'ai compris que je tenais mon public, et je me suis mise à tout lui déverser. Au début, j'ai fait attention de ne rien dire sur Ruth, mais le rire de Mike et son sourire – plus il riait de mes plaisanteries, plus il devenait beau – m'y ont encouragée. Il m'a même tellement encouragée que je me suis retrouvée en train de faire une petite parodie de Ruth et de Kane qui l'a fait se rouler de rire par terre.

– Au fait, ai-je dit pendant qu'il riait encore, je vous ai avoué la vérité : Kane me hait.

Il a essayé de paraître choqué, mais, à une petite étincelle qui brillait dans ses yeux, j'ai compris que Kane l'avait mis en garde à mon sujet. Mike m'avait prise pour la « gentille ». Par conséquent, je ne pouvais qu'être Ruth.

– Pour quelle raison vous hait-il ?

Il avait posé cette question d'un ton qui indiquait qu'il ne pouvait imaginer que quelqu'un éprouve ce genre de sentiment pour moi. C'était gratifiant, très, très gratifiant, et je l'ai regardé avec des yeux qui n'étaient pas loin de déborder d'amour.

– Vous n'êtes peut-être pas aussi beau et sexy que votre frère, mais je vous préfère à lui. Pourquoi ne restez-vous pas jusqu'à la fin de l'excursion ?

De nouveau, ma question a paru lui plaire, et, quand je me suis relevée, il m'a tendu la main pour m'aider.

Vous savez, j'aimerais bien que quelqu'un m'explique l'attirance sexuelle. Comment se fait-il que l'on puisse mettre deux hommes d'une beauté semblable l'un à côté de l'autre, et que l'un vous fasse un effet extraordinaire, alors que l'autre vous laisse de marbre ? Je me trouvais là, seule dans les bois avec un homme idéal, un homme qui riait de mes plaisanteries et qui me trouvait manifestement très à son goût, mais je n'éprouvais que des sentiments fraternels à son égard. D'accord, il avait une femme et deux enfants nouveau-nés, mais depuis quand le mariage empêchait-il que l'on éprouve une attirance pour quelqu'un ? D'un autre côté, Kane Taggert ne faisait au mieux que de me regarder en fronçant les sourcils et, au pire, d'hurler contre moi. Il me détestait ; je le détestais. Mais, bien trop souvent, je me surprenais à me demander si sa peau avait cette chaude teinte dorée partout.

Tandis que nous retournions au camp bras dessus, bras dessous, Mike m'a raconté la passion qu'avait sa femme pour mes romans. Le feu de camp de Sandy en vue, nous nous sommes séparés, et j'ai gardé mes distances afin de l'observer pendant qu'il se ridiculisait à se faire passer pour Kane.

Il m'est difficile d'exprimer ce que j'ai ressenti en entendant tous ces gens le prendre pour son frère. Sandy lui-même a ronchonné, prétendant que Kane passait trop de temps dans les bois et ne l'aidait pas assez. J'ai failli glousser de rire quand Mike m'a jeté un clin d'œil de conspirateur. C'était délicieux d'être celle qui plaisait !

Tout s'est passé sans problème pendant que les deux hommes sellaient les chevaux et que nous nous préparions à les monter. Mike est venu vérifier mes étriers, qui étaient bien réglés, et m'a demandé comment le cheval de Ruth avait été brûlé à l'encolure. J'ai voulu le lui dire, mais je n'ai pas pu y parvenir. Le souvenir de toutes ces années d'école primaire où les gosses psalmodiaient « Rapporteuse, rapporteuse » m'en a empêchée. Je lui ai répondu que je n'en avais aucune idée, mais j'ai piqué un fard et Mike a grogné :

– Quelqu'un devrait vous donner des leçons de mensonge.

J'ai trouvé agréable d'être appréciée.

Nous avons chevauché durant deux ou trois heures pendant lesquelles Mike a accordé toute son attention à Ruth. Puis nous avons atteint une portion plus large de l'ancienne piste sur laquelle il a pu chevaucher de front avec elle. Les servantes les suivaient, agrippées toutes les deux au pommeau de leur selle comme si elles allaient tomber. Sandy et moi fermions la marche, tous deux peu bavards et surveillant Ruth et Mike.

En fin d'après-midi, mon allégresse du début de la journée s'était dissipée. Je n'aurais pas dû être jalouse, mais je l'étais. On avait l'impression que Ruth avait encore fait une nouvelle conquête. Mike lui souriait, riait tendrement à ce qu'elle lui racontait, et, d'une manière générale, avait l'air de l'adorer.

Nous avons atteint la ville en ruine d'Eternity au coucher du soleil. Quelques bâtiments croulants, avec des pancartes d'un gris délavé par les intempéries sur le point de tomber. Celle qui indiquait « Paris dans le désert » m'a fait sourire. En silence, nous avons descendu la rue principale à cheval. Des amarantes chassées par le vent volaient autour de nous. Nous nous dirigions vers une grande maison à l'extrémité de la ville qui, selon Sandy, allait nous servir de campement.

Fatiguée et endolorie, j'ai mis pied à terre devant la maison, puis j'ai regardé Mike s'approcher de moi, la selle de Ruth dans les bras.

– Ruth est exactement telle que vous me l'avez décrite, s'est-il contenté de me dire en passant près de moi.

Ma gaieté m'est revenue sur-le-champ. Ma gaieté et une bonne dose d'énergie.

Une heure plus tard, j'ai aidé Sandy et Mike à préparer des hamburgers. Et c'est pendant le dîner que j'ai vendu la mèche.

– Voulez-vous me passer la moutarde, Mike ? ai-je demandé.

Evidemment, tous se sont figés et tous les regards se sont posés sur moi. J'ai laissé échapper un petit rire et je leur ai raconté que Kane me rappelait un ami à moi du nom de Mike. J'avais juste emmêlé leurs prénoms. Les femmes n'ont prêté aucune attention à mon explication, mais j'ai acquis la conviction que Sandy avait compris le stratagème. Il fallait que je présente mes excuses à Mike, car je me sentais coupable d'avoir trahi son secret.

Après dîner, j'ai aidé à faire la vaisselle, mais je ne suis pas parvenue à coincer Mike en tête à tête – Ruth semblait accrochée en permanence à son côté gauche. Je suis donc partie faire une promenade.

Je suis bonne marcheuse, et je crois que la randonnée m'aide à éclaircir mes idées. J'ai donc fait plusieurs kilomètres sur une vieille route envahie par les mauvaises herbes avant d'atteindre ce qui avait dû être autrefois une très jolie petite maison. Isolée, toute seule au milieu d'un jardin qui, lui aussi, avait dû être ravissant. Quelques roses fleurissaient encore à l'extérieur de la véranda.

– Un de mes ancêtres vivait ici.

Mike s'était exprimé d'une voix douce, mais cela ne m'a pas empêchée de faire un bond.

– Désolé, m'a-t-il dit, je sentais que vous vouliez être seule, mais je ne voulais pas vous perdre.

Je lui ai adressé un sourire. Au clair de lune, il était presque aussi beau que son frère.

– A propos de ce soir..., ai-je commencé.

Mais Mike s'est contenté de rire en me disant que Sandy avait l'habitude de ces petits stratagèmes de jumeaux, et qu'il avait très bien compris l'explication qu'il lui avait donnée ensuite.

– J'ai apporté une lanterne. Voulez-vous visiter les lieux ?

La compagnie de Mike était enchanteresse. Il m'a raconté l'histoire de ses ancêtres qui vivaient autrefois dans cette demeure, dont l'un était un acteur très célèbre, si talentueux qu'on l'appelait le Grand Templeton. Comme j'adore les histoires, cette maison aux murs couverts de papier peint aux grosses roses fanées m'a enchantée.

– Quoi que vous fassiez, m'a dit Mike à la fin de notre petite visite, ne révélez pas à Kane que vous savez que nous avons interverti nos rôles.

Je ne voyais pas en quoi cela pouvait avoir une telle importance.

– Je parle sérieusement, a-t-il insisté. Ne commettez pas cette erreur. C'est important, Cale.

– Très bien. Vous avez ma parole de scout.

Toute cette histoire de cape et d'épée ressemblait à mes livres.

– Il faut que j'aille à la rencontre du camion de Kane. La prochaine fois que vous me verrez, je serai quelqu'un d'autre.

Sans doute était-ce de l'humour de jumeaux. Je lui ai tendu la main, mais il m'a donné une accolade fraternelle en m'embrassant sur les joues, et m'a fait promettre de venir leur rendre visite, à lui et à sa famille. Après son départ, j'ai eu l'impression d'avoir perdu quelqu'un qui aurait pu devenir un ami pour la vie.

Je n'avais pas la moindre envie de quitter cette maison. Il s'en dégageait de bonnes ondes, comme si les personnes qui l'habitaient dans le temps avaient partagé beaucoup d'amour et de rires.

Tenant à la main la lanterne que Mike m'avait laissée, je me suis promenée dans les pièces du rez-de-chaussée, j'ai grimpé au grenier et j'en suis redescendue. Je me rendais bien compte qu'il se faisait tard et qu'il me fallait refaire le long chemin qui me ramènerait à ce charmant groupe de femmes, mais je retardais le moment de partir.

Alors que j'en étais encore à tergiverser, retardant jusqu'à la dernière minute le moment de reprendre la route, j'ai aperçu Kane Taggert qui se tenait dans l'embrasure de la porte avec, dans chacun de ses bras, un petit garçon d'environ cinq ans. Endormis, ils se nichaient tout confiants contre leur père. De toute ma vie, je n'avais jamais rien vu de plus beau qu'eux. Il me les fallait.

Un jour, j'ai eu le coup de foudre pour une table de trente mille dollars. J'en ai rêvé comme un homme rêve de posséder la voiture la plus rapide ou comme une femme rêve de s'approprier un homme. Mais jamais je n'avais eu autant envie de quelque chose que de ces deux petits garçons aux yeux lourds de sommeil.

Je savais bien que le cow-boy Taggert et moi étions des ennemis mortels. Je savais bien que nous nous haïssions. Mais je savais aussi qu'il fallait que je touche ces créatures délicieuses. Tendant une main, j'ai caressé une boucle brune qui était aussi douce qu'un cheveu d'ange.

– Sont-ils vrais ? ai-je murmuré.

– Complètement vrais, a répondu Taggert, l'air amusé.

J'ai fait glisser ma main plus bas sur la joue tendre.

– Ils ont l'air trop parfaits pour l'être.

– Parfaits, je ne sais pas, a-t-il grogné, mais, en tout cas, ils sont propres pour le moment. Accordez-leur deux heures et ils seront de nouveau dégoûtants.

– Comment s'appellent-ils ?

– Jammie et Todd.

Je me suis rendu compte qu'il me regardait d'un air bizarre, mais j'ai fait semblant de ne pas m'en apercevoir et j'ai posé la main sur l'autre enfant endormi.

– Lequel est lequel ?

– Cela n'a vraiment pas d'importance. Mais celui-ci est Jammie, et celui-là Todd.

Pas vraiment d'importance, ai-je pensé. Quelle réflexion bizarre ! Puis je me suis dit : des jumeaux. Mike et Kane étaient censés être des jumeaux, les bébés de Mike étaient des jumeaux, quelqu'un devait donc s'imaginer que ceux-là l'étaient aussi. Peu m'importait que la famille Taggert tout entière soit cinglée. Si Kane voulait prétendre que ses enfants étaient semblables, ce n'était pas moi qui allais lui affirmer le contraire.

Pendant que je les contemplais, ils se sont peu à peu réveillés. J'ai été sincèrement surprise que leurs paupières soient assez solides pour soulever cette énorme touffe de cils.

– Où on est ? a demandé Jammie en se frottant les yeux du poing.

– Dans une maison où habitaient des gens autrefois, lui ai-je répondu. Il y a une énorme toile d'araignée dans la chambre. Tu veux la voir ?

– Y a des araignées dedans ? a fait Todd, dont la tête reposait toujours sur l'épaule de son père.

– Une grosse araignée et quelques mouches mortes.

J'ai tendu la main timidement, et Jammie l'a prise. Puis Todd a tendu la sienne. Quelques secondes plus tard, flanquée des deux petits garçons, je suis entrée dans la chambre.

C'étaient des enfants adorables : intelligents, curieux, rieurs, pleins d'énergie. Nous avons parlé des araignées et de leurs toiles, et je leur ai raconté en détail comment l'araignée attrape une mouche et tisse sa toile autour. Nous sommes restés assis sur le parquet pendant plusieurs minutes à parler, un petit garçon enveloppé dans chacun de mes bras.

J'ignore ce qu'a fait papa cow-boy pendant tout ce temps. Peut-être qu'il nous observait du seuil de la porte sans rien dire, mais je n'en suis pas certaine, et j'étais trop absorbée par les enfants pour me soucier de l'endroit où il se trouvait. Au bout d'un moment, Kane a annoncé à ses fils qu'ils devaient rentrer au camp se coucher, et les petits chéris se sont levés et se sont mis à courir en rond dans la pièce en faisant un bruit assourdissant. Au bout de quelques minutes, Kane en a attrapé un par le col de sa chemise et il a essayé d'agripper l'autre, mais Jammie est venu se fourrer derrière mes jambes pour se protéger, et Todd a essayé de faire de même.

– Todd, ai-je dit, tu vas avec ton père. Et toi, Jammie, tu viens avec moi.

Dès que les mots furent sortis de ma bouche, j'ai compris que je venais de commettre une erreur. Je n'étais pas censée être capable de distinguer les deux enfants. Mais je suis fière de dire que je me suis couverte en prétendant avoir reconnu Todd à la tache de graisse qu'il avait sur son col. Kane m'a lancé un regard bizarre, puis il a haussé les épaules avant de ramasser un garçon, et puis l'autre.

– T'es qui ? m'a demandé Todd.

Je savais que Todd deviendrait un homme d'affaires, alors que Jammie briserait les cœurs.

J'ai réfléchi avant de répondre :

– Je raconte des histoires.

Les deux garçons ont approuvé d'un signe de tête.

Comme d'habitude, Kane m'a trouvée stupide et a pensé que j'étais incapable de saisir la plus simple des questions.

– A mon avis, il voulait connaître votre nom.

– Jammie, je m'appelle comment ?
– Cale, a répondu l'enfant, intelligent.
J'ai adressé à Kane mon sourire le plus énigmatique avant de passer majestueusement devant eux pour sortir de la petite maison.
Je savais que cet enfant connaissait mon nom mais qu'il ignorait comment m'insérer dans son univers. Lorsque l'on a un père comme le mien, un père qui ne vous accorde jamais la moindre indépendance, tout en faisant peser de très lourdes responsabilités sur vos jeunes épaules, une moitié de vous n'est jamais enfant et l'autre moitié ne grandit jamais. Je comprends les enfants parce qu'un bon mètre dix de ma personne a toujours huit ans.

9

Le lendemain, Kane ne m'a pas laissée approcher ses petits garçons. Son but, c'était clair, consistait à les voir forger un lien avec Ruth, mais il ne fallait pas être un génie pour comprendre qu'elle n'aimait pas les enfants. La maigrichonne des duettistes a voulu savoir ce que les garçons mangeaient à l'instant même où Jammie mettait une sauterelle dans sa bouche. J'ai été ravie quand il l'a recrachée et qu'elle a atterri sur le devant du corsage de Ruth. Il a fallu que je m'éloigne du camp, après que Ruth eut tapé sur les mains de Kane pour les ôter de son corsage en disant : « Débarrassez-moi de ces petits animaux dégoûtants. » Que je m'éloigne vraiment, sinon je serais morte du rire qui enflait en moi. J'ai quand même eu la satisfaction de croiser le regard de Kane juste avant de me détourner, et d'être capable de lui demander d'un haussement de sourcils : « Est-ce vraiment la femme que vous allez épouser ? » Attrapant une pomme au passage, je suis partie en direction de la maison Templeton.

Une fois dans la maison, je me suis sentie beaucoup mieux. Quand allais-je pouvoir retourner à Chandler afin de prendre le premier coucou en partance pour New York ? Je voulais m'éloigner de la famille Taggert dans son ensemble. Ils étaient tous allumés, avec leurs fils jumeaux qui ne se ressemblaient pas, et leur façon de vous aimer ou de vous détester à la seconde. Quel soulagement ce serait de me retrouver à New York où les gens se conduisaient normalement !

Je suis montée au grenier, et je me suis assise sur le rebord de la fenêtre où j'ai croqué la pomme en regardant la route en contrebas. Ces enfants allaient pourtant me manquer. Ce qui était absurde, vu que je ne les connaissais que depuis vingt-quatre heures. Jammie s'était faufilé à l'intérieur de mon sac de couchage la nuit précédente et, ce matin, Todd s'était mis à pleurer parce que son frère avait passé davantage de temps avec moi que lui. C'est alors que Kane avait écarté ses deux fils de moi pour les diriger vers Ruth.

J'étais assise là en train de manger ma pomme quand j'ai vu Kane – seul, sans ses enfants – qui s'approchait de la maison. Il a levé la tête, m'a aperçue, et, l'espace d'un instant, j'ai cru qu'il voyait le fantôme de l'acteur décédé. Même du second étage, je pouvais voir qu'il était devenu blême. Puis il s'est mis à courir vers la maison. Il courait d'une façon presque effrayante, comme s'il avait vu quelque chose d'affreux, de terrifiant.

Quant à moi, j'étais paralysée. Figée sur place, je l'ai entendu faire une entrée tonitruante dans la maison, puis monter quatre à quatre l'échelle qui menait au grenier.

Il m'a arrachée au rebord de la fenêtre et nous sommes tombés pêle-mêle par terre. Je me suis égratigné le dos sur les planches grossières quand ses quatre-vingt-dix kilos se sont écrasés sur moi. Au début, je me suis débattue pour lui échapper mais je me suis arrêtée quand je me suis aperçue qu'il ne bougeait pas. Il était étalé sur moi, me scrutant comme si j'étais une vieille pièce de musée. Je l'ai foudroyé du regard pour lui faire comprendre que j'aimerais bien qu'il dégage.

Mais, Seigneur, qu'il était beau ! Des cils longs et épais, parfaitement ourlés, des lèvres pleines et douces, juste un peu écartées, et je sentais son souffle me caresser le visage.

J'imagine que nous nous prenons tous pour des êtres humains rationnels, qui aimons à penser que face à une situation irrationnelle – un immeuble en flammes, par exemple – nous nous conduirons de façon calme et intelligente. C'est alors que survient quelque chose d'épouvantable, et nous sommes horriblement gênés de nous être conduits de la façon exactement inverse de celle que nous voulions.

C'est ce qui m'est arrivé quand ce grand cow-boy m'a regardée et que j'ai senti son haleine chaude sur mon visage. Je voulais m'écarter de lui. Sincèrement, c'était ce que je voulais. Je me voyais roulant sur le côté et me retrouvant debout sur lui, les mains posées sur les hanches, l'air détaché, triomphant, pas du tout affecté par sa splendide beauté, lui lançant un avertissement du style : « Ne me touchez plus jamais comme cela ! »

Cela, c'était ce que je *voulais* faire. Mais ce que j'*ai fait*, c'est glisser le bout de ma langue sur ses lèvres !

Ce geste m'a déconcertée, tout comme il l'a déconcerté, lui. Enfin, j'imagine qu'il a fait davantage que le déconcerter. Il l'a littéralement allumé.

Une chose qui me plaît chez les femmes, c'est qu'il n'existe pas de preuve visuelle de leur excitation. Evidemment, une femme peut piquer un fard et se retrouver le souffle légèrement court, mais elle pourra toujours prétendre qu'il s'agissait d'une bouffée de chaleur. Alors que les hommes ne peuvent dissimuler ce qu'ils ressentent – à moins que « désirent » ne soit le terme exact. Et, à cet instant précis, j'ai su ce que désirait le cow-boy, car la preuve de son désir s'incrustait dans ma cuisse gauche.

J'ai toujours pensé que le sexe devrait être précédé de dîners aux chandelles, de petits baisers déposés au creux du coude, de ce genre de détails. Mais entre cet homme et moi, il était hors de question que les choses se passent ainsi. Sans même nous embrasser, nous avons commencé à nous arracher nos vêtements comme si chacun d'entre nous avait l'intention de tuer l'autre. Cela ressemblait au sexe tel qu'on le décrit dans ces films étrangers en noir et blanc dont les acteurs parlent interminablement, pendant que vous faites une fixation sur le fait que votre vessie est pleine. Et, subitement, il la plaque contre le mur d'une grange et vous oubliez complètement votre envie de faire pipi.

Nous nous sommes jetés l'un sur l'autre avec la même rage et la même furie que nous mettions à nous parler. Je n'ai eu besoin de tirer qu'une fois pour que sa chemise s'ouvre toute grande et j'ai découvert ce que je désirais tellement savoir : la raison pour laquelle les chemises de cow-boys ont des boutons-pression au lieu de boutons ordinaires. Ça leur permet d'avoir des rendez-vous vite faits bien faits dans le foin.

J'ignore comment il a réussi à m'enlever mes vêtements. Je portais un jean avec l'une de ces petites fermetures Eclair barbantes, dans lequel vous n'arrivez à entrer qu'en faisant ressortir vos fesses et en vous tortillant. Mais, cette fois-ci, je n'ai pas eu à me tortiller pour l'enlever. Il l'a fait glisser le long de mes hanches le plus aisément du monde, puis, tel un magicien, il a fait courir ses mains sur mes bottines lacées et elles sont tombées de mes pieds – vraiment tombées, sans le moindre effort.

Lorsqu'il a fait remonter ses mains le long de mon dos, nous étions tous les deux nus et je n'arrive pas à croire au corps dont la nature a comblé cet homme ! Pensez à ces superbes athlètes ! Imaginez-le recouvert de cette peau lisse et chaude ! Lorsque sa peau a touché la mienne, j'ai retenu mon souffle, comme si quelqu'un m'avait plongée dans de l'eau glacée – mais ce n'était pas le froid qui provoquait les sensations qui me balayaient.

Les muscles ne sont pas la seule chose intéressante chez cet homme. J'ai entendu dire que la peau est l'organe le plus large du corps humain, mais je me suis dit que, chez lui, il allait falloir que je procède à quelques mesures pour m'assurer que je ne rêvais pas.

Il m'a faite sienne avec toute l'aisance et la science d'un monte-en-l'air se glissant dans une chambre au vingtième étage.

Nous en sommes arrivés à la partie des relations sexuelles que je déteste, bien que je n'en ai pas connu des centaines. Mais, en général, trois minutes est le maximum qu'ils puissent atteindre. De temps en temps, je lis dans le journal qu'un sportif a tenté d'améliorer le record du quatre kilomètres et je me demande toujours pourquoi les hommes ne s'attaquent pas à un record plus important, comme celui des quatre minutes de baise.

Au début, je me suis contentée de rester étendue là, déjà préparée à la déception que j'allais ressentir lorsqu'il allait s'affaler sur moi en grognant : « C'était bon, ma poupée », avant de se mettre à ronfler. Mais celui-ci ne s'est pas arrêté au bout de trois minutes. Je ne sais pas bien calculer le temps dans de telles circonstances, mais je dirais qu'au bout de six minutes il poursuivait son va-et-vient, lentement et sans à-coups, comme s'il avait l'intention de continuer jusqu'au samedi suivant.

Je suis incapable d'expliquer ce qui m'est exactement arrivé. Tout ce que je peux dire, c'est que j'ai commencé à me réveiller. Non, je rectifie : la grande déesse blonde à l'intérieur de moi a commencé à sortir de la léthargie dans laquelle elle était restée plongée toute sa vie. Langoureusement, elle s'est réveillée, s'est levée, s'est frotté les yeux et a regardé autour d'elle. Et, une fois réveillée, elle a commencé à se dilater. Elle est devenue de plus en plus imposante, jusqu'à prendre totalement possession de moi, jusqu'au bout de mes ongles et de mes doigts de pieds. Elle m'a totalement rempli la tête, pour la première fois, si loin que remontent mes souvenirs. Au lieu d'histoires, c'était cet homme que j'avais dans mon corps, et j'étais éveillée, vraiment, totalement, pleinement éveillée, pour la première fois de ma vie. Toutes mes terminaisons nerveuses, tous mes pores, toutes les cellules de mon corps étaient sur le qui-vive, sensibles et *vivants*.

Je ne suis pas très sûre de ce que j'ai fait. Enfin, je veux dire que je ne sais pas exactement où se sont posées mes mains et ma bouche. Je me souviens qu'à un moment donné il m'a retournée, et que sous ce poids masculin de quatre-vingt-dix kilos qui me propulsait j'ai dû appuyer les mains contre une botte de foin pour m'arrimer.

Je me souviens que je n'avais plus aucune honte. Aucune dignité, aucune pensée. Je me souviens que je me rapprochais davantage d'un animal que d'un être humain pensant et rationnel. Je me souviens que j'ai enfin compris ce que voulaient dire les gens lorsqu'ils disaient que le sexe était un besoin vital, comme la nourriture et l'eau. Jusqu'à ce jour dans la grange avec cet homme, je n'avais jamais cru en cette idée éculée. Je croyais que les humains avaient effectivement besoin de nourriture et d'eau, mais pas de sexe. Je me trompais.

Il m'a de nouveau retournée, a tiré mes chevilles sur ses épaules, et il a continué. Je crois que je poussais des cris d'allégresse. Je ne pense pas avoir poussé de petits gémissements sexy comme une dame, mais je ne peux pas garantir non plus que je disais des choses sensées.

Au bout d'un certain temps, j'ai commencé à avoir la sensation que j'allais exploser. D'accord, je sais qu'il s'agit d'un cliché. Je sais qu'on l'a répété des millions de fois, mais la première fois que cela vous arrive à vous, on prend presque peur. J'imagine que l'on aurait vraiment peur si l'on désirait empêcher cette explosion, mais cette sensation fait penser aux saumons qui se battent pour remonter le courant. Quelque chose que l'on essaie d'atteindre de toutes ses forces.

J'ai enroulé mes jambes autour de sa taille pendant

qu'il était agenouillé, et j'ai commencé à bouger avec davantage d'énergie que je n'en possédais véritablement. A cet instant-là, j'aurais pu ébranler un train à l'aide de mon bassin, mais je n'arrivais pas à faire bouger cet homme dont on aurait dit qu'il possédait la puissance de deux paquebots.

J'ai tout lu sur l'orgasme et je croyais en avoir ressenti quelques-uns. Mais j'avais tout faux. Je n'avais pas eu de vrai orgasme. Ce n'est pas quelque chose qui arrive en un éclair. En tout cas pas chez les femmes.

Je suis heureuse d'être une femme. Comment le sexe pourrait-il procurer un tel bien-être à l'homme alors qu'il se passe *en dehors* de son corps ? Chez une femme, tout se passe à l'intérieur, au plus profond d'elle-même, et les sensations irradient vers l'extérieur.

La meilleure comparaison qui vient à l'esprit est l'image des vagues de l'océan venant se briser sur la plage. Vague après vague, elles venaient du plus profond de mon corps pour atteindre ses limites les plus extrêmes. Elles m'ont paru continuer ce mouvement de pulsation interminablement, se hâtant au début de s'étendre et de se retirer. Puis elles ont ralenti graduellement et la lumière blanche aveuglante s'est peu à peu transformée en un rougeoiement luminescent.

Les bouts de mes mains et de mes pieds me faisaient mal, comme si ces vagues les avaient étirés jusqu'à leurs limites.

Au bout d'un moment, je me suis remise à respirer, et la femme qui se trouve à l'intérieur de moi, cette déesse dont j'ignorais l'existence, s'est aperçue qu'elle était fatiguée et a commencé à s'éloigner. Avec elle s'est enfuie mon énergie. Elle a aussi emporté ma colère et la rage que la vie m'inspire. Jamais je ne m'étais sentie si calme, si paisible.

Lorsque cet homme a déposé un baiser sur mon oreille, je lui ai adressé un sourire ensommeillé, puis je me suis retirée avec la déesse à l'intérieur de moi-même et je me suis endormie.

Lorsque je me suis réveillée plus tard, toujours étendue dans les bras de Kane, peau contre peau, j'ai subitement compris que j'avais davantage à partager avec cet homme que la plus excitante expérience sexuelle jamais vécue.

J'ai eu l'occasion de faire partie du jury pour l'élection de Miss Amérique. L'une des recommandations que nous devions suivre était de ne jamais attribuer à une jeune fille une note en dessous de cinq. Ils prétendaient, et j'étais de leur avis, que ces filles avaient travaillé dur et méritaient au moins un cinq dans chaque catégorie.

Les organisateurs du concours avaient demandé à des jeunes filles du coin de servir de doublures aux concurrentes pendant les répétitions afin que nous puissions apprendre le maniement des ordinateurs. Mon voisin était le célèbre acteur Richard Woodward, et lorsque la première volontaire a tourbillonné devant nous, il a appuyé sur 2.2. Je ne connaissais pas cet homme, mais je savais que les résultats des répétitions allaient être affichés sur un écran et je ne trouvais pas très galant de sa part d'attribuer à ces filles gentilles et nerveuses une note si basse. Je lui ai fait part de mon opinion.

– Vous êtes un *véritable* écrivain, n'est-ce pas ? m'a répliqué Richard.

Sa question m'a flattée. Comme je rougissais de plaisir, il a ajouté :

– Les véritables écrivains sont incorrigibles : ils

fourrent leur nez partout et ne savent pas garder ce qu'ils pensent pour eux.

J'ai éclaté d'un rire si tonitruant que l'homme qui essayait de nous apprendre à nous servir des ordinateurs a dû me rappeler à l'ordre. Après cette algarade, Richard et moi sommes devenus les meilleurs amis du monde.

Eh bien, je suis, dans tous les sens du terme, un *véritable* écrivain. Fureteuse et incapable de garder le silence. Si une connaissance m'annonce qu'elle vient de divorcer, je tiens absolument à savoir pourquoi.

Kane et moi avions été présentés l'un à l'autre, et, vu les expériences que nous avions partagées, je trouvais que nous nous connaissions assez pour nous appeler par nos prénoms. Je lui ai donc demandé :

– Comment se fait-il que vous soyez coincé depuis la mort de votre femme ? La haïssiez-vous, ou s'agissait-il d'autre chose ?

La subtilité n'est pas l'une de mes vertus cardinales. Et, de toute façon, j'ai découvert que ma façon directe d'approcher les gens me vaut soit le silence soit des histoires.

J'ai bien senti Kane hésiter, et quelque chose au fond de moi m'a avertie qu'il n'avait jamais avoué à personne, à personne au monde, la vérité sur sa femme. J'ai retenu mon souffle, car je venais de comprendre que je tenais absolument à savoir ce qu'il avait à l'intérieur. C'est à cet instant précis qu'il est devenu pour moi une personne. Peut-être était-ce le sexe, peut-être était-ce son physique, peut-être était-ce la douceur de son haleine, à moins que ce ne fût le plaisir que j'éprouve à entendre raconter des histoires, quelles qu'elles soient, mais je ne le crois pas. Je pense qu'en fait je venais de m'apercevoir qu'il était bien davantage qu'un homme doté de muscles et de sex-appeal. J'imagine que j'ai compris instinctivement qu'un homme capable de me faire ressentir un tel plaisir n'était pas un lourdaud totalement insensible, mais qu'il y avait une vraie personne à l'intérieur de sa carapace.

– J'ai un frère jumeau identique, dit-il.

Je n'ai pas pu expirer. A plusieurs reprises, je m'étais demandé pourquoi Mike n'avait pas voulu que je laisse entendre à Kane que je connaissais son existence.

– Dans ma famille court un dicton stupide : « Tu épouses celle qui est capable de distinguer les jumeaux. »

Ô Seigneur ! ai-je pensé. Je ne m'étonnais plus que Mike m'ait demandé de me taire. Se marier ? Moi ? Epouser une espèce de grand cow-boy que quelques heures encore auparavant je détestais de bon cœur ?

– Votre femme était-elle capable de les distinguer ? ai-je demandé d'une toute petite voix.

Kane n'a pas eu l'air de remarquer ce filet de voix. Il venait de se lancer dans le récit de sa rencontre avec elle à Paris.

Paris ? ai-je pensé. Que pouvait donc bien faire un cow-boy à Paris ? Se faisait-il couper les cheveux sur son meilleur taureau ?

En tout cas, c'est à Paris qu'il l'a rencontrée, qu'il est tombé fou amoureux d'elle, et qu'il l'a épousée six jours plus tard. Au cours de ces six jours, il a appelé sa mère qui a envoyé son frère Mike vérifier qui était la fiancée. En me racontant comment sa famille avait envoyé son frère vérifier si elle était capable de les distinguer, Kane s'est tendu.

– Et comme elle n'en a pas été capable, ç'a été terminé, a-t-il ajouté. Aucun autre membre de la famille à part lui n'a assisté à notre mariage. Comme s'ils l'avaient rejetée à cause d'une légende idiote.

Comme il n'ajoutait rien, je lui ai demandé :

– Mais cela ne vous a pas empêché de l'aimer ?

En même temps, j'ai prié pour qu'il m'apprenne que la légende disait vrai, et que deux semaines après leur mariage il s'était aperçu qu'il n'était plus amoureux d'elle.

– Oh oui, je l'aimais. Je l'aimais à la folie. Nous étions parfaitement accordés. Comme les deux moitiés d'une orange. Lorsqu'une idée lui traversait l'esprit, la même idée me traversait aussi. Nous aimions les mêmes plats, les mêmes gens, nous voulions faire les mêmes choses au même moment.

Si je vivais avec une telle personne, je deviendrais folle en moins d'une semaine. En fait, j'ai eu un jour un petit ami comme cela. Les filles de mon dortoir disaient toutes que j'avais de la chance, alors que j'avais l'impression de devenir cinglée. Un soir, je lui ai dit que j'avais envie de manger italien, et lorsqu'il m'a répondu : « Moi aussi », j'ai attaqué :

– Et si je voulais manger chinois ? Si je voulais un chat siamois ? ai-je hurlé au pauvre type. Es-tu incapable d'avoir une pensée à toi ? N'as-tu jamais envie d'une bonne vieille dispute à propos de l'endroit où nous dînerons ce soir ?

Ai-je besoin de préciser que ce jeune homme ne m'a plus jamais rappelée ?

Il y a longtemps, je me suis rendu compte que la plupart des gens ne sont pas comme moi. Il se peut donc que la plupart d'entre eux rêvent de vivre dans la paix et l'harmonie. Personnellement, je n'ai jamais connu le calme, et mon intuition me souffle qu'il ne s'agit pas d'un état pour lequel je suis naturellement douée.

Kane est subitement passé de sa femme décédée à la femme de son frère, et, au ton de sa voix, j'ai cru pendant un moment qu'il était amoureux d'elle. Mais il était en train de m'expliquer comment sa famille avait accepté Samantha dans son sein, mais pas sa propre épouse. La colère perçait dans sa voix, mais je suis heureuse de dire que je n'y ai pas entendu de jalousie.

Et maintenant, qu'est-ce que je fais ? ai-je pensé. Devais-je lui dire : « Eh bien, moi, je suis capable de distinguer les jumeaux » ? Comme je ne crois pas fort en la magie – les tours de magie m'endorment –, j'étais sûre qu'il existait des centaines de femmes en Amérique capables de reconnaître Kane de son frère. La prochaine fois que Kane se marierait, il n'aurait qu'à choisir l'une d'elles, et tout le monde serait heureux.

Il a continué à me parler et à me décrire en détail son parangon de femme. Je me suis retenue de faire des remarques insidieuses sur le couple « parfait » qu'ils formaient – parfaitement ennuyeux, veux-je dire. Conversations parfaites, relations sexuelles parfaites, enfants parfaits. Si elle avait vécu, auraient-ils eu un divorce parfait ? Peut-être n'auraient-ils pas divorcé et peut-être que je fais simplement preuve de cynisme, mais chaque fois que j'entends une femme me vanter les qualités de son époux ils finissent par divorcer. Les mariages qui durent sont ceux où la femme avoue que son mari lui tape sur les nerfs puis dissèque le sujet en détail. Peut-être cette attitude a-t-elle un rapport avec le fait d'être capable de distinguer ses souhaits de la réalité.

Kane a continué à me raconter la solitude qui était la sienne après la mort de sa femme, et l'interdiction qu'on lui avait faite de la pleurer. Tous les membres de sa famille semblaient avoir adopté la même attitude : « Remue-toi et pense à tes fils. » Il avait envie de rester assis à pleurer pendant des jours, dans une pièce toute noire, mais c'est la mère de sa femme qui a pleuré, pendant que lui, Kane, devait se montrer fort et être à l'écoute du chagrin de tous les autres. Comment peuvent-ils pleurer sa mort, s'est-il demandé, alors qu'ils n'ont jamais célébré sa vie ?

Au bout du compte, il n'a pas réussi à pleurer. Tout le monde semblait penser que c'étaient les garçons qui comptaient et que c'était à eux que leur mère allait manquer. Kane n'était pas du genre à hurler sur les toits que lui aussi avait besoin d'elle. Il a donc ravalé son chagrin et continué à se conduire de la même façon, sauf que plus personne ne l'attendait à la maison à la fin de la journée. Plus personne pour rire de ses plaisanteries et lui masser ses épaules endolories, plus personne pour relancer ses idées – plus personne à qui faire l'amour.

J'ignore pourquoi les gens ont tendance à me confier leurs secrets les plus intimes. Peut-être parce que je m'intéresse à eux, à moins que ce ne soit parce que je suis empathique.

Dans un épisode de *Star Trek*, une femme possédait ce dont d'empathie. Elle *sentait* les joies et les chagrins des autres. C'est ce qui m'arrive à moi aussi. Je crois que cela vient du fait que je suis quelqu'un qui aime réparer, et que j'écoute les gens avec une telle attention que j'essaie de résoudre leurs problèmes à leur place. Lorsque j'ai envie de quelque chose, je cherche à l'obtenir. J'ai des œillères. Rien ne me distrait de mon but ; rien ne me décourage.

Pourtant je ne savais pas comment proposer à Kane de l'aider. Peut-être pouvais-je provoquer une réunion de famille et les engueuler ? Ou alors, je pouvais m'occuper de ses fils pendant un an, afin de lui laisser le temps de s'éloigner pour vivre son deuil. Mais j'ai eu comme dans l'idée qu'il n'accepterait pas que je les emmène. Peut-être pouvais-je lui dire : « Kane, je suis capable de vous distinguer de votre frère. Par conséquent, je dois être davantage faite pour vous que ne l'était votre respectable épouse. »

C'était cela ! Un grand et beau cow-boy qui prenait du bon temps à récurer les sabots d'un cheval et une citadine pleine de bagout ! Etais-je censée l'épouser, emménager dans un ranch et exhiber mes moutons à la foire ? Ou Kane déménagerait-il à New York où il deviendrait M. Cale Anderson, chargé d'aller me chercher une boisson rafraîchissante dans les soirées mondaines ?

D'un autre côté, à dire la vérité pure et nue, j'imagine mal que quiconque puisse avoir envie de vivre avec moi. Loin de moi l'idée d'en faire un mélodrame mais, lorsque vos propres parents ne vous aiment pas, on a vraiment du mal à s'imaginer que *quiconque* puisse jamais se prendre d'affection pour vous.

10

Si je vous disais que Kane et moi nous nous sommes sentis mal à l'aise après avoir fait l'amour et parlé, ce serait l'euphémisme du siècle. J'ignore combien de temps nous serions restés là, bien en sécurité dans les bras l'un de l'autre, si Sandy n'était pas arrivé en compagnie des garçons. Dès que nous avons entendu leurs voix, le sortilège a été rompu, et nous nous sommes subitement regardés d'un air horrifié, puis embarrassé. Je me suis hâtée de repasser mes vêtements en grimaçant car j'avais les genoux écorchés. Au moment de mettre mes bottines, je me suis aperçue que mes lacets avaient été tranchés net. C'est donc comme cela qu'il s'y est pris, ai-je pensé, avant de redescendre pesamment du grenier par l'échelle dans des bottines qui ne me tenaient pas aux pieds.

Debout derrière les garçons, Sandy nous a jeté un regard et je me suis rendu compte qu'il comprenait ce qui venait de se passer. Comme je ne pouvais croiser ni ses yeux ni ceux de Kane, je me suis concentrée sur les garçons.

Sandy ayant amené des chevaux, j'ai eu droit à une chevauchée pour le retour, que j'ai grandement appréciée, vu l'état de mes bottines. De retour au camp, j'ai continué à éviter Kane du regard, et lorsqu'il m'a tendu une pelote de grosse ficelle en me disant qu'il allait me lacer mes bottines, je lui ai arraché la pelote des mains en lui annonçant que j'allais le faire moi-même. Je sais qu'il est resté là un moment à me fixer des yeux, mais je me suis bien gardée de faire la même chose.

La nuit précédente, j'avais dormi à la belle étoile, près des hommes et des garçons, alors que les femmes dormaient dans la maison. Mais, cette nuit-là, j'ai dormi à l'intérieur avec elles. Ce qui s'était passé entre moi et ce crétin de cow-boy n'était qu'un accident, et je n'avais pas l'intention d'ajouter quoi que ce soit à cette erreur. Demain, je repartirais à Chandler, à pied s'il le fallait.

A propos d'accident, je me suis demandé si je ne venais pas de tomber enceinte. Je ne me souvenais pas d'avoir pris la moindre précaution.

– Je peux toujours avorter, me suis-je dit dans l'obscurité.

Comme si j'allais tuer mon propre enfant ! Je n'avais jamais beaucoup pensé aux enfants avant, mais là, je m'imaginais déjà, assise dans un fauteuil à bascule à 3 heures du matin, un bébé aux cheveux noirs au sein pendant que je prenais des notes pour mon prochain roman. Je m'imaginais déjà en train de bander le genou d'un môme de trois ans et d'effacer d'un baiser les larmes d'un bébé. J'imaginais même une bonne occupée à laver les couches sales et à essuyer les traînées de purée de carottes sur les murs de la cuisine (n'oubliez pas que je suis réaliste !).

Je n'ai pas pu trouver le sommeil pendant plusieurs heures, et, lorsque je me suis réveillée, il n'y avait que moi dans la chambre.

11

Le lendemain, j'ai très peu vu Kane. A vrai dire, je l'ai à peine entrevu, ce qui m'a bien arrangée, car je n'arrivais pas à savoir ce que j'éprouvais exactement pour lui. Il est allé faire une promenade avec Ruth dans les bois, me laissant le soin de m'occuper de ses adorables fils. En fait, c'était à Sandy qu'il les avait confiés, mais c'est moi qui les ai en quelque sorte pris sous mon aile. Nous avons passé ensemble des moments délicieux à aller jeter un coup d'œil dans chaque vieille maison d'Eternity et à inventer des histoires sur les gens qui y avaient vécu et sur la façon dont ils étaient morts. L'après-midi, ils ont posé leurs têtes sur mes genoux, chacun d'un côté, et je leur ai lu des histoires jusqu'à ce qu'ils s'endorment.

Il était environ 15 heures lorsque nous avons regagné le camp, mais seul Sandy s'y trouvait, en train de somnoler à l'ombre. Les garçons lui ont tout de suite sauté dessus, et j'ai bien vu qu'il avait envie de les voir. Je les lui ai donc abandonnés à contrecœur et j'ai pris la route qui sort de la ville sur laquelle j'ai aperçu un camion de livraison. Aucun doute ne m'a effleurée : il ne pouvait s'agir que du camion qui allait me reconduire à Chandler. Je me suis armée de courage et c'est alors que j'ai vu Mike debout à côté du camion. Il ne ressemblait décidément pas du tout à Kane. Mike possédait des cils courts et épais, des lèvres tirant sur le fin, et un corps au bord de l'empâtement. Et il avait également une voix plus aiguë que la voix de basse rocailleuse de Kane.

– Salut, Mike, lui ai-je dit. Comment vont les bébés ?

Au moment où Mike se tournait vers moi, j'ai compris que quelque chose n'allait pas, et je n'ai pas eu à utiliser toutes mes cellules nerveuses pour savoir de quoi il retournait. Je n'ai aperçu que trop tard la paire de pieds chaussés de bottes qui se présentaient à l'envers dans le camion.

Comment se fait-il que les hommes aiment tellement se suspendre la tête en bas du siège des voitures pour regarder les fils sous le tableau de bord ? S'adonnent-ils à ce petit jeu une fois que leurs mères sont parvenues à leur faire comprendre qu'en société il n'est pas acceptable de s'allonger par terre pour regarder sous les jupes des filles ?

– Tu veux la clé à molette ? a demandé Mike à son frère.

L'espace d'un instant, nous avons tous deux retenu notre souffle. Peut-être que Kane ne m'avait pas entendue. Peut-être que Kane avait les oreilles pleines de fils électriques et qu'il n'avait pas compris que je venais de signer ma trahison.

Je n'ai jamais eu de veine.

Kane n'a pas fait semblant de ne pas être en colère. Il était furieux. Sans nous regarder, ni moi ni son frère, il a pivoté sur le siège, il est sorti du camion et il a entrepris de gravir la pente la plus proche de lui. Tout droit à travers les broussailles et par-dessus les rochers, dévorant l'espace avec l'énergie que lui inspirait sa rage.

Je l'ai suivi, car je pensais qu'il méritait une explication.

– Et maintenant ? demanda-t-il dès que Cale l'eut rejoint. Dois-je faire ma demande en mariage ?

Ignorant sa remarque sarcastique, elle fit celle qui ne comprenait pas.

– Je suis sûre qu'il y a d'autres personnes capables de vous distinguer de votre frère...

– Ma mère, mon père... parfois ma sœur cadette. Et la femme de mon frère, ajouta-t-il d'une voix plus sourde.

– C'est tout ? fit-elle, manifestement étonnée.

Lorsqu'il lui fit face, il ne présentait plus le visage du tendre cow-boy qui avait fait des galipettes avec elle. Un de ses sourcils était arqué et il avait les narines pincées.

– Il ne fait pas de doute qu'à vos yeux nous ne nous ressemblons pas du tout. Une question de cils et d'embonpoint, c'est ça ?

Elle n'allait pas lui répondre, car il avait presque mis le doigt sur la vérité.

– Vous comprenez, bien entendu, que cela invalide la légende ?

Il continua de la fixer du regard sans changer d'expression.

– J'aimerais savoir en quoi...

– Votre femme était incapable de vous distinguer l'un de l'autre. Cela ne vous a pas empêchés de vivre l'histoire d'amour du siècle. J'arrive à vous reconnaître et pourtant vous et moi ne pouvons pas nous supporter.

Elle observa un silence, avant d'ajouter d'une voix douce :

– A part sexuellement.

– Ouais, fit-il en détournant le regard, à part sexuellement.

– Vous devriez épouser quelqu'un de normal, quelqu'un qui désire devenir épouse et mère, qui a envie de vivre dans un ranch, de monter à cheval, de traire les vaches et le reste. Surtout, vous ne devriez pas envisager de vous marier avec quelqu'un à cause d'une formidable... enfin, je veux dire d'une bonne entente sexuelle. Ce genre de choses peut se produire. Je vous parie que cela arrive avec chaque groupe que vous emmenez promener, surtout avec les New-Yorkaises.

Cale s'enflammait pour son sujet.

– A New York, les femmes craignent la maladie – attention, je ne suis pas pour les histoires d'une nuit – alors qu'elles ont l'impression d'être en sécurité avec un grand cow-boy bien sain qui a vécu toute sa vie au grand air pur et vivifiant du Colorado. Enfin, que risque-t-on d'attraper avec un cow-boy ? La fièvre aphteuse ? Un anthrax ? Est-ce la même chose ? Enfin, bref, c'est un truc qui est arrivé comme ça, rien de plus. Le bon endroit, la bonne heure. Je vous parie que si Ruth s'était trouvée sur ce rebord de fenêtre, ça aurait été Ruth... et vous.

Elle ralentit, se rendant compte avec horreur qu'elle ressentait de la jalousie. Si..., songeait-elle. Si Ruth s'était trouvée là, Kane l'aurait arrachée à cette fenêtre. Puis Ruth et Kane auraient...

Elle se leva et épousseta les fesses de son jean.

– Il y a des millions de femmes dans le monde. Allez à leur rencontre et épousez-en une capable de remplir les conditions de cette légende. Je ne suis pas celle qui convient. Je ne suis pas une princesse qui attend dans sa tour...

Tout le temps que j'ai descendu cette montagne, j'ai espéré à chaque pas qu'il allait me rattraper. Etant donné que mes pensées m'appartiennent, je me suis dit que je pouvais m'y abandonner. Personne n'était là pour les formuler à haute voix ni pour rire de moi.

Je savais bien que c'était une idée idiote de l'imaginer me poursuivant. Je savais bien que nous n'avions pratiquement rien pour nous entendre, puisque nous avions à peine échangé quelques paroles de civilité. En dehors d'un après-midi où nous avions fait l'amour de façon merveilleuse, divine et céleste, et où cet homme avait épanché son âme, nous nous étions toujours combattus. Nous nous détestions cordialement. Nous n'avions rien en commun. A part, peut-être, ces deux gosses que je voulais. Que je voulais de façon abstraite, bien entendu. A quoi pensais-je donc : à emmener ces pauvres chéris loin de la nature sauvage du Colorado, loin de l'air limpide de cet Etat montagneux, pour les faire vivre dans un duplex new-yorkais où ils ne pourraient jouer que sur une terrasse ? Evidemment, le fait d'être élevé dans le Colorado ne garantissait pas le bonheur futur de quelqu'un. Peut-être bien que New York la grande, la crasseuse, plairait à ces gosses. A moins que je ne vienne m'installer dans le Colorado.

Aucune de ces réflexions ne m'a fait le moindre bien, car le cow-boy ne m'a pas suivie, n'est pas tombé à mes genoux et ne m'a pas dit qu'il ne pouvait pas vivre sans moi. En fait, il est resté au sommet de la montagne pendant que j'en redescendais.

Mike m'attendait en bas. Je ne peux pas dire que je m'imaginais qu'il allait le faire, mais, en tout cas, il imitait parfaitement bien l'inquiétude. J'étais tellement déprimée que je ne lui ai même pas suggéré d'aller faire un petit tour de temps en temps dans un gymnase. Après Kane, Mike n'était qu'un ersatz bien pâle.

– Je veux rentrer à la maison, ai-je dit.

– A la maison ?

J'ai trouvé que Mike s'exprimait aussi bêtement que Kane avait pu être bête à mes yeux. Sauf que Kane n'était pas bête. Il était intelligent, drôle, et bon... et j'aurais aimé croire à cette idiote de légende. Mes fantasmes commençaient à prendre le dessus, et j'ai vu un père qui nous menaçait d'une carabine pour nous forcer à nous épouser parce que nous avions rempli les conditions de la prophétie. Où sont donc passés les pères armés de carabines lorsque l'on a vraiment besoin d'eux ?

– Oui, à la maison, ai-je dit. A la maison à New York.

Mike a levé les yeux vers le sommet de la montagne, mais je savais qu'il ne verrait pas son frère.

– Nous nous sommes dit au revoir là-haut.

– Mais...

Il était clair que Mike ne savait pas quoi ajouter. Il ne faisait pas de doute qu'il avait accompli ce que l'on attendait de lui et traîné sa femme devant le tribunal familial avant même d'envisager de l'épouser. Enfin bon, c'était bien que rien ne soit destiné à se passer entre Kane et moi, car je ne suis pas douée pour la famille, et je pense que je serais capable de me mettre à haïr la sienne.

– Mike, ai-je dit lentement comme si je le pensais vraiment, je veux que vous me conduisiez à Chandler pour pouvoir quitter cet Etat. Je veux retourner dans un endroit où on peut simplement vous taillader le cœur.

Pas le briser comme ils le font dans le Colorado.

J'ai été obligée de détourner les yeux, car je m'abandonnais à mon sens du mélodrame. Pour une fois, je voulais faire une sortie en demi-teinte. Ni crise ni colère. Je voulais préserver ma fierté et me contenter de m'esquiver.

Mike m'a aidée à faire mes bagages, mais cela lui a pris des heures. Je sais bien qu'il essayait de donner le temps à son frère de prendre une décision. Mais Kane l'avait déjà prise, et il avait bien raison de faire preuve d'un tel sens commun. J'aurais fait une femme pourrie. Je me serais plongée dans un livre et j'en aurais oublié de faire la cuisine pendant plusieurs jours. Si je n'avais pas eu de nurse pour les enfants, probablement que je les aurais aussi oubliés. Et que Dieu vienne en aide à l'homme qui me contrarierait ! En gros, il valait mieux que quelqu'un comme moi vive seul. Pour être libre. Eh oui, c'est exactement cela ! La liberté. La liberté d'aller et venir selon mes envies. La liberté de... de me trouver sans personne pour rire de mes plaisanteries, pour masser mes épaules tendues comme les cordes d'un piano, personne pour écouter le dernier plan de roman qui me venait à l'esprit. Personne à qui faire l'amour.

Mike a réussi à lambiner jusqu'au crépuscule, puis

il a commencé à trouver de bonnes raisons pour que je ne parte pas avant le lendemain matin.

– Le Colorado est tellement arriéré qu'ils n'ont pas encore de phares sur leurs voitures, c'est ça ? lui ai-je demandé de mon ton new-yorkais le plus agressif.

Mike m'a cédé et m'a reconduite dans la minuscule ville de Chandler. Il voulait m'emmener jusqu'à la maison de ses parents. Et puis après ? Me border dans le lit de Kane en formulant le vœu que son frère rentre dans la nuit et bascule dans le lit avec moi ?

Je l'ai obligé à me conduire jusqu'à un motel et, à 10 heures le lendemain matin, il m'a emmenée en voiture à l'aéroport où j'ai pris un minuscule avion pour Denver. De là, je me suis envolée pour New York.

Mon éditrice n'était pas très contente de moi. Depuis six semaines que j'étais rentrée du Colorado, je n'avais tué personne. Sur le papier, j'entends. Etant donné que ma maison d'édition m'envoie toutes ces sommes d'argent rondelettes pour que je tue les gens, ils n'étaient pas vraiment enchantés.

Non que j'aie cessé d'écrire. J'écrivais dix à quinze heures par jour, mais toutes mes histoires tournaient autour d'épouses qui se mariaient par petites annonces et de mariages à la carabine. Je n'ai jamais fini aucune de ces histoires ; je me suis contentée d'écrire des scénarios et de les envoyer à mon éditrice.

Au début de la septième semaine, elle est venue me rendre visite à la maison pour discuter.

– Ce n'est pas que nous ne soyons pas d'accord pour que vous changiez de genre, a-t-elle commencé patiemment.

Tous les éditeurs déploient une immense patience et un tact extrême lorsqu'ils font part d'une mauvaise nouvelle à leurs auteurs de best-sellers, comme s'ils s'adressaient à un cinglé qui tenait une machette à la main.

– Après tout, a-t-elle ajouté, les romans d'amour rapportent des millions.

Heureusement que je n'essayais pas d'écrire un roman qui ne ferait pas d'argent, sinon tout le monde se serait pris les cheveux dans les couloirs de ma maison d'édition.

Elle s'est contentée de baisser la voix et de m'adresser un gentil sourire :

– C'est juste que vos histoires d'amour ne valent rien. Elles sont trop tristes !...

Vous conviendrez avec moi que la vie est bizarre : vous tuez les gens, roman après roman, et on ne trouve pas ces livres tristes ; puis vous écrivez une histoire sentimentale dans laquelle une héroïne s'éprend d'un type et s'éloigne avec lui dans le soleil couchant, et on vous dit que c'est trop triste. Si j'avais tué la salope, cette histoire se serait transformée en tragédie. La tragédie, c'est bien, le meurtre, passe encore, mais la tristesse, hors de question ! Et cela va même au-delà : la tristesse ne se vend pas.

J'ai bien écouté tout ce qu'elle me racontait, tout en remarquant que, pour une fois, elle ne m'avait apporté ni fleurs ni sucreries – la preuve concrète que ma maison d'édition était vraiment très embêtée. Mais ils voulaient me secouer jusqu'à ce que je revienne à la raison et que je comprenne que mon devoir consistait à tuer des gens sur le papier et à nourrir la famille de tous les employés de l'éditeur.

Le plus drôle, c'est que j'avais vraiment envie d'écrire des romans policiers. Je me sentais bien lorsque j'étais en colère. Me disputer avec des chauffeurs de taxi, imaginer quel était le prochain personnage que j'allais tuer me rendait heureuse et me donnait confiance en moi. Hier, il a fallu que j'aille chez Sachs rendre un tailleur qui ne m'allait pas bien et j'ai demandé au conducteur de taxi de me déposer au croisement de la Cinquième Avenue et de la 50e Rue. Dix minutes plus tard, nous nous sommes retrouvés sur la Première Avenue qui se situe dans la direction exactement inverse de Sachs.

– Vous avez pris la mauvaise direction, me suis-je contentée de lui dire sans m'énerver...

Lorsqu'il m'a répondu, au moyen des sept mots d'américain qui figuraient dans son vocabulaire, que c'était son premier jour au volant, j'ai souri et je lui ai expliqué comment me conduire chez Sachs, puis je lui ai réglé la course intégralement. Et, par-dessus le marché, je lui ai donné un dollar cinquante de pourboire.

Eh bien, vous pouvez me croire : celle qui a fait cela, ce n'est pas moi.

12

Cale se trouvait dans son appartement, fenêtres grandes ouvertes, à jouer dans sa tête avec l'idée d'une histoire illisible sur un amour non payé de retour, lorsqu'elle entendit le bruit d'un hélicoptère. Au début, elle n'y prêta pas attention, mais le bruit lui parut s'amplifier puis s'arrêter à un endroit précis, et cet endroit semblait se trouver juste devant ses fenêtres. Ennuyée, elle se leva pour aller les fermer et s'aperçut que l'hélicoptère restait effectivement suspendu au-dessus de sa terrasse. Une position certainement illégale, songea-t-elle. Les lois de l'Etat de New York interdisaient sûrement aux hélicoptères de s'approcher si près des immeubles.

La main sur la poignée de la porte-fenêtre, elle s'apprêtait à la refermer lorsqu'un son bizarre lui parvint aux oreilles. Curieuse, elle leva les yeux en direction de l'appareil bruyant qui faisait souffler le vent dans sa direction et resta interloquée.

Suspendu à une corde, un pied dans l'étrier, un homme était en train de descendre de l'appareil. La première réaction de Cale fut de claquer la porte et de sortir en vitesse de son appartement, mais elle y regarda à deux fois. Les pieds de l'homme étaient chaussés de ce qui ressemblait à des bottes de cow-boy rouge carmin foncé. Or, elle n'avait rencontré qu'un seul homme dans sa vie qui portait ce genre de bottes : Kane Taggert.

Elle voulut refermer la porte et rentrer dans son appartement mais en fut incapable. Elle fit même exactement le contraire : sortant sur la terrasse, elle suivit des yeux la lente descente de l'individu. Absurdité des absurdités, il portait un smoking alors qu'il était 4 heures de l'après-midi, et, si sa vision ne l'induisait pas en erreur, il tenait une grande bouteille de champagne sous un bras et deux flûtes dans une main.

Elle recula d'un pas au moment où il posait pied à terre et se dégageait de l'étrier. D'un geste du bras, il fit signe à l'hélicoptère que tout allait bien. Une fois le silence revenu, Cale continua de garder le silence. Elle restait plantée là, se contentant de fixer l'individu de haute taille dans l'attente qu'il lui dise quelque chose.

Un demi-sourire aux lèvres, il posa la bouteille de

champagne, l'ouvrit, en versa et lui tendit une flûte qu'elle ne prit pas.

– Que voulez-vous ? demanda-t-elle avec le maximum d'hostilité dont elle était capable.

Kane avala une longue gorgée avant de lui répondre.

– Je suis venu vous demander votre main.

Sans la moindre hésitation, Cale lui tourna le dos pour rentrer dans l'appartement. Kane l'attrapa par le bras, mais elle se dégagea.

– Partez, dit-elle. Je ne veux plus jamais vous revoir.

– Cale..., commença-t-il.

Elle pivota brusquement vers lui.

– Je n'en crois pas mes oreilles ! Vous connaissez mon nom. Je croyais que pour vous je n'étais qu'un plumitif !...

Dans un soupir, elle se força à se calmer.

– Bien, vous avez fait votre superbe entrée et je suis impressionnée. Maintenant, vous pouvez repartir. Prenez l'ascenseur, à moins que vous n'ayez l'intention de redescendre en parachute.

Kane se planta devant la porte-fenêtre.

– J'imagine que vous êtes en droit de m'en vouloir. Je sais que j'ai été un chameau. Vous me l'avez dit, Mike me l'a dit, Sandy me l'a dit, mes fils me l'ont dit. Ma mère et ma belle-mère elles-mêmes qui ne vous ont pourtant pas rencontrée m'ont fait comprendre par a + b que je suis un idiot, un crétin et, généralement parlant, un sot.

Cale n'était pas le moins du monde ébranlée par ce qu'il lui racontait.

– Je suis sûre qu'il existe d'autres femmes capables de vous distinguer de votre frère, dit-elle. Partez donc à leur recherche. Vous perdez votre temps avec votre tactique.

Kane la reprit par le bras.

– Ce n'est pas à cause de cette histoire de jumeaux. C'est parce que vous m'avez fait oublier ma femme.

Lui lâchant le bras, Kane se rendit au bord de la terrasse d'où il se mit à contempler l'arrière de l'immeuble de la General Motors. Avant que celui-ci ne soit construit, la vue sur l'hôtel *Plaza* et sur Central Park était superbe.

– Je ne me souviens plus si je vous l'ai dit ou non, mais Ruth ressemble à ma femme. Lorsque j'ai vu sa photo, j'ai commencé à me dire que j'allais récupérer ce que j'avais perdu. J'imaginais que je ramenais Janine à la vie ; je pensais à des pique-niques, à des promenades au clair de lune et à nous quatre, bien au chaud sous la couette. Je ne me suis jamais demandé à quoi ressemblait Ruth parce que je croyais le savoir. Elle a perdu son mari et son enfant dans un accident, tout comme moi, alors je pensais que nous étions faits pour être réunis.

Se tournant vers Cale, il constata qu'elle n'avait pas l'air de lui pardonner le moins du monde.

– Je pense que j'ai été attiré par vous au premier regard. Vous étiez assise là, sur votre valise, l'air d'en vouloir au monde entier. Puis vous vous êtes mise à éternuer et quand vous m'avez regardé...

Il sourit de toutes ses dents.

– J'ai eu l'impression que j'étais à la fois une star de cinéma, un athlète et un astronaute. J'ai pensé que vous étiez la plus jolie chose que je voyais depuis des années et ça m'a prodigieusement déplu.

Il avala une gorgée de champagne avant de reporter le regard sur elle.

– Je me suis vraiment mal conduit dans cette histoire de serpent à sonnettes. J'aurais dû vous remercier, mais le fait que vous étiez à la fois compétente, jolie et sans crainte ne rentrait pas dans mes plans. Ruth, la femme idéale, était là, et j'éprouvais du désir pour une petite blonde fringante. Vous me donniez l'impression de... de commettre un adultère.

Il vida son verre, se reversa du champagne, et se détourna de nouveau.

– Je viens de passer le mois dernier en compagnie de Ruth Edwards. Ça m'a pris un bon bout de temps, mais j'ai fini par m'apercevoir qu'elle n'était pas Janine, mais quelqu'un de tout à fait différent. Et, pour tout dire, quelqu'un qui ne me plaisait pas beaucoup. Quant à mes fils, ajouta-t-il dans un gloussement de rire, ils la détestent !

Pivotant de nouveau vers elle, il la fixa du regard. Elle se tenait toujours devant la porte-fenêtre, le visage indéchiffrable.

– Par conséquent, je suis votre deuxième choix, constata-t-elle. Allons, cow-boy, encore un petit effort et vous en trouverez bien une troisième qui fera l'affaire. Pourquoi choisir une New-Yorkaise ? Prenez une jolie vachère et...

– Je vis à New York, se borna-t-il à observer, dans l'intention manifeste de ne pas s'étendre sur le sujet.

– Je vous ai laissé parler. Maintenant, vous pouvez partir, dit-elle en se tournant vers la porte.

Mais Kane la saisit dans ses bras, la fit pivoter et l'embrassa sur les oreilles, le cou, le visage.

– Je vous aime, Cale, lui susurra-t-il à l'oreille. J'aime la façon dont vous m'obligez à vous regarder pour que je ne voie plus aucune autre femme. J'aime votre cynisme et votre sens de l'humour. J'aime la façon dont vous regardez mes fils, la façon dont vous me regardez moi. J'aime faire l'amour avec vous.

J'aime votre compétence, votre vulnérabilité. J'aime que vous soyez en manque...

– Je ne suis pas en manque ! protesta-t-elle.

Elle avait du mal à réfléchir lorsqu'il était si près d'elle.

– Je n'ai jamais vu personne autant en manque que vous, ronchonna Kane. Vous avez besoin d'amour, dit-il en l'embrassant sur le bout du nez. De gentillesse, ajouta-t-il en déposant un baiser sur sa joue.

A chaque mot qu'il prononçait, il déposait un baiser sur une partie de son visage.

– D'attention... d'une famille... de sécurité...

Elle s'arracha à son étreinte.

– Et vous, vous avez besoin d'un petit chien !

Il ne la laissa pas lui échapper.

– J'ai besoin de quelqu'un capable de voir la réalité en face. Quelqu'un qui ne me laissera pas m'apitoyer sur moi-même pendant des années et devenir aveugle à tout ce qui se passe alentour. J'imagine que si je me laisse aller à la mélancolie, vous me donnerez un coup de pied en me disant d'arrêter d'avoir le cafard, et vous me confierez une tâche quelconque. Je ne vous imagine pas acceptant que quiconque s'offre le luxe de se complaire dans son propre chagrin.

– A vous entendre, on dirait que je suis contremaître d'une plantation !

Il l'attira plus près de lui en riant doucement, frottant son corps contre le sien.

– Que puis-je dire pour vous convaincre que je vous aime et que je souhaite vous épouser ?

Cale s'écarta jusqu'à le tenir à bout de bras.

– Ecoutez, je sais que vous trouvez tout cela très romantique. Mais nous avons fait une galipette rapide dans une meule de foin... enfin, peut-être pas si rapide que cela, et vous en avez conclu que c'était une expérience qui allait nous servir de base pour la vie. Mais vous ne pouvez pas m'épouser. Je ne suis pas faite... pour le mariage.

– Qu'est-ce qui ne va pas chez vous ? lui demanda-t-il d'un ton de taquinerie.

– Je suis une affaire à moi toute seule. Voilà ce qui ne va pas chez moi ! Je suis une affaire gigantesque !

Elle inspira à fond avant de lui donner le coup de grâce, de lui faire le numéro dont on pouvait avoir la certitude qu'il refroidirait n'importe quel homme.

– L'an dernier, j'ai gagné un million et demi de dollars, et je gagnerai probablement davantage cette année.

Non seulement Kane ne perdit pas son sourire, mais il enfouit le nez derrière son oreille.

– Mais c'est une bonne nouvelle, ma douce. On vit très bien avec ça !...

Elle le poussa pour s'écarter de lui.

– Cow-boy, vous m'écoutez, oui ou non ? Je ne suis pas votre petite femme au foyer. Je ne suis pas la petite femme qui vous attendra le soir à votre retour du bureau. Il m'arrive d'être tellement absorbée par mes histoires que j'en oublie de manger. Je ne serai jamais l'épouse qui prépare un scotch pour son mari et pense à le lui tenir bien au frais. A moins que vous ne buviez que de la bière ? Et qu'entendez-vous par « Je vis à New York » ?

– J'entends que je ne suis pas celui que vous croyez. Je ne suis pas davantage cow-boy que vous n'êtes trapéziste. Je m'occupe de Bourse ; je gère des sommes d'argent et non cette minable pitance que vous gagnez.

Elle leva la tête vers lui en clignant des yeux, la bouche légèrement entrouverte.

– Allez-y, continua-t-il, racontez-moi tout ce qu'il y a de pire à savoir sur vous. Quoi que vous puissiez dire, quoi que vous ayez fait, je vous aime. Je veux que vous m'épousiez. J'achèterai un étage de cet immeuble, et les gosses et moi y vivrons avec la nurse afin que vous puissiez garder cet endroit pour écrire et pour vous tenir à l'écart de nous quand ça vous dira. Vous pourrez avoir tout ce que vous voudrez.

Elle pensa aux nombreuses raisons qu'elle avait de ne pas l'épouser, telle la haine qu'elle lui vouait. De même qu'elle détestait écrire des livres, elle le détestait. Depuis qu'elle s'était éloignée de lui, elle avait été incapable de penser à autre chose. A chaque minute de veille, à chaque minute de rêve, elle pensait à lui et à ses enfants.

– Je vous déteste, murmura-t-elle en s'effondrant dans ses bras solides, je vous hais vraiment.

– Je sais, chuchota-t-il, et je ne vous en veux pas. Mais si vous m'accordez le reste de votre vie, peut-être que je parviendrai à vous faire changer d'avis.

Elle n'arrivait pas à parler tant elle avait la gorge serrée. Comme la sonnette d'entrée venait de retentir, elle s'écarta de lui en reniflant pour retenir ses larmes.

– Il faut... il faut que je...

– Ce sont sûrement les garçons. Ils veulent vous montrer leurs nouveaux livres et...

– Jammie et Todd sont ici ?

Il ne lui fallut qu'une seconde pour traverser l'appartement et ouvrir la porte d'entrée toute grande. Après une seule seconde d'hésitation, les garçons se précipitèrent sur elle et tous trois roulèrent sur le sol du vestibule. Kane les y rejoignit une minute plus tard et les trois hommes se mirent à la chatouiller.

– Donnez-moi votre réponse, dit Kane. Donnez-la-moi maintenant !

– Oui, dit Cale en riant. Oui, je vous épouserai.

D'une seule poussée, Kane écarta ses fils de la jeune femme et la prit dans ses bras.

– Je ne comprends pas pourquoi je ne vous ai pas reconnue à la seconde où je vous ai vue, murmura-t-il.

– Moi non plus, susurra-t-elle, tout contre ses lèvres. Moi non plus...

Livre 2

Accord parfait

1

1882

– Monsieur Hunter, j'aimerais vous demander votre main.

Ce fut l'une des rares fois de sa vie où Cole resta sans voix. Il lui arrivait souvent de se taire tandis que des milliers de mots lui trottaient dans la tête, mais alors, il était seul responsable de son silence. Mais pas cette fois-ci.

Non qu'il fût choqué qu'une femme lui demande de l'épouser. Sans prétendre faire le fanfaron, il avait été l'objet de quelques demandes en mariage en son temps. On aurait pu prétendre qu'il s'agissait plutôt d'avances, et peut-être n'émanaient-elles pas de femmes dites respectables, mais le fait était là : plusieurs femmes avaient prononcé devant lui le mot fatidique.

Non, ce qui le choquait, c'était que ce fût elle qui lui en parle. Cette créature minuscule faisait partie des femmes qui prétendaient que les hommes comme lui n'existaient pas. C'était l'une de celles qui s'écartaient sur son passage. Elles étaient capables de venir le retrouver au fond de la grange après le service, mais elles ne lui parlaient pas mariage, pas davantage qu'elles ne l'invitaient à venir dîner le dimanche.

Mais il comprenait que cette petite chose ait du mal à se trouver un homme. Elle ne possédait aucun atout. En dehors d'un front plutôt bombé – et il en avait vu de plus jolis –, c'était le genre de femme que l'on ne remarquait même pas lorsqu'elle était assise sur vos genoux. Ni jolie, ni laide, ni même avenante. Un visage commun, tout simplement. Des cheveux d'un brun triste, pas très épais, qu'une dizaine de fers à friser chauffés au rouge n'auraient pas réussi à faire onduler. Des yeux marron ordinaires, un petit nez ordinaire, une petite bouche ordinaire. Rien à signaler du côté de la silhouette, en dehors du joli arrondi du buste. Pas de hanches, et, pour tout dire, pas de courbes harmonieuses.

Et puis, il y avait son attitude. Cole aimait les femmes qui laissaient supposer qu'elles étaient distrayantes au lit, et même en dehors. Il aimait les femmes capables d'humour, alors que cette petite créature guindée paraissait bien incapable de rire de plaisanteries, et encore moins de faire preuve d'humour. Elle ressemblait à un professeur qui refuserait toutes les excuses qu'on lui présenterait pour avoir oublié de faire ses devoirs. Elle ressemblait à la dame qui arrangeait les fleurs dans l'église tous les dimanches, à la dame que l'on voyait tous les jours depuis l'enfance sans jamais songer à lui demander son nom.

Elle n'avait pas l'air d'une femme mariée. On aurait dit qu'elle n'avait jamais eu d'homme dans son lit, d'homme se nichant contre elle pour se réchauffer. Si elle en avait eu un, sans doute portait-il une longue chemise de nuit blanche et un bonnet de nuit, et ils ne devaient faire l'amour que dans le seul but de la procréation.

Il alluma un fin cigare sans se presser afin de se

donner le temps de réfléchir et de se remettre. Il voyageait tellement et rencontrait tant de gens qu'il avait dû s'entraîner à s'en faire une idée rapide et juste. Mais, jusque-là, il ne faisait aucun progrès avec cette femme. Avant d'être parvenu à l'âge de trente-huit ans, il pensait que les femmes comme elle mouraient d'envie d'avoir un homme pour les réchauffer. Il avait appris que les femmes froides en apparence l'étaient effectivement la plupart du temps. Une fois, il avait consacré des mois à essayer de séduire une petite femme guindée assez semblable à celle-là, en s'imaginant sans cesse qu'un volcan endormi sommeillait sous sa robe étroitement boutonnée. Mais, lorsqu'il était enfin parvenu à la déshabiller, elle était simplement restée allongée là, les poings fermés et les dents serrées. C'était la seule et unique fois de sa vie où il n'avait pas pu passer à l'acte. Après cette expérience, il avait décidé qu'il valait mieux poursuivre les femmes qui avaient l'air d'être prêtes à succomber à ses avances.

Et il se retrouvait devant l'une de ces petites souris frigides de rien du tout, avec sa robe boutonnée jusqu'au menton, ses coudes serrés au corps et, bien qu'il ne puisse pas les voir, ses genoux, il en était certain, collés l'un à l'autre.

Il était assis sur l'une de ces chaises dures et tendues de tissu que sa logeuse trouvait à la mode, occupé à allumer son cigare sans hâte tout en la surveillant dans l'attente de voir sa réaction. Evidemment, c'était elle qui avait pris les devants jusque-là. Elle lui avait écrit qu'elle aimerait disposer de ses services pour un problème très personnel et lui demandait donc de venir lui rendre visite à Abilene.

D'après sa lettre – rédigée d'une écriture parfaite sur un épais vélin –, il s'était imaginé qu'elle était riche et qu'elle voulait lui demander de tuer un homme qui l'avait fait marcher. C'était en général pour ce genre d'affaires que les femmes lui écrivaient. Lorsqu'un homme l'engageait, c'était la plupart du temps pour se débarrasser de quelqu'un à cause d'une histoire de terres, de bétail, de droits d'irrigation, de vengeance ou de choses dans ce genre. Des années auparavant, Cole avait cessé d'essayer de faire croire aux uns et aux autres qu'il n'était pas un tueur à gages. Il était un conciliateur et avait l'impression d'être un vrai diplomate. Il était doué pour régler les différends, et il utilisait ce talent pour faire ce qu'il pouvait. Certaines personnes, il fallait bien le reconnaître, étaient parfois tuées au cours des discussions, mais Cole ne tirait jamais le premier. Il se contentait de riposter.

– Je vous en prie, continuez, dit-il à la petite souris qui continuait à observer le silence.

Il lui offrit un siège, mais elle lui répondit qu'elle préférait rester debout. Probablement parce que son dos tout raide refusait de se plier. Elle avait également tenu à ce que la porte de sa chambre reste entrouverte de vingt centimètres afin que personne n'aille se faire de fausses idées.

Elle s'éclaircit la gorge.

– Je sais ce que vous inspirent ma vue et mes propos. Vous vous dites que je suis une vieille fille solitaire en quête d'un homme.

Cole dut faire un effort pour ne pas sourire. Allait-elle maintenant lui annoncer qu'elle n'avait pas besoin d'un homme ? Qu'elle désirait simplement qu'il retrouve le fils du voisin qui l'avait jetée afin de l'éradiquer de la surface du globe ?

– J'essaie de ne pas me mentir à moi-même, dit-elle. Je ne me fais aucune illusion sur mon apparence et sur mon manque de séduction. Bien sûr, j'aimerais avoir un mari et une demi-douzaine d'enfants.

Là, il s'autorisa à sourire. Au moins, elle se montrait honnête.

– Mais si je cherchais véritablement un mari, un homme pour devenir le père de mes enfants, mon choix ne se porterait certainement pas sur un bandit vieillissant, avec un début de bedaine, et incapable de subvenir à mes besoins.

Du coup, Cole se redressa sur sa chaise et rentra le ventre. Et il dut s'obliger à ne pas poser la main sur son estomac. Peut-être avait-il intérêt à ne pas toucher à la tourte aux pommes de sa logeuse pendant deux ou trois jours...

– Cela vous ennuierait-il de me dire exactement ce que vous voulez ?

Non que j'aie la moindre intention d'accepter cet emploi, se dit-il en son for intérieur. Qu'entendait-elle par « bandit vieillissant » ? Sapristi ! Il se servait aussi bien de son colt maintenant que vingt ans plus tôt ! Aucun des petits jeunes d'aujourd'hui... Il interrompit ses pensées quand elle reprit la parole.

– Je ne sais pas bien par où commencer, dit-elle en le scrutant durement du regard. On m'a dit que vous étiez le plus bel homme du Texas.

Cole laissa de nouveau échapper un sourire.

– Les gens parlent beaucoup, dit-il modestement.

– Personnellement, ça ne me saute pas aux yeux...

Son cigare s'en retrouva suspendu en l'air, au beau milieu d'un geste.

– Peut-être étiez-vous mieux il y a quelques années, mais aujourd'hui... votre peau est toute tannée par le soleil et l'expression de vos yeux est dure. Je dirais, monsieur Hunter, que vous êtes un homme très égoïste.

Pour la seconde fois de la journée, Cole resta sans voix sous le choc. Puis, il inclina la tête en arrière et éclata de rire. Lorsqu'il la regarda de nouveau, elle était loin de sourire.

– Très bien, mademoiselle...

– Latham. Mademoiselle Latham.

– Ah, oui, *mademoiselle* Latham, dit-il d'un ton narquois.

Il s'en voulut immédiatement. Dans les combats, il avait affronté des hommes qui s'étaient permis toutes sortes de réflexions à son sujet sans parvenir à l'agacer, mais cette femme ordinaire l'ennuyait avec ses commentaires sur sa bedaine et sur son prétendu égoïsme. Qui était-elle donc pour s'exprimer ainsi ?

– Voulez-vous me dire ce que vous attendez de moi ? lui demanda-t-il.

Il se rendait compte qu'il aurait dû lui dire de déguerpir, mais il ne pouvait empêcher la curiosité de le titiller. Que voulait-elle ? Tu fais un curieux diplomate, songea-t-il, ta curiosité pourrait te tuer.

– J'ai une sœur d'un an plus âgée que moi...

Elle se tourna et se dirigea vers la fenêtre. Sa démarche ne présentait aucune trace du gracieux balancement de hanches dont les hommes aiment à se repaître. Cette femme marchait comme si elle était en bois, et il la trouvait à peu près aussi séduisante qu'une bûche.

– Ma sœur est tout ce que je ne suis pas. Ma sœur est belle !

Sans doute perçut-elle les pensées de Cole, car elle se lança dans une explication :

– Je sais que ceux qui me voient ont du mal à croire que j'ai une sœur qui est une beauté, pensant probablement que je ne sais considérer la beauté.

Cole ne répondit rien, bien qu'elle ait parfaitement

traduit sa pensée. Il ne fallait pas être un prix de beauté pour se distinguer à côté de cette petite créature ! Evidemment, chaque réflexion désagréable augmentait son manque de séduction. Il se demanda l'âge qu'elle pouvait bien avoir. Pas moins de trente ans, à son avis. Beaucoup trop vieille désormais pour attirer qui que ce soit. Elle n'aurait jamais la demi-douzaine d'enfants qu'elle désirait.

– Rowena est la plus belle femme qui soit. Elle mesure un mètre soixante-dix et elle a d'épais cheveux auburn tout ondulés. Des yeux verts, des cils épais, un nez parfait, des lèvres pleines. Une silhouette qui fait trembler les hommes. Je le sais parce que j'ai vu ce phénomène se produire à plusieurs reprises.

Elle inspira à fond.

– Mais il y a plus important que sa beauté, en tout cas pour les femmes : Rowena est gentille, elle aime les autres. Elle s'occupe d'eux, les aide à prendre soin d'eux-mêmes et de leurs proches. Elle est née pour diriger.

Elle soupira.

– Ma sœur a hérité du physique et de la personnalité de ma mère. En d'autres termes, elle possède tout.

– Vous voulez que je la tue pour vous ?

Sa plaisanterie ne la fit pas rire, si bien qu'il se demanda si elle manquait totalement d'humour.

– Oter la vie à ma sœur, ce serait faire du mal à cette terre.

Manquant s'étouffer avec la fumée de son cigare, Cole se mit à tousser. Jamais encore il n'avait entendu personne formuler une telle idée, et, pourtant, elle avait l'air de croire à ce qu'elle disait.

– Ma sœur est une héroïne. J'entends cela dans le

meilleur sens du terme. Quand elle avait douze ans, elle a vu un orphelinat prendre feu, et, sans réfléchir au danger qu'elle courait, elle s'est précipitée dans le bâtiment et a sauvé une dizaine d'enfants. Tout le monde l'adore.

– Sauf vous.

Mlle Latham prit une profonde inspiration et s'assit.

– Non, vous vous trompez ! Je l'aime tout particulièrement...

Il s'aperçut qu'elle tremblait au moment où elle expira, mais elle parvint bien à le dissimuler. Du coup, il la soupçonna de vouloir cacher ses émotions.

– Il m'est difficile de vous expliquer ce que je ressens à son égard. Je l'aime, mais parfois je... je la déteste presque.

Dans un geste de fierté, elle releva la tête.

– Il se peut que mon problème soit la jalousie.

Pendant un long moment, il se contenta de l'observer. Parfaitement immobile sur sa chaise, ni son visage ni son corps ne trahissaient la moindre émotion. Pas d'étincelle dans les yeux, pas de mains tordues. Elle restait assise sans bouger d'un cil. Elle aurait fait une joueuse de poker extraordinaire.

Subitement, Cole comprit qu'il allait avoir des ennuis. Il sentait qu'il s'adoucissait.

– Que voulez-vous que je fasse ? lui demanda-t-il d'un ton bourru qu'il se reprocha sur-le-champ.

– Il y a six ans, ma sœur s'est mariée avec un homme merveilleux. Grand, beau, riche, intelligent... Jonathan est le type d'homme que toutes les femmes rêvent d'épouser. Ils vivent en Angleterre dans une superbe propriété et ils ont deux enfants adorables. Rowena est le genre de femme pour laquelle les domestiques seraient prêts à travailler sans recevoir le moindre gage.

– Et vous ?

Pour la première fois, il surprit un semblant de sourire sur ses lèvres.

– Je paie mes domestiques bien davantage que de raison et je n'exige rien d'eux, mais ils volent quand même mon argenterie.

Cela le fit enfin rire. En définitive, elle avait peut-être le sens de l'humour.

– Mon problème vient du fait que ma sœur a beaucoup d'affection pour moi. Depuis toujours. A Noël, elle avait pour habitude de descendre au milieu de la nuit afin d'intervertir les étiquettes sur nos cadeaux, car les gens avaient tendance à m'offrir des objets ennuyeux alors que Rowena recevait de très beaux cadeaux. Du coup, j'héritais de vingt mètres de soie jaune brodée de papillons et elle se retrouvait avec la vie de Byron en dix tomes et nous étions toutes les deux malheureuses. Mais elle le faisait par amour pour moi.

– Vous aimez Byron ?

– J'aime les livres. Et la recherche. Je suis la rationnelle, Rowena est la flamboyante. Lorsque je vois des flammes sortir d'un bâtiment, j'appelle les pompiers. Je ne cours pas vers l'incendie, je le fuis.

– Je suis plutôt comme vous, remarqua Cole en souriant.

– Pas du tout ! répliqua-t-elle avec une certaine énergie. Vous, monsieur Hunter, vous êtes comme Rowena !

A la façon dont elle l'affirmait, on aurait dit qu'il s'agissait de la pire des condamnations. Il eut tout d'abord envie de se défendre. Mais, à quoi bon ? Et de quoi ? Elle n'avait rien dit sur sa sœur qui ne fût pas louangeur.

– J'ai fait des recherches très approfondies sur vous, monsieur Hunter, et vous êtes aussi aveuglément héroïque que ma sœur. Vous commencez par agir et vous ne vous interrogez qu'après sur vos actes. Selon les sources auxquelles j'ai eu accès, vous avez réussi à régler au moins deux guerres de succession sans mettre des vies en péril.

Malgré lui, il ne put s'empêcher de lui faire payer sa remarque :

– Non, mam'zelle, je ne suis que ce que vous voyez : un bandit vieillissant, lança-t-il.

– Vous y ressemblez, c'est vrai, et il est certain également que vous n'avez pas d'avenir. Vous ne serez plus utile lorsque votre vue baissera. D'après ce que je sais, vous n'êtes pas parvenu à faire la moindre économie, ne serait-ce que parce que vous travaillez souvent pour rien. D'un côté, vous vous conduisez en héros, et, de l'autre, en homme stupide.

– Vous savez vous y prendre pour flatter un homme, mademoiselle Latham ! Je n'arrive pas à comprendre pour quelle raison vous n'avez encore ni mari ni enfants !...

– Je suis immunisée contre les insultes des hommes, vous feriez donc aussi bien de ne pas essayer. Je veux vous engager pour un travail, un point, c'est tout ! Au bout de deux semaines, vous pourrez ressortir de ma vie et ne jamais me revoir.

– Et ce que vous voulez, c'est que je vous épouse ?

– Pas que vous m'épousiez pour de bon, mais que vous fassiez semblant d'être mon mari pendant que ma sœur viendra me rendre visite au Texas.

– Pardonnez ma curiosité, mademoiselle, mais pourquoi moi ? Ne trouvez-vous pas que choisir un bandit vieillissant pour mari est du plus mauvais goût ?

Peu lui importait qu'elle lui eût dit des choses gentilles, ces remarques à propos de son âge et de sa vue le tarabustaient. Son regard était aussi perçant aujourd'hui que lorsqu'il avait dix-huit ans. Peut-être bien que les caractères du journal étaient un peu plus petits que dans le temps, mais... Il s'obligea à ne plus penser. Si elle avait l'audace de prononcer un autre commentaire dépréciatif, il l'étranglerait.

– Si je vous ai choisi, c'est justement à cause de ce que vous êtes. Je veux... impressionner ma sœur.

Exprimant pour la première fois les émotions qui l'habitaient, elle leva les mains d'exaspération.

– Qui peut comprendre l'amour ? Certainement pas moi ! Il me semble que si vous devez épouser un homme, vous choisissez quelqu'un sur lequel vous pourrez compter, qui saura subvenir à vos besoins et être un bon père. Mais les femmes ne paraissent pas vouloir ce genre d'homme. Elles ont envie d'hommes dangereux, qui font des choses vraiment enfantines et stupides comme de tirer plus vite que leur ombre. Bref, monsieur Hunter, les femmes veulent des hommes comme vous.

Cole cessa d'essayer de se souvenir qu'il voulait fumer. Elle le fascinait tellement qu'un bâton de dynamite n'aurait pas réussi à le faire bouger.

– Et je vais impressionner votre sœur ? lui demanda-t-il d'une voix douce.

– Oh oui ! Vous êtes exactement le genre d'individu qui convient ! Vous ressemblez beaucoup à son Jonathan, en dehors du fait qu'il a utilisé son... je ne suis pas sûre que l'on puisse utiliser le mot « talent », mais disons sa faculté d'effrayer et de terrifier les gens pour gagner d'énormes sommes d'argent.

– Le diable en personne, à vous entendre !...

– Exactement ! Mais, apparemment, les femmes aiment ça. Je ne veux pas dire par là que Jonathan est un mauvais bougre. D'une façon générale, je crois qu'on le considère tel un excellent homme d'affaires. A sa façon, il est capable de compassion, tout comme vous, mais il pense que tous les moyens sont bons du moment que l'affaire se termine comme il le souhaite.

– Et je lui ressemble ?

Il aurait dû se mordre la langue mais c'était plus fort que lui.

– Oui ! Ces guerres ne vous regardaient en rien, mais je suis stupéfaite de la vanité qu'il vous a fallu pour vous imaginer que vous étiez capable de les régler !...

– Mais je les ai réglées ! ne put-il s'empêcher de souligner.

– Effectivement ! Vous comprenez, Jonathan passe son temps à gagner de l'argent, tout comme vous passez le vôtre à vous mêler de la vie des gens et à les tuer s'ils vous barrent la route.

Cole se sentait en devoir de lui présenter des excuses pour sa pauvre existence.

– Désolé de vous avoir déplu, désolé que les femmes comme votre sœur pensent que je vaux quelque chose, observa-t-il d'un ton sarcastique.

– Ce n'est pas grave, répondit-elle en prenant sa remarque au sérieux. Nous avons tous une forme de vanité. Ma démarche actuelle est des plus vaniteuses. Vous comprenez, ma sœur n'a que de bonnes intentions à mon égard, mais elle vient au Texas dans l'idée de me trouver un mari. Selon elle, je suis en train de me dessécher...

Elle leva une main en signe de dénégation.

– Mais peu importe ce qu'elle dit. Elle prononce tout ce qui lui vient à l'esprit.

– Contrairement à vous, qui êtes l'essence même du tact et de la grâce.

Elle le scruta du regard pour savoir s'il plaisantait, mais ne vit pas trace d'humour dans ses yeux.

– Rowena a décidé de diriger ma vie, et elle va le faire si je ne l'arrête pas.

– Il y a quelque chose que j'ai du mal à comprendre : vous dites que vous voulez un mari et des enfants, et il est évident, vu vos charmes, que vous n'allez pas le trouver toute seule. Dans ce cas, pourquoi ne laissez-vous pas votre sœur vous en trouver un à votre place ?

– Parce qu'à force de cajoleries, elle convaincra un homme comme vous de m'épouser.

Cole resta assis à la regarder en clignant des yeux. Il avait du mal à se considérer comme la pire chose qui puisse arriver à une femme ; certaines avaient même estimé que rien de meilleur ne pouvait leur arriver.

– Je vois que je ne m'explique pas bien, ajouta-t-elle dans un soupir.

– C'est probablement ma faute, répondit gentiment Cole. Toute cette poudre qui a explosé si près de mes oreilles m'a rendu bête depuis des années. Je vous en prie, expliquez-moi tout...

– Je veux effectivement un mari, et j'ai bien l'intention de finir par en trouver un... Mais je ne veux pas un homme du type de celui que Rowena voudrait me présenter. J'aimerais un homme simple, ordinaire. Surtout pas un homme comme Jonathan et vous. Je ne veux pas de ces hommes au physique si avantageux que l'on se ronge les sangs tous les soirs en se demandant s'il ne se trouve pas en compagnie d'une autre femme.

Cole sentit que cette remarque cachait une forme de compliment, mais il n'arrivait pas bien à mettre le doigt dessus.

– Je veux un homme sur lequel je puisse compter, qui sera là quand j'irai me coucher et quand je me réveillerai. Un homme qui bercera mon bébé lorsqu'il fera ses dents. Un homme qui me soignera lorsque je serai malade. En d'autres termes, je veux un homme adulte, un homme assez mûr pour comprendre qu'il existe d'autres manières de régler un différend qu'à l'aide d'un revolver.

Cole se dandinait sur son siège. Il était en passe de nourrir une véritable aversion à l'égard de cette femme.

– Dans ce cas, pourquoi ne vous trouvez-vous pas un de ces crétins, si c'est ça que vous cherchez ?

Il n'arrivait pas à y croire, mais de l'excitation, voire même un peu de jalousie perçaient dans sa voix.

– Imaginez la réaction de ma sœur si, venant me rendre visite, elle me trouvait mariée à un nain chauve qui en sait davantage sur les livres que sur les pistolets. Rowena me prendrait en pitié plus que jamais !...

Elle se leva subitement, les poings serrés.

– Monsieur Hunter, vous ne pouvez pas imaginer ce que cela a été de grandir auprès d'une sœur comme elle. Toute ma vie, on m'a comparée à elle. Soit, elle était destinée à être belle, mais je trouve injuste qu'elle ait été également si douée. Rowena a du talent pour tout. Quand elle fait de l'équitation, elle ne forme qu'un avec le cheval. Elle sait cuisiner, elle sait danser, elle parle quatre langues. Rowena est tout simplement divine. Elle n'arrêtait pas de défier mon père et il ne l'en aimait que davantage. Lorsque j'essayais de me dresser contre lui, il m'envoyait dîner dans ma chambre.

Elle prit une profonde inspiration pour se calmer.

– Et maintenant, mes parents sont morts, je vis seule dans une immense maison sinistre, et ma sœur vient au Texas pour me trouver un mari. Elle dit qu'elle le fait par amour pour moi, mais, en réalité, c'est par pitié. Elle est triste et pense que je ne trouverai jamais un époux toute seule, alors qu'elle imagine avoir assez de charme pour persuader un homme de m'épouser.

Elle posa le regard sur lui.

– Cela fait à peine un an que mon père est mort. De son vivant, je n'ai jamais eu la moindre occasion de me chercher un mari. Il disait que le mariage lui avait fait perdre une fille et qu'il s'assurerait par tous les moyens de ne pas perdre l'autre. Maintenant que je suis libre, je suis persuadée d'arriver à mes fins, mais pas avant l'arrivée de Rowena la semaine prochaine. Il faut du temps et beaucoup de réflexion. Le mariage est une entreprise extrêmement sérieuse. En outre, même si j'accueillais Rowena avec le type d'homme que je souhaite à mon bras, elle continuerait à me tenir en pitié parce que mon mari ne ressemblerait pas au tueur fanfaron et sans pitié, atteint de strabisme et à la mâchoire dure, qui est le sien.

Cole ne put s'empêcher de s'effleurer la mâchoire de la main. Etait-elle dure ? Etait-il sans pitié ? Fanfaronnait-il ? Sapristi, cette femme le faisait tourner en bourrique ! S'il s'avérait qu'il était un tueur sans pitié, elle serait la première à en faire les frais.

– Vous voulez donc faire semblant d'être mon

épouse pendant deux semaines pour impressionner votre ravissante sœur ?

– Exactement ! Je vous verserai cinq mille dollars pour ces deux semaines durant lesquelles, bien entendu, vous vivrez dans une maison confortable et serez bien nourri.

Elle s'adressait à lui comme s'il avait pour habitude de vivre dans une grotte et de manger des vers et de la poussière pour dîner. Evidemment, un bon coup de balai n'aurait pas fait de mal à la pension qui l'abritait et les repas y laissaient peut-être un peu à désirer. Mais, une fois, il avait vécu dans un splendide hôtel de Saint-Louis et mangé... Cela se passait après un engagement fort lucratif, et il y avait habité jusqu'à ce qu'il soit à court d'argent. Peut-être bien que son fermier chauve aurait fait quelque chose d'utile de cet argent...

– Eh bien ? s'enquit-elle en fronçant le front d'impatience.

– Mademoiselle Latham, j'ai l'impression que si je suis obligé de passer deux semaines auprès de vous, je serai pendu pour meurtre, le vôtre...

Malgré le regard qui la scrutait, elle ne laissa transparaître aucune émotion, si tant est qu'elle en ressente.

– Dans ce cas, le problème est réglé ! Je vous souhaite du succès pour vos prochaines entreprises, et j'espère que vous pourrez continuer à éviter les balles pendant longtemps. Au revoir, monsieur.

Sur ce, elle sortit de la pièce en refermant la porte derrière elle.

Cole se dirigea vers le placard mural et en sortit une bouteille de whisky dont il avala une bonne rasade. Quelle réflexion ferait Mlle Latham en le voyant boire à cette heure de la matinée ? Elle se contenterait probablement de le toiser...

Il écarta le rideau de la fenêtre pour la regarder traverser la rue. Aucun homme ne se détournait sur son passage et aucun ne posait même les yeux sur elle. Jamais il n'avait rencontré de femme plus indésirable. Et pourtant, elle avait un petit quelque chose qui lui tapait sur les nerfs.

– Bon sang ! lança-t-il tout haut.

Quelques minutes avaient suffi à cette femme pour lui faire sentir que sa vie entière était un échec. Lui ! Coleman Hunter, un homme réputé pour être quelqu'un dans tout le Sud-Est, un homme capable de plaire à n'importe quelle femme dans ce pays.

Il s'écarta de la fenêtre. Ce faisant, il aperçut son image dans le miroir au-dessus du bureau. Se tournant de côté, il se redressa un peu et rentra le ventre. Il n'avait pas de bedaine. Son ventre était aussi plat que le jour de son premier duel. D'un geste furieux, il attrapa son chapeau et sortit de la chambre.

Deux heures plus tard, il était assis dans la véranda du bureau du shérif, en train de tailler un bâton. Il commençait à se dire que cette femme lui portait la poisse. Dix minutes après qu'il eut quitté sa pension, un petit garçon s'était précipité sur lui avec un télégramme. Son engagement suivant, pour un fermier de Plano, était annulé. Ce type voulait quelqu'un pour retrouver et tuer une bande de voleurs de bétail, et il lui télégraphiait qu'un homme plus jeune que lui et moins exigeant avait déjà exécuté le travail.

Cette nouvelle avait mis Cole dans une telle rage qu'il était allé trouver Nina pour lui dire qu'il la voulait, et sur-le-champ. Nina lui avait demandé d'attendre son retour et lui avait fait comprendre que c'était la dernière fois qu'il ne payait pas. Depuis quand devait-il payer pour avoir une femme ? Les femmes mouraient d'envie de coucher avec lui...

– Nina, demanda-t-il tout en se haïssant de lui poser cette question, est-ce que tu me trouves... euh... séduisant ?

Elle éclata de rire.

– Mais qu'est-ce que t'as, mon chou ? T'es tombé amoureux d'une fille qui te trouve assez vieux pour être son père ?

Il s'agissait probablement de la seule insulte que Mlle Latham n'avait pas proférée. Mais Nina s'en était maintenant chargée. Une vieille fille desséchée pour commencer, et maintenant, une putain. Il songea qu'il avait intérêt à quitter Abilene au plus vite avant que ses cheveux ne grisonnent et que ses dents ne tombent.

– Qu'est-ce qui te préoccupe ? lui demanda le shérif qui venait de s'installer à côté de lui.

– Rien, aboya Cole. Qu'est-ce qui te fait penser que quelque chose ne va pas ?

– Je t'ai rarement vu éveillé si tôt, et quand tu te lèves à la lumière du jour c'est en général pour un combat. Comment se fait-il que tu ne sois pas au saloon comme d'habitude ?

– C'est ça que tu penses de moi ? Tu penses que je passe ma vie à tirer sur les gens, à boire et à jouer ? Si je suis un tel vaurien à tes yeux, pourquoi ne m'as-tu pas arrêté ? Et si je suis un tueur, pourquoi ne m'as-tu pas pendu ?

Le shérif regarda Cole d'un air amusé. Ils se connaissaient depuis des années, avaient chevauché ensemble à de nombreuses reprises, jusqu'au jour où il avait décidé qu'il en avait assez des sacs de couchage et des haricots. Il avait épousé une veuve grassouillette et donné le jour à deux garçons qui étaient tout pour lui.

– Nina t'a rembarré ?

– Non, Nina ne me rembarre pas, mentit Cole. Je ne comprends pas ce qui cloche dans cette ville. On ne peut pas y comprendre qu'un homme se conduise de façon un peu différente, de temps à autre ?

– Quelqu'un t'a énervé. Qui était-ce ? Un des Dalton rôderait-il dans le coin sans que je sois au courant ?

Cole ne lui répondit pas. A cet instant précis, la barbante petite Mlle Latham sortit de l'hôtel et prit le chemin de la banque.

Le shérif examinait son vieil ami, cherchant à savoir ce qui le tracassait, quand les yeux de Cole changèrent subitement d'expression. Son regard était celui qu'il réservait d'habitude aux tricheurs susceptibles de cacher un as dans leurs manches ou aux tireurs célèbres capables de dégainer à la vitesse de l'éclair et de se vanter d'avoir tué le célèbre Cole Hunter. A sa grande stupéfaction, le shérif s'aperçut que le regard de Cole s'était fixé sur une petite bonne femme vêtue d'une robe marron. En général, Cole aimait les femmes flamboyantes, parées de satin rouge et de dentelles noires. Il prétendait gagner sa vie en se mesurant aux hommes, et ne voulait donc pas lutter contre les femmes. Il les préférait faciles.

– Qui est-ce ? demanda Cole d'un ton belliqueux en pointant la lame de son couteau dans la direction de la femme.

Abilene était une ville assez importante, mais le shérif se vantait d'en connaître tous les habitants.

– De l'argent...

Il cracha un brin de tabac.

– Son père est venu de l'Est ; il a acheté plusieurs

centaines de très bonnes terres au nord de la ville, a bâti la plus grande demeure qu'on ait jamais vue, puis il s'est assis en se contentant d'attendre. Quatre ans plus tard, le chemin de fer est passé par là et il leur a revendu ses terres pour une somme cinq fois supérieure à celle qu'il avait dépensée pour les acquérir. Il a construit une ville, l'a appelée Latham, puis il a loué les bâtiments à qui voulait y travailler. Un homme dur. On raconte qu'il jette ses locataires dehors s'ils ont seulement vingt-quatre heures de retard pour régler leur loyer.

– Jetait, rectifia Cole. Il est mort il y a environ un an.

– Oh, je l'ignorais !

Il semblait vouloir en apprendre plus, mais Cole, qui l'avait toujours accusé d'être cancanier, n'allait pas lui en révéler davantage.

– Et sa femme ? demanda Cole.

– D'après ce que j'ai entendu, il l'a achetée. Il est retourné quelques mois dans l'Est et est revenu avec elle.

Le shérif prit le temps de sourire.

– Il paraît que c'était la plus belle femme qu'on ait jamais vue. J'ai parlé à un cow-boy qui travaillait pour eux, et il m'a raconté qu'il n'y avait pas un seul homme capable d'ouvrir la bouche quand elle était dans les parages. Ils se contentaient de rester plantés là à l'admirer.

– Et elle avait une fille qui lui ressemblait comme deux gouttes d'eau, ajouta Cole.

Le shérif gloussa.

– Ouais, une vraie beauté. Et une autre fille qui ressemblait au mari. Ils ont dû être vraiment déçus...

Cole ne savait pas bien s'il devait ou non prendre la défense de cette morveuse. Une partie de lui aurait aimé le faire, mais il repensa au « bandit vieillissant » et il s'abstint. La prochaine fois qu'un freluquet le défierait en duel, il n'aurait qu'à lui envoyer Mlle Latham. Elle serait capable de le faire saigner davantage avec ses paroles que lui avec ses balles.

Il en était à tailler son quatrième bâton quand le branle-bas commença. Juste sous le nez du shérif endormi et sous l'œil absent de Cole, quatre hommes venaient de se diriger à cheval vers la banque, de se cacher le visage derrière des foulards et de commencer un hold-up. Le shérif ne s'en aperçut que lorsque la fusillade éclata et qu'il vit un homme sortir de la banque en titubant et en se tenant le ventre d'une main ensanglantée.

Cole n'avait jamais pensé qu'un hold-up le concernait. Tout d'abord, il risquait de se retrouver en train de tirer sur des gens qu'il considérait comme des amis, des gens avec lesquels il avait partagé des soirées autour d'un feu de camp. Il laissait donc le soin de faire le travail à des hommes assez stupides pour avoir épinglé une étoile. La veille, il se serait contenté de rester assis et de regarder le shérif bondir sur ses pieds et se mettre à courir, pendant que son jeune assistant sortirait en trombe du bureau et lui emboîterait le pas.

Mais, aujourd'hui, quelque chose avait changé. Aujourd'hui, sa tête résonnait du danger qu'elle courait. Cela n'avait évidemment aucun sens, puisqu'il ne s'intéressait pas à elle. S'il s'était agi de Nina ou d'une autre de ses connaissances, les choses auraient pu s'expliquer. Mais ce n'était pas le cas.

Il ne prit pas le temps de réfléchir. En dépit de sa bedaine imaginaire, de son âge avancé et de sa vue déclinante, il bondit par-dessus la balustrade où on attachait les chevaux et partit au pas de course, cinq mètres devant le shérif. Il ressemblait à un serpent paressant au soleil qui, en une seconde, se serait déplacé à une telle vitesse qu'on aurait eu du mal à le suivre du regard.

Les voleurs n'avaient pas prévu qu'un homme de la réputation de Cole Hunter essaierait de les empêcher de dévaliser la banque d'Abilene. Ils s'imaginaient qu'ils n'auraient affaire qu'à un shérif ventru, à un assistant encore vert, et à une bande de citoyens qui s'en fichaient. Après tout, il ne s'agissait que d'une petite banque qui n'intéressait tout au plus qu'une dizaine d'habitants. Ils pensaient que le casse serait facile, qu'ils entreraient et sortiraient en quelques minutes. Mais les choses avaient mal tourné dès le début. Un des fermiers avait décidé de se conduire en héros, et, pris de peur, le plus jeune et le plus nerveux de la bande lui avait tiré dessus.

– Sortons de là ! hurla un des hommes encagoulés en attrapant les sacs pleins de billets et en se dirigeant vers la porte.

Ce fut le dernier de ses gestes. Cole Hunter ouvrit brutalement la porte d'un coup de pied, puis s'esquiva pour échapper à la rafale meurtrière. Lorsque les tirs se calmèrent, il pénétra dans l'établissement en crachant le feu de ses deux revolvers. Lorsque la fumée s'éclaircit, trois hommes morts étaient étendus raides.

Le dernier malfaiteur agrippa la première personne qu'il avait sous la main pour s'en servir de bouclier. Il se trouva qu'il s'agissait de Mlle Latham.

– Posez vos revolvers ou elle prend une balle dans la tête, jeta l'homme derrière son masque en pointant son arme sur la tempe de la femme.

Cole fut heureux de constater qu'elle ne paraissait

pas morte de peur. Il ne voulait rien lui dire afin de ne pas révéler à l'homme qu'il la connaissait ; il ne voulait pas lui laisser le moindre avantage. Lorsque le shérif et son assistant arrivèrent, il leur fit signe de rester à l'extérieur.

– Ils sont par terre, annonça Cole tranquillement en se baissant pour déposer ses revolvers sans quitter l'homme du regard.

Puis il prit le chemin de la porte. Il avait une autre arme, un pistolet à un coup, dans sa ceinture. Il pouvait le prendre et tirer, mais il fallait d'abord qu'il écarte Mlle Latham de la trajectoire. Il aurait aimé trouver un moyen de lui indiquer comment se dégager du tireur.

– Pourquoi qu'tu fais ça, Hunter ? demanda ce dernier. D'habitude, t'es de notre côté !...

La veille, cette remarque lui aurait fait plaisir, lui aurait donné de l'assurance, mais, aujourd'hui, quelque chose avait changé. Peut-être était-ce la confiance absolue qu'il lisait dans le regard que Mlle Latham posait sur lui. Elle avait dit qu'il était un héros.

– Je passais justement par là, répondit-il, et j'avais besoin d'un peu d'excitation. Un homme a besoin de rouler les mécaniques de temps en temps pour ne pas tomber dans l'ennui...

Sous le masque, les yeux du voleur souriaient.

– Je comprends ça, dit-il en continuant à se frayer un chemin vers la porte sans lâcher Mlle Latham qui le précédait.

A l'instant même où Cole se disait que ladite demoiselle n'avait pas saisi l'allusion, elle mordit dans le bras du cambrioleur qui, surpris, la lâcha. Elle se laissa tomber par terre et roula sur le côté.

Cole sortit son pistolet et tira. Une balle l'atteignit dans l'avant-bras droit une demi-seconde après qu'il eut tiré.

2

Cole était adossé au montant du lit, les yeux clos pour ne pas être ébloui par la lumière pourtant faible de la chambre. Il avait du mal à le croire, mais ce n'était pas la douleur qu'il ressentait à la tête et au ventre ni même les palpitations dans son bras droit qui le gênaient le plus, mais son humeur de chien. La veille, il avait bu des quantités prodigieuses de whisky, car il avait fallu des heures au médecin pour extraire cette satanée balle. La chose faite, il avait appris à Cole que la balle avait touché l'os, le fracturant si gravement que son bras serait inutilisable pendant plusieurs mois. Plâtré un long moment, il lui faudrait ensuite le rééduquer s'il voulait à nouveau s'en servir pour tirer.

Cole avait dû faire appel à toute sa maîtrise pour ne pas piquer une crise de nerfs devant le médecin et le shérif. Etant donné son état d'ivresse au moment où il avait appris la nouvelle, on aurait dû lui donner une médaille pour le récompenser de sa retenue. Une seule idée l'obsédait : il ne serait pas en mesure de remplir ses deux prochains contrats. Le premier n'était pas bien compliqué : un homme aisé qui souhaitait posséder davantage de terres l'avait engagé pour persuader un petit fermier qu'il vaudrait mieux, pour lui et sa famille, vendre ses quelques acres au riche propriétaire. C'était le genre de tâche que Cole accomplissait facilement, car il lui suffisait, à l'aide de son bagout, de peindre un tableau splendide d'un terrain éloigné. En général, il n'avait qu'à mentionner la possibilité de trouver de l'or dans un autre coin pour que le fermier surchargé de travail ne demande qu'à laisser sa charrue en plan.

Le second contrat était plus compliqué. Un éleveur de bétail faisait courir ses bêtes sur le territoire d'un ennemi et il avait engagé plusieurs hommes armés pour protéger ses vaches et ses cow-boys.

Comment Cole allait-il donc pouvoir faire pour remplir ces engagements avec un bras dans le plâtre ? Il ne pouvait pas aller voir le premier propriétaire et lui avouer la vérité, à savoir qu'il était capable de s'en sortir sans utiliser son arme. Si cette nouvelle se propageait, les gens auraient vite fait d'engager le prêcheur du coin pour mener à bien les discussions. Si Cole voulait continuer à avoir des clients, il se devait de leur faire croire que son travail était dangereux et que seul un fin tireur pouvait l'effectuer.

Et maintenant, il se trouvait forcé à l'oisiveté pour plusieurs mois. Et pourquoi ? Parce qu'une espèce de petit bout de femme lui avait dit des choses qui l'avaient blessé. Voilà pourquoi ! Il se sentait à peine plus âgé qu'un élève d'école primaire qui vient d'obtenir sa première mauvaise note en contrôle d'arithmétique. Et c'était exactement ce que lui rappelait cette maigrichonne de demoiselle Latham : sa première maîtresse, une espèce de vieille buse qui avait pour habitude de lui dire, ainsi qu'à ses autres élèves, qu'il ne valait rien, et qu'il ne vaudrait jamais rien. Mlle Latham lui avait inspiré le besoin de lui prouver qu'il valait quelque chose et peut-être même de se le prouver à lui-même. Il avait eu envie de lui démontrer qu'il n'était pas un criminel.

Pour le moment, les questions se renvoyaient l'une l'autre dans sa tête : devait-il sa blessure à sa vue déclinante ou à son temps de réaction trop lent, deux problèmes qui venaient de son grand âge ?

Changeant de position dans le lit afin de soulager son corps si ce n'est son cerveau, il entrouvrit légèrement les yeux et ne put s'empêcher de pousser un cri de surprise. Debout près du lit dans la chambre maintenant plongée dans l'ombre, silencieuse comme un fantôme, se tenait Mlle Latham.

– Que faites-vous ici ? demanda-t-il d'un ton qui tentait de la culpabiliser.

– Je suis venue vous présenter mes excuses, répondit-elle d'un ton neutre, sans lui offrir le moindre indice sur les sentiments qui l'animaient.

Il avait l'habitude des femmes qui pleuraient et se jetaient sur lui d'un air apeuré en le suppliant de les aider. Mais ce petit poisson était aussi froid que de la glace.

– Et pour vous remercier, ajouta-t-elle. Sans votre intervention, j'ignore ce qu'il serait advenu de moi.

Sa déclaration l'avait presque radouci, et il était sur le point de marmonner quelque chose de gentil lorsqu'elle poursuivit :

– Evidemment, si vous n'aviez pas surgi dans la banque en faisant feu, le cambrioleur ne m'aurait jamais prise comme otage. Mais j'imagine que c'est l'intention qui compte !...

Reposant sa tête en arrière sur l'oreiller, Cole leva les yeux au ciel.

– On dirait que je vais passer du temps en enfer avant même de monter là-haut, dit-il avant de reporter son regard sur elle. Mademoiselle Latham, si vous voulez m'aider, pourquoi ne me montrez-vous pas le billet de train qui vous permettra de repartir d'ici ?

J'espère que vous allez partir bien loin, et bien vite, parce qu'il me reste un bras valide et deux bonnes jambes, et je ne voudrais pas que, par votre faute, il leur arrive malheur aussi.

Elle ne parut pas saisir son ironie. S'excusant, elle lui tourna le dos, releva sa jupe et sortit un portefeuille de cuir de la poche secrète, puis se retourna et le lui tendit.

Au début, Cole ne comprit pas ce qu'elle lui donnait. Alors qu'il examinait l'objet de près à la faible lumière, elle alla se poster à la fenêtre, et son ombre se projeta vers le plafond. Cole dut se retenir pour ne pas lui faire remarquer que sa vue était parfaite, en dépit du fait qu'elle n'avait pas fait la moindre observation sur son incapacité à lire dans une pièce sombre.

– C'est quoi ? demanda-t-il sèchement.

– Mon billet de train.

– Je vois bien, mais c'est un billet pour Waco au Texas. Et qu'est-ce que c'est que cette liste ?

A son grand dépit, il s'aperçut que sa voix montait sur les derniers mots. Collée en haut du billet se trouvait la liste de tous les pires criminels, dangereux, coupeurs de gorges, capables de tuer leur propre mère, qu'il avait eu le malheur de rencontrer. En fait, il avait même tué l'un d'entre eux.

– Mais qu'avez-vous à voir avec ces types ? Et pourquoi un billet pour Waco ? Pourquoi ne rentrez-vous pas chez vous, où que vous viviez ?

– J'y vais, parce que j'espère y trouver le Kid de Waco.

Cole voulut répliquer, mais il s'effondra, la tête appuyée contre l'oreiller.

– Ça vous ennuierait de me dire ce que vous comptez faire avec un sale tueur comme lui ?

Avant qu'elle ne puisse répondre, il la fusilla du regard.

– Ne me dites pas que vous voulez l'épouser ? cracha-t-il.

– Bien sûr que si ! répliqua-t-elle tranquillement.

– Il va falloir que quelqu'un vous enferme. Quelqu'un devrait vous protéger contre vous-même. Vous êtes-vous renseignée sur les hommes qui figurent sur cette liste ?

– Depuis que j'ai reçu la lettre dans laquelle ma sœur m'annonçait sa visite imminente, je n'ai eu le temps de faire des recherches que sur vous, monsieur Hunter. En dépit de la crainte que vous semblez inspirer à certains, ceux que vous avez aidés n'ont que des choses gentilles à rapporter à votre sujet. J'en ai conclu qu'il devait exister d'autres hommes de votre espèce...

– Voulez-vous dire que, selon vous, tous les bandits ont un cœur d'or ?

Il n'avait pas vraiment l'intention de le dire sur ce ton qui suggérait que c'était son cas, mais il aurait préféré aller en enfer plutôt que de reprendre un des mots qu'il venait de prononcer.

– J'ai du mal à croire qu'un homme qui gagne sa vie avec une arme ait du cœur. Mais c'est une affaire entre vous et le Créateur. C'est à Lui que vous devrez répondre, pas à moi.

– Mademoiselle, siffla Cole entre ses dents serrées, vous êtes capable d'insulter un homme jusqu'à ce qu'il ne sache plus par où il tient debout. Heureusement que vous n'êtes pas née homme, car vous n'auriez pas dépassé l'âge de vingt ans. Maintenant, dites-moi ce que vous avez l'intention de faire de cette liste !

– Ça ne vous regarde absolument pas, monsieur

Hunter. Je vous devais une excuse, rien de plus, et... ceci.

Elle lui tendait une petite bourse de cuir, et, à son poids, de même qu'au petit cliquetis qui s'en dégageait, il comprit qu'elle était pleine de pièces d'or. Comme il ne tendait pas la main pour la prendre, elle la posa sur la table de nuit.

– Je suis responsable de ce qui vous est arrivé, et j'aime régler mes dettes. Je doute fort qu'un homme comme vous ait économisé en pensant aux mauvais jours. Cet argent vous aidera donc à vivre jusqu'à ce que vous soyez en mesure de vous remettre à tirer sur les gens. Je ne supporte pas l'idée de vous savoir à la rue ou dans les bois par ma faute.

Une nouvelle fois, elle venait de le laisser sans voix. Vrai, il n'avait jamais économisé un penny. Pourquoi l'aurait-il fait, alors que, dans son métier, il ignorait s'il serait encore vivant le lendemain ? Peu importait qu'il ait commencé l'année précédente à en avoir plein le dos de dormir à même le sol et à rêver d'un lit. En fait, il s'était mis depuis quelque temps à éprouver le besoin de posséder des objets à lui, comme une chaise sur laquelle son corps s'adaptait bien. Un endroit aussi, peut-être, où il pourrait conserver autre chose que ses deux chemises, seuls biens qu'il ait jamais possédés de toute sa vie.

Peu importait qu'elle dise la vérité, il ne voulait pas l'entendre.

– Je peux vous assurer, mademoiselle, que je suis capable de prendre soin de moi-même.

Il savait que la meilleure défense consistait dans l'attaque. Ainsi, il garderait sa liste de hors-la-loi. L'eût-elle préparée avec soin qu'elle n'aurait pu réunir une bande plus épouvantable.

Il désigna le premier nom.

– Cet homme tue les gens en leur tirant dans la nuque, dit-il hargneusement. Laissez-le entrer dans votre maison, il volera tous vos biens et vous laissera raide morte. Celui-ci est en prison ; celui-là est mort.

Il fit glisser son doigt vers le bas de la liste.

– Mort. Mort. En prison. Pendu. J'ai tué celui-là hier à la banque...

Il haussa les sourcils en une expression entendue.

– Celui-ci est plus perfide qu'un serpent. Celui-là a été tué il y a six mois parce qu'il avait triché aux cartes. Non ! Non ! Mais où avez-vous bien pu trouver cette liste ? L'avez-vous constituée à partir d'avis de recherches ?

– Pour la plupart d'entre eux, je me suis contentée de demander à certaines des dames de cette ville quel était l'homme le plus excitant qu'elles aient rencontré.

– Des dames ? Vivraient-elles par hasard dans la maison voisine du *Saloon de la Jarretière dorée* ?

– Effectivement, répondit-elle avec le plus grand sérieux.

– Quelqu'un devrait vous protéger contre vous-même !... Pourquoi ne rentrez-vous pas chez vous et ne laissez-vous pas votre sœur vous choisir un mari ? A moins qu'elle n'arrache un type à la potence, elle ne pourra pas faire pire que cette liste. Vous ne pouvez autoriser aucun de ces hommes à pénétrer dans votre belle maison.

Lentement, le visage impassible, elle lui reprit la liste et le billet des mains.

– Bien sûr, vous avez raison. D'ailleurs, ma sœur ne croira jamais qu'un homme m'épouse pour autre chose que mon argent, par conséquent ma quête est vouée à l'échec.

Tirant sur les gants qui finissaient de couvrir le

moindre centimètre de sa peau à partir du cou, elle regarda ses mains. Sur sa tête était perché le plus laid des petits chapeaux. Au point qu'il se demanda si elle l'avait trouvé au fond d'une malle dans une mission.

– Et puis zut ! marmonna-t-il entre ses dents.

Cette petite femme incolore à la langue de vipère lui tapait de plus en plus sur les nerfs.

– Vous n'êtes pas si moche, s'entendit-il lui dire. Je parie que si vous portiez des couleurs vives et un chapeau orné d'une plume bleue vous seriez jolie... N'importe quel homme serait heureux de vous avoir. Ecoutez, j'ai vu des femmes assez laides pour faire s'envoler les oiseaux, et pourtant elles étaient mariées et avaient six gosses suspendus à leurs jupes.

Elle lui adressa un demi-sourire.

– C'est très gentil à vous, monsieur Hunter, mais je suis même incapable de m'acheter un mari.

Avant qu'il ne puisse faire une observation, elle releva la tête.

– Merci pour tout, monsieur. J'apprécie votre attitude. Je comprends même maintenant davantage pourquoi les gens aiment tellement ma sœur. C'est très... excitant d'être l'objet d'un acte héroïque. On se sent valorisé quand quelqu'un risque sa vie pour vous sauver.

Durant toute leur conversation, elle ne s'était pas assise et, suivant la prescription, avait laissé la porte entrebâillée de vingt centimètres. Elle se dirigea vers la sortie. La main sur la poignée, elle se tourna vers lui. Comme il la regardait, une expression de surprise se peignit sur son visage et, dans cet instant où elle n'était pas sur ses gardes, n'exerçait pas une volonté de fer pour maîtriser ses traits, elle lui parut presque jolie. Sur une impulsion dont il était certain qu'elle était rare, et à laquelle elle obéissait sûrement encore plus rarement, elle se dirigea à pas rapides vers le lit, se pencha en avant et l'embrassa sur la joue. Une seconde plus tard elle était partie, aussi silencieusement qu'elle était arrivée.

3

– Vache de vache de vache ! grommela Cole entre ses dents.

En réalité, il avait juré avec tant de conviction et de véhémence que sa logeuse ouvrit la porte de sa chambre et entra. C'était une veuve qui avait hérité de la maison à la mort de son mari, et qui, malgré les nombreuses propositions dont elle avait été l'objet, ne voulait surtout pas se remarier. Elle avait raconté à Cole qu'elle aimait bien trouver des hommes à qui parler, mais pas un homme qui lui donne des coups de pied la nuit dans un lit.

– Qu'avez-vous cette fois-ci ? s'enquit-elle sur le ton de la femme d'expérience qui a décidé qu'il y avait fort peu de différences entre les hommes et les enfants.

– Rien qui nécessite qu'on m'aide, cracha-t-il, le dos tourné.

Il était horriblement gêné de ne pas arriver à boutonner sa chemise et encore moins son pantalon, avec son bras dans le plâtre et en écharpe. Pour couronner le tout, outre sa maladresse à utiliser son bras gauche, il avait un mal de chien.

Sa propriétaire comprit sur-le-champ son problème, vint tourner autour de lui et se mit à lui boutonner ses vêtements comme s'il était son fils. Evidemment, elle fut obligée de se hisser sur la pointe des pieds pour atteindre les boutons du haut, car, bien décidé à sauvegarder sa fierté, Cole avait redressé le menton et se tenait raide comme un manche à balai.

Le visage levé, Mme Harrison lui adressa un sourire indulgent, tout en remerciant le Seigneur de ne pas s'être remariée.

– Vous vous souvenez de la jeune fille qui est venue vous rendre visite il y a quelques jours ? Celle que vous avez sauvée à la banque ?

– J'aurais du mal à la qualifier de jeune fille...

– A mon âge, je peux le faire sans problème.

Il n'était même pas sûr que Mme Harrison eût quarante-cinq ans, mais elle aimait se prétendre plus âgée : cela lui permettait d'écarter les nombreux hommes qui les demandaient – elle et son argent – en mariage.

D'un geste maternel, elle le fit asseoir d'une bourrade, puis se mit à lui enfiler ses chaussettes et ses bottes. Cole ne supportait pas cette familiarité et savait bien qu'il était capable de le faire tout seul, mais, en même temps, l'attention qu'elle lui portait ne lui déplaisait pas. Peut-être bien qu'il se faisait vraiment vieux... Sachant d'où lui venait cette idée, il la questionna d'une voix dure :

– Qu'est-ce qu'elle a ?

– Sa sœur vient d'arriver.

– Rowena ? demanda-t-il, manifestant à la fois son étonnement et bien trop de curiosité.

– Je crois bien qu'elle s'appelle ainsi. Vous connaissez toute la famille ?

– Je ne les connais pas du tout. Et, en plus, je m'en fiche ! Leurs histoires ne me regardent pas...

A son grand ennui, sa bavarde de logeuse ne desserra plus la mâchoire. En définitive, Cole fut obligé de la relancer.

– J'ai cru comprendre que c'était une vraie beauté...

Mme Harrison tenta de retenir le sourire qui lui tordait la bouche et qui ne manquerait pas de révéler qu'elle comprenait qu'il voulait tout savoir. Elle n'y parvint pas tout à fait, mais ils prétendirent tous les deux qu'elle ne parlait que par envie et qu'il n'écoutait que par politesse.

– C'est la plus jolie femme du monde. Vraiment ! Vous devriez la voir... Elle est descendue du train aujourd'hui – de son wagon privé, attention ! – et tous les hommes qui se trouvaient dans un rayon d'une centaine de mètres se sont figés sur place à sa vue. Une beauté à couper le souffle ! Et une gentillesse inouïe... Quatre hommes se sont battus pour lui porter ses bagages, et on aurait dit que c'était la première fois de sa vie qu'un homme se proposait de l'aider. Vous ne pouvez pas imaginer sa grâce ! Elle a même paru surprise. Bien entendu, une femme si belle n'était pas un vilain petit canard au départ. Il est donc évident que les garçons se sont toujours battus pour lui porter ses affaires.

Cole n'arrivait pas bien à saisir pourquoi, mais ce tribut d'une longueur démesurée à la beauté de Rowena l'ennuyait.

– Bien, bien, je suis sûr qu'elle est belle, mais comment va Mlle Latham ? Elle n'a pas été blessée dans tout ce branle-bas ?

– Vous voulez savoir si elle n'a pas été renversée par l'un des cow-boys qui portaient les bagages ? Ils ont bien failli, mais le shérif...

– Mais que fichait-il là ?

– Il est arrivé en courant pour saluer cette superbe femme. Vous savez, c'est une idée horrible qui me passe par la tête, mais si elle avait la moindre tendance à la malhonnêteté, elle pourrait faire une fortune. Il lui suffirait d'entrer dans une ville par un bout. Tout le monde se précipiterait pour la voir, et, pendant ce temps-là, ses partenaires pourraient cambrioler le reste de la ville et s'en sortir les doigts dans le nez.

– Ça vous ennuierait de m'épargner vos élucubrations criminelles ? Je ne vous questionnais pas au sujet d'une bande de crétins de cow-boys qui s'imaginent qu'une femme est honnête à partir du moment où elle est propre, mais je voulais des nouvelles de Mlle Latham et du cambriolage de la banque. Vous vous en souvenez, non ?

– Je me demande bien ce qui vous énerve, jeta-t-elle en se redressant après lui avoir passé sa seconde botte. A moins que vous n'ayez un faible pour cette demoiselle Latham, ajouta-t-elle en le lorgnant du coin de l'œil.

– Je n'ai de faible pour aucune femme. Ça m'intéresse, c'est tout !

Mais Cole savait bien qu'il n'en était rien. Bon sang, c'était plus fort que lui, il éprouvait de la tristesse pour cette petite chose. Que pouvait-elle bien ressentir à côté d'une femme aussi belle que sa sœur ? Et que faisait donc sa sœur à Abilene ? Ne pouvait-elle pas laisser cette petite passe-muraille tranquille, au lieu de la suivre à travers tout le pays et de montrer à tous à quel point elles étaient différentes ?

– Ça va ? lui demanda sa logeuse.

– Bien sûr que ça va ! répliqua-t-il vertement.

Il essaya ensuite de mettre sa montre dans le gousset de son gilet et faillit la laisser tomber. En la rattrapant avec les doigts de sa main blessée, il dut combattre une vague de douleur.

– Vous devriez vous remettre tout de suite au lit.

– Et vous devriez vous occuper de vos affaires !

Mme Harrison se raidit. Elle était habituée aux hommes qui voulaient entendre tous les cancans de la ville pour prétendre ensuite qu'ils n'en avaient cure, mais elle n'avait pas envie de supporter le mauvais caractère de Cole.

– Comme il vous plaira, répondit-elle en relevant le nez.

4

Au moment où il levait la main pour frapper à la porte de la chambre que l'hôtel appelait du terme joliment abusif de suite présidentielle, Cole eut envie de prendre la fuite. Tout cela ne le regardait pas. Il n'avait rien à voir avec la demoiselle Latham à la langue acérée et avec sa sœur envahissante. Quatre heures s'étaient écoulées depuis que sa logeuse lui avait raconté l'arrivée de l'éblouissante sœur de la terne demoiselle Latham, et, durant ce laps de temps, il n'avait guère entendu parler que de cet événement. Toute la ville ne tarissait pas sur la gentillesse et la douceur de la sœur aînée qui se rendait à peine compte de son incroyable beauté.

C'est ça ! songea Cole. Tout comme un cerf ne se rend pas compte du chasseur à l'affût. Tout comme un malfaiteur ignore l'entrée d'un autre bandit dans une ville.

Ceux qui possédaient la beauté en étaient conscients. Cole était bien placé pour le savoir. Mlle Latham avait remarqué au passage qu'on l'avait appelé le plus bel homme du Texas, titre, qu'à son avis, il ne méritait plus. A l'époque où la rédactrice d'un journal, une fille à peine plus jolie que cette demoiselle Latham, avait écrit cela de lui, il avait détesté ce qualificatif. Mais il n'en avait pas été surpris. Quiconque a reçu la beauté en partage s'en rend parfaitement compte. Toute votre vie, les têtes se tournent, les gens s'y reprennent à deux fois pour vous regarder. Lorsqu'il était petit, les filles et les femmes voulaient toucher ses cheveux bouclés, et, plus tard, les femmes avaient voulu toucher son corps. De toute sa vie, il n'avait jamais eu la moindre difficulté pour obtenir une femme dont il avait envie.

Enfin, jusqu'à cette semaine. Cette demoiselle Latham avait commencé par lui dire... Qu'avait-elle dit, au juste ? La mâchoire dure ? Un léger strabisme ?

De toute façon, se dit-il, cela n'a aucune importance. Ce qui comptait, c'était qu'elle lui avait offert un emploi – un emploi d'une stupidité incroyable, mais enfin, c'était du travail. Et maintenant, avec son bras plâtré et ses contrats annulés, il en avait besoin. Il n'avait aucune intention de faire semblant d'être son mari, mais il semblait bien qu'elle ait besoin d'être protégée de sa sœur qui faisait preuve d'une telle avidité qu'elle ne serait satisfaite qu'une fois obtenue l'attention de chaque individu, homme, femme et enfant d'Abilene.

Depuis deux jours que Rowena était en ville, on aurait dit qu'elle était entrée en contact avec tout le monde. Cole ne pouvait pas entrer dans un magasin, un saloon, voire même un bordel, sans entendre parler d'elle. Nina avait appris que Cole connaissait la sœur cadette. « Tu sais, avait-elle précisé, cette petite dame délavée aux cheveux bruns... Peux-tu imaginer une femme donnant naissance à deux filles si différentes ? Pas étonnant qu'elle ait arrêté après la seconde... » Et Nina voulait savoir si Cole pouvait découvrir le secret de Rowena pour obtenir des cheveux à l'aspect si doux et si brillant. « Si cette femme voulait entrer dans la profession, elle gagnerait des millions, lui avait-elle dit. Tu devrais le lui suggérer. »

Au bout de quelques heures, Cole en eut par-dessus la tête de cette Rowena aux multiples talents. Apparemment, il était le seul dans cette ville à ne pas être tombé amoureux d'elle. Peut-être parce qu'il était le seul à la comprendre. La beauté est une chose étrange. Une personne laide et une personne belle peuvent commettre le même acte peu recommandable, et pourtant la laide sera jugée bien plus durement que la belle. Il avait pu constater ce phénomène à de nombreuses reprises. Il avait vu les membres d'un gang, arrêtés pour le même hold-up, être pénalisés de façon différente en fonction de leur apparence physique. Lorsqu'il avait appris l'arrestation de Wilson, il avait tout de suite su qu'il ne bénéficierait d'aucune clémence. Wilson avait été pendu vingt-quatre heures après son arrestation alors que cette belle gueule de Willy avait réussi à trois reprises à embobiner de jolies filles qui l'avaient fait échapper aux rouages de la justice.

Et, aujourd'hui, c'était cette Rowena qui séduisait et embobinait une ville entière. Tout en foulant en même temps aux pieds sa tendre petite sœur. Quoique... « tendre » n'était peut-être pas le terme idéal pour qualifier Mlle Latham.

Bien entendu, rien de tout cela n'expliquait pourquoi il se retrouvait maintenant devant sa chambre d'hôtel. Il ne pensait pas véritablement accepter son offre. Comment pouvait-on d'ailleurs qualifier d'emploi une occupation qui consistait pour un homme à faire semblant ? Cole s'était toujours enorgueilli de son honnêteté. Comment aurait-il donc pu ne serait-ce qu'envisager d'accepter un emploi qui n'exigeait d'autres compétences que de savoir mentir ? Pas d'armes, pas de diplomatie, juste des mensonges s'empilant les uns sur les autres.

Au moment où il levait la main pour frapper à la porte, il eut une vision de ce qui l'attendait : la petite demoiselle Latham aux petits soins pour sa superbe, paresseuse, et pourrie de sœur.

Il n'était pas préparé à la vision idyllique qui lui ouvrit. Il s'attendait à quelque chose de sophistiqué, à une femme drapée dans de la soie et des dentelles, à un visage au maquillage parfait. La première image qu'il eut de Rowena le prit donc au dépourvu. Dénuée de tout fard, la peau de son visage, d'une beauté exquise, brillait, tandis qu'une masse de cheveux auburn était retenue en une natte épaisse drapée sur l'une de ses épaules. Des yeux immenses de la couleur d'un étang au clair de lune – ni verts, ni gris – se levaient vers lui avec une candeur désarmante.

– Bonjour, dit-elle d'une voix qui ne trahissait que de la grâce et une grande gentillesse.

Quelques secondes s'étaient à peine écoulées que son visage s'illumina.

– Mais vous êtes monsieur Hunter, l'homme qui a sauvé la vie de Dorie ! Mais entrez donc ! Votre visite est un honneur. Prenez place. Dorie, regarde qui est là !

Cole n'avait pas prononcé un seul mot. On l'accueillit dans la pièce et on lui proposa le fauteuil le plus confortable. Une table, avec un cendrier, apparut subitement à ses côtés, suivie d'un verre de whisky et d'un cigare. Tous ces objets avaient l'air de surgir de nulle part. Quelques minutes suffirent pour qu'il ait l'impression d'être dans cette chambre comme chez lui, et d'y avoir vécu depuis toujours dans le plus grand confort.

– Comment va votre bras ? lui demanda Rowena en se penchant vers lui, le visage empreint de sollicitude. Le médecin dit qu'il va vous falloir longtemps avant d'en retrouver l'usage. Je suis encore stupéfaite qu'un homme comme vous, qui avait tellement à perdre, ait risqué sa vie pour quelqu'un qu'il connaissait à peine. Je ne saurais jamais assez vous remercier.

Cole se retrouva en train de sourire dans les prunelles fascinantes de Rowena, prêt à se noyer dedans.

– Ce n'était pas grand-chose, répondit-il presque d'une voix de petit garçon. N'importe quel homme aurait fait comme moi...

Il sirota son whisky, conscient de n'en avoir jamais goûté de meilleur. L'avait-elle apporté d'Angleterre avec elle ? Quant au cigare, il était à la fois doux et très parfumé. Il ne s'était jamais senti si à l'aise de sa vie.

– N'importe quel homme ? l'interrogea Rowena, toute souriante. Votre modestie n'a d'égale que vos dons et votre courage. Ne le trouves-tu pas extraordinaire, Dorie ?

Rowena recula d'un pas pour permettre à Cole de voir sa sœur, et il se rendit subitement compte qu'il avait été tellement aveuglé par sa beauté et son sens de l'hospitalité, sans parler de ses flatteries, qu'il n'en avait même pas vu Mlle Latham. S'il l'avait trouvée fade auparavant, elle passait maintenant inaperçue à côté de sa lumineuse sœur. Mais, évidemment, un paon en train de se pavaner aurait eu lui aussi l'air terne à côté de Rowena.

Mlle Latham était à demi allongée sur un divan, un pied bandé étendu devant elle, et l'expression de son visage ramena Cole à la raison. Elle lui souriait d'un air narquois. L'expression qui se lisait sur son visage le prit en défaut et lui fit songer à la façon dont il venait d'avoir le coup de foudre pour la ravissante Rowena.

Cole ouvrit la bouche pour se défendre. On ne l'accusait pourtant de rien, mais entre Mlle Latham et lui venait de s'échanger un sous-entendu clair et audible.

Il reposa immédiatement son cigare et son whisky sur la table et se redressa dans son fauteuil.

– Je suis venu voir comment Mlle Latham se remettait de la frayeur qu'elle a eue à la banque, dit-il. J'espère qu'elle va bien...

Tout en parlant, il s'en voulait de s'être montré si aimable avec Rowena. Qu'est-ce qui lui avait pris ? Ce n'était pas la première fois qu'il voyait une belle femme, mais, évidemment, elle n'était pas comme les autres. On aurait dit qu'elle ne se rendait pas compte de l'effet qu'elle avait sur les gens. Elle paraissait aussi fraîche que la lumière matinale, aussi innocente que la rosée, aussi douce que...

– Rowena, je crois bien qu'un homme de plus vient de tomber amoureux de toi, entendit-il dire.

– Tu es ridicule, Dorie, répliqua Rowena. C'est toi que M. Hunter est venu voir. Regarde, il a du mal à te quitter des yeux.

Cole reprenait peu à peu le sens des réalités. Comme son regard passait d'une femme à l'autre, il constata que Mlle Latham lui avait dit vrai : Rowena aimait effectivement beaucoup sa sœur. Il lui vint même à l'esprit que Rowena la trouvait divinement belle. Ni plus, ni moins. En réalité, il n'était pas impossible que tout le monde trouve grâce à ses yeux.

Il échangea un bref regard avec Mlle Latham et reçut en récompense l'un de ses rares et infimes sourires. Tout en reconnaissant le ridicule de sa réaction, ce petit sourire le réconforta. Il lui donna l'impression de faire partie de quelque chose dont tous les autres étaient exclus. Rowena possédait peut-être le physique, mais c'était sa petite sœur incolore qui possédait le cerveau.

– Madame... pardonnez-moi, mais j'ignore votre nom.

– Westlake, mais, je vous en prie, appelez-moi Rowena. J'ai tellement entendu parler de vous que j'ai l'impression de vous connaître.

– Oh ! fit-il d'un ton malicieux. Mlle Latham vous a parlé de moi ?

Il éprouvait une certaine satisfaction à avoir pris la cadette en défaut. Elle était trop sûre d'elle à son goût et il était content de découvrir qu'il lui avait fait lui aussi de l'effet.

– Mais non, répondit innocemment Rowena. Dorie ne m'a pas touché un mot de vous ou de ce qui s'est passé à la banque. Tout ce que je sais, je l'ai appris des habitants de cette ville.

En entendant ce commentaire, Mlle Latham haussa les sourcils à son intention pour lui faire comprendre qu'elle avait deviné ses pensées.

Sapristi, cette femme l'énervait vraiment !

– Rowena, que faites-vous donc ici ? demanda-t-il sur le ton autoritaire d'un père.

Il n'avait pas du tout envie de lui poser cette question. Rien ne le liait à Mlle Latham et il n'éprouvait aucun intérêt pour elle. Il avait joué avec l'idée d'accepter son offre, mais il se rendait compte maintenant que cela ne pourrait marcher, pour la bonne raison que la petite Mlle Latham ne lui inspirait que des envies de meurtre.

Rowena se mit à rire, un rire très doux qui ne surprenait nullement.

– Je suis venue aider ma sœur à prendre une décision, répondit-elle avec une honnêteté désarmante.

Elle possédait la faculté de faire croire à un homme qu'elle avait confiance en lui, et en lui seul.

– Dorie n'arrive jamais à se décider...

Rowena lui adressa un sourire tel qu'il eut l'impression de fondre.

– Vous comprenez, monsieur Hunter...

– Cole, l'interrompit-il.

– C'est gentil, fit-elle, comme s'il venait de lui faire un cadeau très généreux. Figurez-vous qu'il y a un homme merveilleux à Latham – là où ma sœur et moi avons grandi et où Dorie vit toujours – qui est amoureux de ma sœur depuis des années, et je vais faire de mon mieux pour la persuader de voir clair et de l'épouser.

Cole jeta un coup d'œil à Mlle Latham, mais elle gardait la tête baissée et examinait sa jupe. Subitement, il réalisa qu'un lien existait entre eux. Peut-être s'agissait-il de quelque chose de ténu, mais il avait presque la conviction que ce qu'elle lui avait confié – sur sa vie, sur sa sœur, sur les sentiments qu'elle éprouvait à l'égard de cette belle femme qui voulait diriger son existence – était jusqu'alors demeuré secret. Mlle Latham avait affirmé que Cole était un héros. Il savait bien qu'il n'en était rien mais, en cet instant précis, il sentait effectivement... enfin, qu'il pouvait lui servir de protecteur. Peut-être pouvait-il parvenir à empêcher Rowena de se mêler de tout, même s'il ne doutait pas qu'elle eût les meilleures intentions du monde.

– Pardonnez-moi cette question, mais à quoi ressemble cet homme que vous voulez lui faire épouser ?

– Alfred ? interrogea Rowena, les yeux brillants. C'est un homme adorable, d'une extrême douceur. Il mesure environ un mètre cinquante-cinq. Je sais bien que c'est petit, mais pas pour Dorie. Elle-même est si petite et menue, alors que je suis une grande vache, bien obligée de trouver un homme qui dépasse le mètre quatre-vingt-dix. Dorie a vraiment de la chance de pouvoir avoir n'importe quel homme. Alfred a environ quarante-trois ans et...

– Cinquante et un, précisa Mlle Latham d'une voix neutre, sans la moindre émotion.

– Vraiment ? Peu importe quelques années de plus. C'est l'intérieur qui compte, et Albert est un bijou. En plus, il est déjà rompu au mariage, si je puis m'exprimer ainsi. Il a été marié et veuf deux fois, le pauvre cher, et il a trois enfants. Dorie adore les enfants et Dieu sait s'il y a toute la place que l'on veut pour eux dans la grande maison que père lui a léguée. Mais ce qui compte le plus, c'est qu'Albert est fou d'elle et qu'il la suit partout. Ils sont tellement mignons ensemble !

– Comme une salière et un poivrier, observa Mlle Latham avec dégoût.

– Dorie, enfin ! Ce n'est pas parce que Albert est presque chauve et qu'il a quelques taches de naissance sur son crâne qu'il ressemble à un poivrier !

Cole parvint à dissimuler un sourire mais, lorsqu'il releva les yeux pour regarder Mlle Latham, son envie de sourire le quitta sur-le-champ. Ce qu'il considérait comme une plaisanterie ne la faisait pas rire du tout. Il existait une raison pour laquelle il ne s'était jamais fixé, une raison pour laquelle il était encore célibataire à l'âge de trente-huit ans. Ses propres parents se haïssaient. Le père de sa mère, qui était amoureuse d'un petit fermier, l'avait obligée à épouser l'homme de son choix, et jamais deux personnes ne s'étaient autant détestées que ses parents. Il était parti de chez lui à l'âge de douze ans et n'y avait jamais remis les pieds. A supposer que ses parents soient encore en vie, il aurait parié qu'ils continuaient à se battre.

Maintenant, à la vue de l'appétissante Rowena, il était convaincu que Mlle Latham lui avait dit la vérité : en déployant son charme, Rowena était capable de convaincre n'importe quel homme d'épouser sa sœur qui était dénuée de la moindre séduction. Si Rowena exerçait cet effet sur lui, il imaginait sans mal celui qu'elle faisait à un petit homme chauve sur lequel aucune femme au physique décent n'avait probablement encore jamais posé les yeux. Et il ne doutait pas non plus que Rowena soit capable de convaincre la petite Mlle Latham qu'elle avait envie d'épouser un homme qui lui faisait penser à un poivrier.

Il ramassa son verre de whisky, avala une rasade et, lorsqu'il reposa le regard sur les deux sœurs, eut l'impression que Rowena n'était pas tout à fait aussi belle qu'il l'avait d'abord pensé. Il commençait à la trouver un peu tyrannique. Quant à Mlle Latham, elle n'était pas tout à fait aussi ordinaire qu'il l'imaginait. Elle était intelligente et capable de se montrer drôle lorsque l'envie lui en prenait. Elle méritait mieux qu'un petit chauve qui se déchargerait sur elle de trois gosses pour aller ensuite dépenser son argent.

En ouvrant la bouche, Cole eut du mal à croire à ce qu'il allait dire. Une seule chose lui paraissait évidente : il ne pouvait pas laisser Mlle Latham épouser un homme contre son gré. Des milliers d'images de ses parents en train de se bagarrer se bousculaient dans sa tête. Personne ne méritait une vie comme celle-là, et surtout pas les enfants.

– Vous lui dites, ma chérie, ou préférez-vous que je le fasse ?

Mlle Latham leva vers lui des yeux exorbités.

– Le monde le saura bien assez vite. On ne peut pas garder éternellement un secret, ajouta-t-il d'une voix douce et caressante, une voix d'amant.

Puis il reporta son regard sur Rowena et lui adressa son sourire fondant, celui qui avait fait palpiter plus d'un cœur.

– Votre sœur et moi sommes fiancés et nous allons nous marier.

Dorie se redressa sur le canapé.

– Non, je vous en prie, vous n'avez pas à faire ça !

Le regard de Rowena passa du visage de défi de Cole à celui de Dorie, rouge d'embarras. Son rire charmant emplit la pièce.

– Dorie, ma chérie, on m'a raconté qu'il était un héros, mais pas à ce point-là ! Il est aussi chevaleresque que les chevaliers d'antan. Il t'a sauvé la vie et, maintenant, il se sent responsable de toi.

Elle se tourna vers Cole.

– Mais vraiment, monsieur Hunter, vous n'avez pas à vous soucier davantage de ma sœur. Ce n'est pas parce que vous lui avez sauvé la vie que vous êtes responsable d'elle pour toujours. C'est moi qui suis maintenant responsable de Dorie, comme notre père l'a toujours été.

Peut-être Cole n'était-il pas totalement dénué d'esprit chevaleresque, car les commentaires de Rowena le hérissèrent. A l'entendre, Mlle Latham n'était qu'un petit animal de compagnie bien dressé, que l'on aimait bien mais qui ne servait à rien. En vérité, elle était loin d'être inutile. Elle était aussi intelligente qu'une étudiante. Peu de femmes auraient été capables de saisir son allusion lorsque au cours du hold-up il avait utilisé le mot « rouler ». Non seulement elle avait compris, mais elle avait gardé suffisamment de sang-froid pour distraire le bandit, puis pour bouger aussi vite qu'un poisson. Et voilà que Rowena parlait de sa sœur comme d'un objet usagé dont il fallait se débarrasser au plus vite !

– Je vous en prie, ne faites..., commença Dorie.

Mais elle dut s'interrompre à la vue de Cole qui bondissait sur ses pieds et traversait la pièce en un éclair pour venir à ses côtés.

Il posa sa main valide sur son épaule.

– La vérité, madame Westlake, c'est que votre sœur et moi nous nous aimons et que nous avons l'intention de nous marier. C'est moi qu'elle va épouser et personne d'autre !

Dorie leva vers lui des yeux suppliants.

– Non, vous ne pouvez pas faire ça. J'ai eu tort de vous faire cette proposition.

Elle se tourna vers sa sœur.

– Rowena, il ment. Un homme est-il jamais tombé fou amoureux de moi ?

De nouveau, elle s'adressa à Cole :

– Vous n'avez pas à faire cela. Je n'aurais pas dû venir vous parler. J'aurais dû savoir que cela ne pouvait pas marcher. Rowena, laisse-moi te raconter ce que j'ai fait. J'ai...

Cole ne savait pas comment lui fermer la bouche, mais il fallait qu'il l'oblige à se taire. Il ne supportait pas de la voir s'humilier devant sa ravissante aînée, dont l'expression suggérait qu'elle ne croyait pas une seule seconde qu'il était tombé amoureux de sa souris de petite sœur. Quelque chose dans cette expression le gênait énormément.

– J'ai demandé à M. Hunter de..., commença Dorie de la voix lourde d'un enfant reconnaissant son mensonge et devinant la punition.

Sans réfléchir à son geste, Cole glissa son bras valide sous les épaules de Mlle Latham et la souleva vers lui. Elle était minuscule, petite et fragile, aussi légère qu'une plume. Son but était de la faire taire et, en dehors de la bâillonner, il ne trouva pas d'autre moyen que l'embrasser. Non pas un baiser passionné, ni même un baiser dont il avait envie. Mais un baiser d'urgence : sec, la bouche fermée, dénué d'affection.

Il mit court à ce baiser au bout d'une seconde et se tourna vers Rowena.

– Alors, est-ce que ça a l'air..., la défia-t-il.

Subitement, le plus complet étonnement se peignit sur son visage. Ses paroles moururent et il baissa le regard vers la femme qui se pressait contre lui. Il la tenait encore, les pieds au-dessus du sol, le corps désarticulé comme celui d'une poupée, et elle levait vers lui des yeux immenses remplis de surprise.

L'espace d'un instant, le temps cessa d'exister pour Cole. Il ignorait ce qui s'était passé, mais le baiser qu'il venait d'échanger avec cette femme – s'il pouvait qualifier cette chose dure de baiser – ne ressemblait à aucun des baisers qu'il avait connus. Il avait embrassé des centaines de femmes dans sa vie. En fait, il aimait bien embrasser et n'avait jamais rejeté une occasion de le faire, que la chose se passe dans un saloon ou derrière une église. Mais ce baiser n'était pas comme les autres.

Comme si Rowena ne se trouvait pas dans la pièce, comme si cette femme et lui étaient les seuls êtres au monde, il se remit à l'embrasser.

Il l'étreignit et s'aperçut tout de suite qu'elle n'était pas aussi décharnée qu'il le pensait, mais joliment arrondie. Et sa petite taille lui plaisait bien. Elle était si minuscule qu'il avait l'impression de pouvoir l'envelopper et d'être en mesure de la dissoudre en lui.

Il commença par l'embrasser doucement, se contentant de la goûter, de goûter sa fraîcheur et sa pureté. Il ne doutait pas une seconde d'être le premier homme qui l'ait jamais touchée, jamais étreinte. Le premier homme qui ait posé ses lèvres sur les siennes. Dans son brouillard, il se souvenait que lors de leur première rencontre elle s'était montrée hostile et ombrageuse, mais il n'arrivait pas à identifier cette femme à celle, si douce, qu'il tenait dans ses bras. Elle s'ouvrit à lui comme aucune autre ne l'avait encore jamais fait. Et son baiser était porteur de quelque chose qu'il ne parvenait pas à reconnaître, quelque chose qu'il n'avait encore jamais goûté. S'il n'avait pas su ce qu'il faisait, il aurait pensé qu'il s'agissait d'amour. Mais c'était impossible. Il n'y avait rien entre eux.

Son bras droit passé en écharpe lui faisait mal, mais il ne sentit pas la douleur lorsqu'il l'enlaça, puis lorsqu'il se servit de sa main valide pour tenir son visage tandis qu'il l'embrassait plus ardemment. Il suça sa lèvre inférieure, l'aspirant doucement dans sa bouche. Jamais il n'avait rien goûté de plus doux.

Ce ne fut qu'au bout de quelques minutes qu'il entendit la voix de Rowena. A en juger par le ton qu'elle employait, cela faisait un moment qu'elle essayait d'attirer leur attention.

A contrecœur, non sans difficulté, il se tourna vers elle, et la vit à travers une brume, comme si elle était très loin. Il tenait toujours Dorie fermement dans ses bras, ne voulant pas lâcher son corps consentant et malléable. De toute façon, elle était si molle qu'elle se serait écroulée s'il l'avait lâchée.

– Bonté divine ! s'exclama Rowena, éberluée. J'ai cru qu'il allait falloir que je vous jette un seau d'eau glacée !

Elle essayait de plaisanter, mais sa plaisanterie tomba à plat, car elle avait devant elle deux êtres saisis de la plus grande confusion.

– Eh bien..., commença Cole en bégayant comme un écolier.

Le corps qu'il tenait dans ses bras recommençait à reprendre vie et il savait qu'il aurait dû le relâcher, mais il n'en avait pas envie. Il lui fallut plusieurs minutes pour se rendre compte que Mlle Latham avait posé les mains sur ses épaules et qu'elle essayait de le repousser de toutes ses forces.

– Monsieur Hunter, disait-elle, je vous en supplie, lâchez-moi !

Lorsque son cerveau se remit à fonctionner normalement, il ne ressentit qu'un immense embarras.

– Bien sûr, dit-il avant de la lâcher comme si elle était un objet interdit.

Elle s'affala bruyamment contre le canapé.

Pourtant, il ne se baissa pas pour lui venir en aide. En fait, il était prêt à n'importe quoi pour éviter de la toucher de nouveau.

– Je constate que vous êtes amoureux, observa Rowena. Je n'en avais pas la moindre idée. Dorie, comment as-tu pu me cacher une chose pareille ? Pourquoi ne m'as-tu rien dit ? Tu m'as laissée croire que M. Hunter n'avait aucune raison de te tirer des mains des cambrioleurs en dehors du fait qu'il était un homme d'une haute conscience morale, un homme qui se souciait des autres, un homme qui...

– Un imbécile, compléta Cole qui commençait à se remettre.

Passant une main sur ses yeux, il jeta un coup d'œil en douce à Mlle Latham et constata qu'elle était aussi abasourdie que lui. Si rien de tel n'était encore arrivé à un homme de son expérience, il avait la conviction que, de son côté, elle n'avait encore jamais été touchée.

– Savez-vous ce que vous devriez faire, à mon avis ? leur dit Rowena du ton de celle qui n'a jamais connu le moindre obstacle dans sa vie. Je pense que vous devriez vous marier tout de suite. A la seconde !...

Dorie commençait à se ressaisir.

– C'est ridicule, Rowena, M. Hunter...

– Effectivement, s'entendit répondre Cole. Ce serait idéal...

Ne voyant aucun obstacle à la concrétisation de cette idée, Rowena prit son observation pour argent comptant.

– Nous allons tout de suite nous rendre à l'église et...

– Non ! hurla presque Dorie.

Tous deux se tournèrent vers elle.

Elle se tenait debout, les poings crispés.

– Dorie, ta cheville !

– Rowena, ma cheville va très bien, à part un petit bleu. On ne reste pas allongé pour un bleu.

Elle se tourna vers Cole.

– Je vous présente mes excuses, monsieur Hunter, au nom de ma sœur. Elle adore diriger la vie des autres, et, comme son mari et ses enfants ne sont pas là, il ne lui reste que vous et moi.

Le regardant fixement, elle se redressa.

– Je sais bien que vous et moi avons parlé de...

certaines choses, mais c'était il y a plusieurs jours. Les choses ont changé.

– Qu'est-ce qui a changé ? demanda-t-il sèchement.

Bien entendu, rien n'avait changé. En fait, la situation était bien trop réelle, et bien trop identique aux prévisions de Dorie. Rowena était venue au Texas pour marier son ennuyeuse petite sœur et elle avait bien l'intention d'accomplir ce qu'elle considérait comme son devoir. Qu'elle marie Dorie à un homme d'un certain âge ou à un bandit ne semblait faire aucune différence pour elle.

– Rowena, dit Dorie d'une voix douce, voudrais-tu nous laisser seuls un instant ? M. Hunter et moi avons besoin de parler.

Rowena eut un rire que Cole trouva vulgaire.

– Je ne suis pas sûre que je puisse laisser seuls des tourtereaux comme vous. En tout cas pas avant votre mariage...

Cole était bien trop âgé pour qu'une femme agisse tel un chaperon comme s'il était toujours en culotte courte. Il la foudroya du même regard qui avait décidé plus d'un individu à ne pas se mesurer à lui.

– Eh... eh bien, je crois que je vais attendre dehors, dit Rowena en décampant.

A peine avait-elle franchi le seuil de la pièce que Dorie prit la parole :

– Monsieur Hunter, je me suis ridiculisée lorsque nous nous sommes rencontrés il y a quelques jours. J'étais seule à Latham lorsque j'ai reçu une lettre de ma sœur m'annonçant qu'elle venait en Amérique et même jusqu'au Texas pour me « caser ». Je crains fort d'avoir alors paniqué. Quand Rowena a une idée dans la tête, impossible de la lui enlever. Elle était convaincue qu'après la mort de père je resterais à la maison avec mes livres, sans jamais sortir pour voir personne et encore moins épouser quelqu'un. Rowena pense aussi que ce qui la rend heureuse rend tout le monde heureux. Elle adore l'état de femme mariée, alors elle pense que je l'aimerais aussi.

– Le mariage est la seule façon acceptable d'obtenir ces six gosses que vous voulez.

– Oui. Enfin, à mon âge – j'ai presque trente ans –, c'est trop tard pour fonder une famille...

– Votre sœur avait donc raison. Vous avez l'intention de vous enterrer ?

Cole ne la quittait pas des yeux, mais il avait du mal à réconcilier ce qu'il voyait avec ce qu'il venait de ressentir. Elle avait l'air en bois mais, quand on la touchait, elle n'était pas de bois. Peut-être devenait-il sénile ? Peut-être devrait-il rendre plus souvent visite à Nina ? Mais, pour l'instant, le savoir de Nina, l'air qu'elle avait de s'ennuyer, sa façon de parler au mauvais moment, tout cela lui semblait pâle comparé à la fraîcheur de Mlle Latham.

– Ce que je fais de ma vie ne vous regarde ni vous ni ma sœur ! jeta sèchement Dorie.

Cole savait bien qu'elle avait raison. Tout comme il savait qu'il aurait dû passer la porte sans jamais se retourner. Mais quand avait-il jamais fait ce qu'il aurait dû faire ? Il n'aurait pas dû partir de chez lui à douze ans. Il n'aurait pas dû passer son premier fusil en bandoulière. S'il n'avait pas essayé de sauver cette femme maigrichonne, il ne serait pas là aujourd'hui, il ne l'aurait pas embrassée et il ne ressentirait pas ce qu'il ressentait.

En outre, elle avait quelque chose qui l'intriguait. Peut-être avait-il passé une trop grande partie de sa vie en compagnie de femmes qui n'étaient pas les bonnes. Peut-être que toutes les femmes convenables étaient comme elle une fois qu'on les connaissait, mais il en doutait.

Peut-être le problème venait-il du défi qu'elle lui lançait, défi auquel il n'avait pas su résister. Il suffisait qu'une personne lui dise : « Cole, tu ne seras jamais capable de faire ça », pour qu'il se hérisse et la prenne immédiatement au mot.

On aurait dit que Mlle Latham lisait dans ses pensées. Elle paraissait comprendre qu'il désirait agir ainsi. Elle inspira à fond et, tout en expirant, lui adressa un regard très doux qui lui fit comprendre qu'elle était plus jolie qu'il ne l'avait d'abord pensé.

– C'est très aimable de votre part, mais maintenant je dois vous demander d'être raisonnable. A la lumière de ce qui vient de se passer, vous vous rendez sûrement compte que vous et moi n'avons pas à faire semblant d'être fiancés. C'est impossible.

Par moments, cette femme lui donnait l'impression d'être complètement idiot. Il n'avait aucune idée de ce dont elle parlait. Tout ce dont il avait conscience, c'était de son envie de l'embrasser à nouveau. Ce qui s'était passé entre eux n'était-il qu'un hasard extraordinaire ? Quelque chose qui n'arrivait qu'une fois ?

– L'attirance que nous éprouvons l'un pour l'autre a tout changé. Je n'imaginais pas une seconde qu'il puisse y avoir le moindre magnétisme entre nous. Je ne trouve pas attirants les hommes qui sont des quasi-criminels. Je peux vous assurer que ce que je, je... ce que nous avons... ressenti m'a autant choquée que vous. Etant donné cette attirance, il nous est impossible d'envisager de passer le moindre moment ensemble. Ce qui pourrait s'ensuivre est trop horrible à envisager.

Cole posa un regard de nostalgie sur le verre de whisky posé sur la table, mais il était vide. Pour l'instant, il avait désespérément besoin de boire. De quoi diable parlait donc cette femme ? De quelle « suite » s'agissait-il ?

Elle l'observait patiemment.

– Monsieur Hunter, j'ai reconnu que tout cela était une erreur. Mon erreur. Je vous ai dit que l'annonce imminente de la visite de ma sœur m'avait paniquée et que j'avais essayé de mettre au point un plan que je trouve désormais d'une extrême naïveté. Je suis désolée d'avoir mis tout cela en branle, j'aimerais y mettre un terme.

– Quelle suite ? répéta-t-il, essayant toujours en vain de deviner ce qu'elle avait voulu dire.

En général, il comprenait les femmes. D'ailleurs, il comprenait même la langue anglaise.

Elle poussa un soupir, comme si elle se trouvait dans la nécessité de lui expliquer la chose la plus simple du monde.

– Eh bien, lorsque nous... nous sommes embrassés, nous avons été fortement attirés l'un vers l'autre. Je ne croyais pas cela possible. Je n'avais ressenti aucune attirance pour vous le jour où je vous ai rendu visite dans votre pension. Il est convenable de feindre le mariage avec un homme pour lequel on n'éprouve aucune attirance, mais c'est impossible avec un homme envers lequel on... on...

Lorsqu'elle constata qu'il ne semblait pas comprendre, elle continua :

– Les enfants, monsieur Hunter. Les enfants...

Elle fit une grimace.

– Un homme comme vous ne comprend peut-être pas que les droits maritaux, si je puis dire, ne sont pas censés s'exercer pour le plaisir. Etant donné les émotions qui nous ont traversés au moment où nous avons échangé notre seul et unique baiser, j'aurais tendance à penser que si nous passions un certain temps ensemble, nous... eh bien, nous finirions au lit et je craindrais d'attendre un enfant de vous. Je n'imagine pas pire père – à supposer que vous vous attardiez dans le coin, ce qui me paraît fort improbable. De toute façon, je ne veux pas éduquer seule un enfant et ne désire pas non plus qu'il ait un père dont toutes les connaissances ou presque se résument à armer un revolver.

Pendant un certain temps, Cole ne put que la regarder en clignant des yeux.

– Y a-t-il du whisky dans le coin ? demanda-t-il d'une voix enrouée avant de l'observer lui tendre la bouteille.

Contrairement à sa sœur, elle ne lui versa pas l'alcool dans un verre avec des gestes gracieux. Elle se contenta de lui tendre la bouteille avec l'air d'une maîtresse d'école.

Cole posa la bouteille, puis il alla s'asseoir lourdement sur une chaise et se mit à l'examiner. Elle n'avait rien d'une sainte nitouche, c'était clair. Elle n'était pas en train de lui raconter qu'elle le détestait et qu'elle ne voulait pas coucher avec lui. Elle lui disait au contraire que rien ne lui plairait davantage que de sauter dans un lit avec lui, mais qu'ils risquaient alors de faire un enfant qu'il ne serait pas capable d'assumer. A sa connaissance, personne n'avait jamais envisagé le genre de père qu'il ferait. Ses talents de tireur et de conciliateur avaient été soupesés, parfois ses dons d'amant, mais jamais sa valeur de père d'un gosse hypothétique.

Peut-être bien qu'il se faisait vieux. Dans le temps, les femmes ne se conduisaient pas ainsi. Il avait l'habitude qu'elles perdent la tête dès qu'il commençait à déboutonner les premiers boutons de leur corsage. Avant, s'il avait embrassé une femme et qu'un courant électrique les avait traversés, pareil à celui qui venait de les balayer, ils n'auraient plus réfléchi à rien pendant au moins deux heures. Incapables de se maîtriser. Incapables de réfléchir. Emportés par la passion, cette bonne vieille passion.

Mais les choses ne se passaient pas ainsi avec la petite et ordinaire demoiselle Latham. Avec elle, on ne perdait pas le contrôle de soi. Elle prenait ses distances et, tout en affirmant qu'il l'attirait, refusait d'en assumer les conséquences. Une attitude fort sensée. La seule autre femme raisonnable qu'il ait jamais rencontrée ne manifestait ni appétit sexuel, ni flamme. Elle, si. Il l'avait bien senti. Et pourtant, elle parvenait à se maîtriser.

– Monsieur Hunter, vous allez bien ?

Non, avait-il envie de répondre. Il n'allait pas bien. Il allait bien avant de la rencontrer. Mais, dorénavant, il doutait de tous les aspects de sa vie. Il dut se rassurer, se convaincre qu'il n'en avait pas fait un gâchis. Il n'avait pas de racines. Il n'avait pas de foyer, n'en avait jamais eu. Non qu'il en ait voulu un. Si cela avait été le cas, il serait resté au même endroit. Et s'il faisait un jour un enfant avec une femme, il ne pensait pas qu'il ferait un père pire qu'un autre. En fait, il aimait même à penser qu'il avait quelques petites choses à enseigner à un enfant. Et pas seulement à propos des fusils. Il avait beaucoup appris au cours de sa vie, et il ne détesterait pas transmettre ses acquis.

Subitement, il lui parut extrêmement important de faire comprendre à cette femme qu'il n'était pas seulement un bandit, ni un héros. Si quelqu'un d'autre l'avait traité de héros, cela l'aurait flatté, mais dans la bouche de Mlle Latham, ce terme désignait une personne irréfléchie, impulsive.

– Comment vais-je vivre jusqu'à ce que mon bras soit guéri ?

Elle parut déconcertée.

– Je n'en sais rien. Voulez-vous un peu d'argent ? Je veux dire, c'est ma faute si... Pour tout dire, ça n'est pas entièrement ma faute, mais je me sens en quelque sorte responsable de votre blessure. Je peux vous verser de l'argent...

– Je ne veux pas qu'on me fasse la charité. Je veux un emploi.

Elle lui adressa son sourire le plus ténu, le seul dont elle était capable en cet instant, pensa-t-il.

– La prochaine fois que je veux faire assassiner quelqu'un, je penserai à vous.

Une nouvelle fois, il songea qu'elle le mettait en boule plus facilement que n'importe qui...

– Je n'assassine pas les gens, répliqua-t-il sèchement.

– Sûrement pas avec un bras dans cet état ! reconnut-elle tandis que sa bouche se pinçait en un mince rictus. Monsieur Hunter, je vous ai parlé de l'avenir il y a quelques jours, avant que tout cela n'arrive, et, si ma mémoire est bonne, l'avenir ne vous intéressait alors pas le moins du monde. J'ai même essayé de vous prévenir qu'un accident de ce genre risquait de vous arriver.

Pourquoi avait-il l'impression que sa mère était en train de lui faire la morale ? Elle avait l'habitude de le sermonner ainsi et de lui reprocher de n'en faire qu'à sa tête.

Cole se passa une main sur les yeux. S'il assassinait quelqu'un, ce serait cette femme. Outre l'envie de la tuer, il voulait lui prouver qu'il valait quelque chose.

– Mademoiselle Latham, vous m'avez offert un emploi et j'accepte votre offre.

Ce fut à son tour de s'asseoir.

– Non, chuchota-t-elle, c'est une erreur.

Cole sentit qu'il regagnait du terrain.

– Mademoiselle Latham, racontez-moi ce que vous faites de votre temps.

– Je vous demande pardon ?

– Votre temps. Qu'en faites-vous lorsque vous êtes chez vous à Latham ? Je vous vois mal membre d'un cercle de tricoteuses. Je ne vous vois pas organisant des réceptions et des goûters. Que faites-vous dans cette ville que votre père vous a léguée ?

Ce fut au tour de Dorie d'exprimer sa surprise.

– Je constate que vous avez fait une enquête de votre côté...

Il constata avec désespoir qu'il suffisait d'un compliment de cette petite chose maigrichonne pour qu'il se sente tout ragaillardi. Il dut faire un effort pour se contrôler, dans l'attente de sa réponse.

– Je suis propriétaire.

Puis elle se tut, et il constata que diverses émotions se succédaient sur son visage. En définitive, elle n'était donc pas une joueuse de poker idéale.

– Mon père m'a légué la ville de Latham parce que Rowena avait épousé un mari fortuné. Comme il pensait qu'il était inconcevable que je trouve un époux, riche ou pas, il m'a laissé ce moyen d'existence. De toute façon, Latham est une petite ville qui n'existerait pas sans le chemin de fer, mais dont les quelques boutiques et maisons m'appartiennent.

– Vous encaissez les loyers ?

Cole se rendait bien compte que sa question était mesquine, mais il voulait donner un caractère trivial à ses activités, puisqu'elle avait laissé entendre que les siennes n'avaient aucune valeur.

– Je répare aussi les toits, j'écoute les lamentations des locataires et je profite à peu près de tout ce qu'offre une ville. Si je peux vous donner un conseil, monsieur Hunter, au cas où quelqu'un voudrait vous offrir une ville, n'acceptez surtout pas !

– Je m'en souviendrai ! Personne ne m'avait encore donné ce genre de conseil, admit-il en riant.

Il l'observa un moment, assise là, les mains croisées sur les genoux.

– A mon avis, vous avez besoin d'un homme pour d'autres raisons que le simple fait de vous débarrasser de votre sœur.

– Bien sûr, reconnut-elle en lui lançant ce regard qui lui laissait entendre qu'il n'était pas très intelligent. J'aimerais avoir un homme capable de reprendre la direction de Latham. Mon père était quelqu'un qui n'acceptait aucun laxisme. Il était...

Elle parut chercher le mot exact.

– Tyrannique ?

– Exactement ! dit-elle en levant vers lui des yeux qui étincelaient plutôt joliment. Horriblement tyrannique ! Je l'aimais, mais il me terrifiait aussi, comme tout le monde. A l'exception de Rowena, bien entendu. Avec elle, c'était une autre histoire. Mon père affirmait que ni l'une ni l'autre de ses filles n'étaient maîtresses femmes, que nous étions trop tendres, mais qu'au moins je ne me marierais pas et que je ne céderais pas la ville à un scélérat quelconque qui ne convoiterait que mon argent, comme cela risquait d'arriver à Rowena.

– Et pourquoi pas ? demanda Cole en se rendant bien compte que sa question était stupide.

– Mon père disait que j'étais bien trop raisonnable

pour épouser une canaille. Il disait que j'épouserais un homme sain et sensé.

– Dans ce cas, pourquoi n'épousez-vous pas votre poivrier ? ne put-il s'empêcher de lui demander.

– Alfred ne saurait pas comment s'y prendre pour être ferme à l'égard des locataires. J'ai essayé de dire à Rowena qu'Alfred travaille dur aujourd'hui pour l'unique raison qu'il ne peut faire autrement. Sous son apparence industrieuse, c'est un homme d'une grande paresse. Je veux trouver un homme travailleur, quelqu'un capable de se charger des locataires pendant que je reste à la maison.

– Vous avez tout bien planifié...

– Bien sûr ! Quand on ne le fait pas, on passe sa vie à dériver. Ça va bien lorsque l'on est jeune, mais on ne le reste pas éternellement.

Mal à l'aise, Cole changea de position sur son siège.

– Si cela ne vous ennuie pas, j'aimerais vous poser une question d'ordre personnel. Avez-vous jamais fait quelque chose qui ne soit pas raisonnable ? ajouta-t-il sans attendre sa permission.

– J'ai demandé à un bandit de m'épouser, répliqua-t-elle sans hésiter.

Cole fit une grimace. Sur le moment, il ne trouva rien à dire. Il sortit donc un fin cigare de sa poche, mais il s'aperçut qu'il ne pouvait à la fois le tenir et l'allumer. Peut-être était-il un peu vaniteux, mais il appréciait l'attention que lui portaient les femmes. S'il s'était trouvé dans cette pièce avec n'importe quelle autre, elle serait venue à lui en papillonnant pour lui allumer son cigare. Mais Mlle Latham se contenta de rester assise à l'observer.

Ennuyé, il jeta le cigare non allumé sur la table.

– Vous avez raison, mademoiselle Latham. Vous

avez raison dans tous les domaines. Je commence à sentir que mes jours de tueur sont comptés...

Il hésita à lui fournir le temps de répliquer, mais elle n'en fit rien.

– Pourquoi ne concluons-nous pas un accord ? Je vous aide si vous m'aidez.

– Que voulez-vous dire ?

– Vous êtes venue à moi il y a quelques jours parce que vous vouliez faire croire à votre sœur que vous étiez déjà mariée afin qu'elle vous laisse tranquille pour faire vos... recherches, si j'ai bien compris.

Il attendit qu'elle acquiesce.

– Vous voulez aboutir dans votre quête d'un mari convenable, d'un homme capable de vous aider à encaisser vos loyers, qui sache faire face aux plaintes des locataires et être un père affectueux pour vos enfants. C'est ça ?

– Oui.

– Et moi, j'ai besoin d'un endroit où me poser pendant quelques mois le temps que mon bras guérisse. Et puis, ce serait agréable que j'apprenne un métier...

– Ça ne marchera pas !

– Pourquoi ?

– Parce que... vous savez bien pourquoi. Nous serons incapables de rester éloignés l'un de l'autre longtemps.

Cole n'arrivait pas à croire ce qu'il entendait. Peut-être était-ce dû à son physique, mais jamais encore il n'avait eu à poursuivre une femme de ses assiduités. C'étaient toujours elles qui venaient à lui. Oh, elles prétendaient que leur rencontre était fortuite, mais c'était faux. Il lui suffisait d'entrer dans une ville, et, en l'espace de quelques heures, plusieurs jolies filles s'arrangeaient pour se placer là où il pourrait les remarquer. Et voilà que ce bout de femme –

une femme dont aucun homme ne voulait, à l'exception d'un chauve court sur pattes au crâne tavelé, et encore probablement ne visait-il que son argent – était en train de lui dire que lui – lui, Coleman Hunter ! – serait incapable de se retenir s'il passait du temps en sa compagnie.

– Faites-moi confiance, mademoiselle Latham, lui dit-il d'un ton sarcastique, je m'arrangerai pour me maîtriser.

Même si je suis obligé de me rendre au bordel sept fois par semaine, songea-t-il. Cette femme avait vraiment du toupet ! Son insinuation dépassait les bornes ! A défaut d'autre chose, il tenait à lui prouver qu'elle avait tort.

– Connaissant Rowena, elle ne quittera pas le Texas avant de nous voir mariés, poursuivit-elle sans se rendre compte de ce que pensait Cole. Si nos fausses fiançailles durent quatre ans, elle s'attardera ici pendant quatre ans. Ma sœur a peut-être l'air doux et tendre, mais au fond elle est d'acier.

– Comment votre père a-t-il pu croire que ses filles étaient tendres ? marmonna-t-il.

Cole savait que Mlle Latham n'accordait aucune valeur à ses connaissances et à ses dons, mais la vie lui avait pourtant appris à prendre des décisions rapides. Et il n'était pas non plus impossible que les propos de la demoiselle et sa blessure au bras lui fassent voir les choses sous un autre angle. Question argent mise à part, qu'allait-il *faire* jusqu'à ce que son bras guérisse ?

Il se pouvait qu'elle n'ait pas envie de poursuivre son plan d'origine, mais Cole avait surpris la culpabilité que trahissait son regard au moment où il avait mentionné sa blessure. De toute sa vie, il n'avait jamais éprouvé que des sentiments tendres à l'égard des femmes, mais celle-ci le défiait. Il décida rapidement d'utiliser ce qu'il avait appris d'elle. Si elle pensait que Rowena était tyrannique, elle n'avait jamais vu Cole Hunter en action.

– Très bien, mademoiselle Latham ! Même si vous n'avez aucune raison de vous sentir responsable de ce qui m'est arrivé, le fait est qu'en dehors de ce que vous m'avez payé l'autre jour je ne possède au monde que deux dollars et vingt-cinq cents.

Il disait vrai, mais il lui était déjà arrivé de se trouver en pire position. Cependant, il avait toujours su trouver un adversaire jouant gros au poker, ce qui lui permettait de gagner une somme suffisante pour continuer à vivre. Mais il s'agissait d'un détail qu'elle n'avait nul besoin de connaître.

– Je pense que vous me devez quelque chose...

– Je vous ai proposé de vous payer !...

– Et je vous ai répondu que je ne voulais pas que l'on me fasse la charité. Je veux apprendre un métier.

Il le désirait autant qu'attraper la peste. Il ne s'imaginait pas en commerçant, quand bien même sa boutique aurait vendu de la bière à des ivrognes.

– Grâce à vous, j'entrevois la possibilité d'apprendre quelque chose qui me sera utile plus tard. Pour la première fois, je vois une chance de me sortir de ma vie de dépravation et de mort. Je sens que je peux arriver à la respectabilité en m'améliorant et en vivant une vie pareille à celle des autres. C'est la première fois qu'une telle chance m'est offerte, et, contrairement à l'idée que vous vous faites de moi, je ne suis pas un imbécile. Mademoiselle Latham, j'ai l'intention de profiter de cette occasion !...

Cole songea qu'il avait peut-être pris la mauvaise voie dans la vie. Il aurait dû devenir prédicateur ou vendeur d'huile de serpent. Ou sénateur. Bon sang, il était tellement regonflé qu'il aurait même pu être Président !

Sentant la victoire à sa portée, il enchaîna avant qu'elle ne puisse prononcer un seul mot :

– Je voudrais vous demander quelque chose. Combien d'hommes vous ont embrassée ?

Elle le regarda en clignant des yeux.

– Uniquement v... vous.

– Exactement ce que je pensais. Vous avez l'air de croire qu'il s'est passé quelque chose de spécial entre nous, quelque chose de différent. Je peux vous assurer qu'il n'en était rien. La sensation que nous avons éprouvée est la même chaque fois qu'une femme et un homme échangent un baiser. Si vous embrassiez votre M. Poivrier, vous ressentiriez la même chose.

Elle essaya de dissimuler la déception qui se peignait malgré elle sur son visage, et Cole faillit revenir sur son mensonge. Mais il n'en fit rien.

– Apparemment, le seul problème à vos yeux est mon incapacité à vous résister. Rien n'est plus éloigné de la vérité.

Il continua, sans lui laisser le temps de dire un mot :

– Mademoiselle Latham, je vous fais une proposition d'ordre professionnel : devenez mon épouse pour six mois et laissez-moi diriger la ville pendant cette période. Au bout de six mois, s'il s'avère que j'ai accompli un travail satisfaisant, je vous demanderai de me verser cinq mille dollars. Ils me serviront de mise pour ce que je déciderai de faire de ma vie.

– Ne serait-il pas beaucoup plus simple de vous engager comme collecteur de loyers ?

Sapristi ! Cette femme avait une manière déconcertante d'aller droit à la vérité ! Il lui adressa un petit sourire.

– Votre sœur obtiendra ce qu'elle voudra, sauf si je suis davantage qu'un collecteur.

Il haussa un sourcil.

– Qui sait ? Peut-être serai-je invité à votre mariage avec Alfred ? Ses enfants y assisteront-ils ? Au fait, quel âge ont-ils ?

– Ses fils ont vingt-cinq, vingt-quatre et vingt-trois ans.

Cette information le stupéfia tellement qu'il en resta un moment bouche bée.

– Plus vraiment au berceau, hein ? dit-il d'une voix douce, en songeant que cette femme n'était vraiment pas ce qu'elle paraissait être.

Lors de leur première rencontre, il s'était dit qu'elle n'avait besoin de personne, qu'elle était apparemment capable de prendre soin d'elle-même et de la moitié de la planète, mais il commençait à se faire une idée plus claire de ce qui l'avait poussée à lui faire cette demande.

Bien qu'il sente que c'était le « héros » qui parlait en lui, il commençait à avoir envie de la protéger. Sa sœur essayait de la caser auprès d'un paresseux, père de trois fils adultes. Ces quatre individus viendraient sans nul doute emménager chez elle, lui prendraient la ville et dépenseraient son argent.

Il était las de parler, las de discuter. Subitement, il éprouva une vive sympathie pour Rowena. Il ne s'étonnait plus qu'elle craigne de laisser sa sœur sans défense dans une grande maison, à la merci de tous les chercheurs d'or du pays. Il ne s'étonnait plus qu'elle essaie de la marier à un homme qui serait en mesure de la protéger. L'erreur de Rowena consistait seulement à s'imaginer que ce vieil homme nanti de trois fils ferait l'affaire.

– Vous allez m'épouser, vous comprenez ? Vous

pouvez acheter un juge afin qu'il annule ensuite le mariage mais, pour l'instant, nous avons besoin l'un de l'autre. Vous avez besoin d'être protégée de votre sœur et de ses bonnes intentions, et j'ai besoin d'un lieu où me fixer jusqu'à ma guérison.

Quand il eut fini son discours, il l'agrippa par le haut des bras et la souleva presque du sol. Leurs nez se touchaient presque.

– Et je vous défends de dire un mot au sujet des enfants, de mes victimes ou de quoi que ce soit d'autre. Je vais remettre votre ville dans le droit chemin. On dirait que ces locataires qui refusent de payer leurs loyers vous exploitent.

– Vous allez les tuer ? demanda-t-elle, le souffle court.

Il la relâcha si soudainement qu'elle faillit tomber. Faisait-elle exprès de le mettre en colère ou bien agissait-elle sans réfléchir ?

– Tenez ! dit-il furieusement en commençant à ôter la boucle de son ceinturon.

Cela le fit douloureusement souffrir. En fait, la douleur lui élançait dans le bras et il sentit sa blessure se rouvrir et se remettre à saigner, mais il aurait préféré mourir plutôt que de couper court à ce geste de vaillance. La tête tournant sous l'effet de la douleur, il lui tendit le ceinturon en une sorte d'offrande primitive et ne parvint à rester debout que par un effort de volonté.

– Voici mon arme ! Je ne l'utiliserai pas pour encaisser les loyers de votre ville, et, si j'essaie de vous toucher, je vous donne la permission de me tirer dessus. Nous sommes d'accord ?

Silencieusement, d'un air sérieux, Dorie lui prit le lourd ceinturon des mains. Elle parut prendre un long moment à se décider, mais finit par acquiescer.

Cole hésitait entre un sentiment de bonheur et de terreur, mais il ne laissa rien transparaître.

– Bon ! Nous y allons ? Votre sœur nous attend...

Il plia son bras valide pour qu'elle puisse s'y appuyer. Après une seconde d'hésitation, elle glissa sa petite main sur son avant-bras et ils se dirigèrent vers la porte. Dans son autre main, Dorie portait le ceinturon de Cole, dont le bout pendait jusqu'au sol.

5

Dorie essayait de ne pas s'asseoir sur le bord de son siège, mais elle avait du mal à y parvenir. Depuis quelques jours, sa principale préoccupation avait consisté à se maîtriser, mais maintenant cette tâche relevait presque de l'impossible. Elle se trouvait dans le wagon privé de Rowena – emprunté à un admirateur énamouré –, assise face à l'étranger qui était désormais son époux.

Au moment où elle avait concocté son plan, elle l'avait trouvé brillant. Au moins, elle choquerait tout le monde. Elle choquerait sa sœur qui croyait tout savoir d'elle, elle choquerait les habitants de Latham qui se gaussaient d'elle en la prenant pour une vieille fille. Elle regrettait presque que son père ne soit plus de ce monde, doutant cependant que Charles Latham ait jamais pu être choqué.

Si le Président des Etats-Unis avait demandé sa main, son père la lui aurait refusée. Il disait qu'il avait autorisé une de ses filles à partir et qu'il obligerait l'autre à rester près de lui tant qu'il serait en vie.

Dorie avait donc grandi dans l'ombre d'un homme tyrannique, suzerain plus que père, un homme qui n'acceptait qu'une opinion à l'intérieur de sa maison et dans sa ville : la sienne. Une seule chose au monde parvenait à l'adoucir : la beauté de Rowena.

Charles Latham avait sciemment épousé une femme au visage avenant, affirmant néanmoins vouloir une épouse au caractère docile. Rowena s'était toujours demandé s'il l'avait dit à leur mère, mais Rowena vivait sur un nuage. Il était évident que Charles Latham avait annoncé à sa peureuse petite femme qu'il ne l'avait épousée que parce qu'elle pouvait lui donner des enfants et qu'elle lui devait obéissance. Dorie s'était demandé si sa mère s'était laissée mourir après la naissance de sa seconde fille. Sans nul doute, elle avait pris connaissance de la déception qu'elle avait causée à son mari en n'étant pas capable de lui donner un fils qui porte son nom. Et elle avait décidé de s'en aller.

Sa mère n'était pas la seule dont la vie avait été réglée par la volonté de fer de Charles Latham. Après la mort de son père, Dorie s'était aperçue qu'elle ne savait pas comment utiliser sa liberté. Depuis toujours, son père lui disait quand aller dormir, quand se lever, quoi manger. C'était lui qui organisait et qui programmait sa vie.

Elle réalisait que cette existence isolée, passée dans sa presque totalité en sa compagnie, l'avait rendue légèrement... différente. Grâce à son extraordinaire beauté, Rowena avait mené une vie un peu plus proche de celle des autres. Une femme possédant son physique n'avait pas besoin de sortir de sa maison pour rencontrer des gens : ils venaient lui rendre visite. En dépit des efforts de son père pour l'isoler, Rowena s'était mêlée aux autres, tout au moins jusqu'au jour où Jonathan Westlake avait fait son apparition et où il l'avait emmenée pour toujours.

Mais personne n'était venu chercher Dorie. Aucun jeune homme n'avait osé défier le courroux de son père en venant frapper à la porte d'entrée pour demander à la voir. L'aurait-il fait et aurait-il essuyé un refus, elle n'était de toute façon pas assez belle pour le faire changer d'avis.

Cela faisait donc six ans que Rowena avait quitté Latham. Elle s'était éloignée de leur père, tandis que Dorie restait près de lui. Dorie vivait dans cette grande maison sombre où elle lui servait de gouvernante et de secrétaire. Le soir, elle restait assise dans la même pièce que lui, sans jamais ouvrir la bouche, sans jamais chercher de la compagnie. Elle se contentait de rester là. Il disait qu'il était hors de question qu'il permette à une troisième femme de le quitter, et il laissait rarement Dorie s'éloigner de lui.

A sa mort, elle eut du mal à éprouver autre chose que du soulagement. Peut-être l'avait-il aimée, quoiqu'il n'ait jamais laissé de doux sentiments pénétrer dans sa maison. Charles Latham croyait à la discipline en toutes choses. Un jour, Rowena avait observé que leur père n'avait sûrement embrassé leur mère que deux fois dans sa vie, et cela devait remonter à une époque où elles croyaient encore qu'il suffisait de s'embrasser pour faire un bébé.

Durant toutes ces années aux côtés de son père, refoulant ses émotions, vivant dans la crainte de ses colères, Dorie avait réfléchi à ce qu'elle ferait lorsqu'elle deviendrait libre, c'est-à-dire lorsqu'il mourrait. Elle imaginait de faire des choses folles, telles que de voyager dans des pays étrangers. Elle s'imaginait subitement dotée de la beauté de Rowena et capable de faire trembler les hommes d'un seul battement de cils.

Ce qu'elle n'imaginait pas, c'était de se retrouver seule à porter le fardeau que représentait la gestion d'une ville. Des gens qu'elle voyait depuis toujours, à défaut de les connaître, étaient devenus du jour au lendemain pareils à une immense main tendue. Il fallait qu'elle trouve l'argent nécessaire pour réparer des toits et des vérandas et pour déboucher des égouts. Le travail à accomplir paraissait ne jamais se tarir.

Et c'était alors, comme si elle n'avait déjà pas assez de soucis, que Rowena lui avait envoyé un télégramme qui lui annonçait son arrivée imminente. Et Rowena, cette chère et tendre Rowena qui était incapable de garder le silence, lui annonçait qu'elle comptait lui trouver un mari pendant son séjour.

Bien entendu, l'employé du bureau de poste avait divulgué cette information à la ville entière et la moitié des personnes qui traversaient Latham en train le savaient également. Dorie n'aurait pas été surprise que tout San Francisco soit désormais au courant du fait que son indiscrète de sœur avait l'intention de lui trouver un époux.

Dorie aimait sa sœur, mais parfois Rowena perdait le sens commun. Comment pouvait-elle croire que Dorie serait heureuse de recevoir ce télégramme et bondirait de joie à sa lecture ?

Pendant qu'elle se remettait de ce choc, soumise quotidiennement aux ricanements de ses locataires, vieux et jeunes confondus, sa sœur bien intentionnée lui avait envoyé un autre télégramme la priant de ne pas épouser Alfred avant son arrivée.

Si elle avait mentionné ce dernier, c'était peut-être sa faute. Deux ans auparavant, du vivant de leur père,

Rowena lui avait écrit de sa superbe demeure anglaise qu'elle s'inquiétait pour sa petite sœur et qu'elle allait revenir en Amérique afin de lui trouver un mari. Cette missive avait terrifié Dorie qui savait que, si son père sentait sa dernière fille s'éloigner, il lui rendrait la vie encore plus difficile. Après la défection de Rowena – c'était ainsi que Dorie voyait le mariage de sa sœur –, il avait pratiquement gardé sa fille cadette prisonnière, mais, au fil des ans, son emprise avait diminué. Peu à peu, Dorie avait reçu l'autorisation d'aller se promener dans les champs derrière la maison et de s'asseoir l'après-midi avec un livre près de la rivière. Son père l'emmenait avec lui en carriole lorsqu'il allait encaisser ses loyers. En fait, au fur et à mesure que les mois s'écoulaient après le départ de Rowena, ils avaient noué des relations plus cordiales. Non qu'ils parlent ensemble, mais ils ne se conduisaient plus comme une prisonnière et son gardien.

Dorie savait néanmoins que si Rowena n'en faisait qu'à sa tête et revenait pour essayer de forcer leur père à l'autoriser à se marier, sa vie deviendrait un enfer. Si elle avait pensé que Rowena était capable de réussir son coup et de lui trouver un époux merveilleux, elle aurait été ravie de la laisser faire. Mais, en matière d'hommes, les goûts de Rowena la portaient vers des poètes en chemises à dentelle qui prononçaient des phrases ésotériques. Des choses que Dorie trouvait incompréhensibles mais qui faisaient flageoler les genoux de sa sœur. Un millier de fois, Dorie lui avait fait remarquer qu'elle n'avait pas la sagesse de trouver un homme aussi raisonnable et intelligent que Jonathan, que celui-ci l'avait choisie, poursuivie et traquée. En vérité, il avait fait le siège de Rowena jusqu'à ce qu'elle cède par lassitude.

Afin de se protéger et de ne pas se retrouver mariée à un homme qui buvait du sherry et portait un anneau au petit doigt, Dorie avait écrit à sa sœur qu'elle allait épouser un citoyen de Latham. Malheureusement, elle n'avait pas pris le temps d'inventer cet homme. Un homme créé de toutes pièces, elle aurait pu le faire passer de vie à trépas à n'importe quel moment, dans une tragédie romantique, et se retrouver en vêtements de deuil. Mais, hélas, elle avait parlé dans ses missives d'un individu que toutes deux connaissaient bien : Alfred Smythe. A l'époque où Dorie avait entamé cet échange épistolaire, la seconde femme d'Alfred venait de mourir. Un jour, alors qu'elle passait près de chez lui en carriole, Alfred – qu'elle trouvait assez vieux pour être son père – avait levé les yeux vers elle comme s'il se demandait si elle pouvait devenir son épouse numéro trois.

A partir de là, tout avait fait boule de neige. A sa grande surprise, Dorie avait découvert qu'elle possédait un talent pour la fiction. Peut-être était-ce dû au fait que, ne vivant pas vraiment sa vie, elle s'épanouissait sur le papier. Elle s'était mise à évoquer une grande aventure avec Alfred. Plus elle écrivait, plus les réponses de Rowena se faisaient enthousiastes. Du coup, ses descriptions en devenaient de plus en plus flamboyantes. Elle s'était mise à glorifier Alfred, à évoquer sa démarche assurée et le danger qu'il représentait. Elle raconta à Rowena que sous ses apparences de simple boutiquier, Alfred était en fait impliqué dans des entreprises hasardeuses et osées. Etant donné que l'audace de Dorie se limitait à échapper pendant une heure à la vigilance de son père, elle ne lui expliqua jamais vraiment la nature des activités d'Alfred. D'ailleurs, les insinuations étaient tellement plus passionnantes que la réalité !

C'est alors que Rowena se fatigua d'attendre l'annonce du mariage de sa sœur et qu'elle lui écrivit pour lui annoncer qu'elle venait en Amérique organiser la noce. Dorie lui renvoya du tac au tac une lettre dans laquelle elle lui expliquait qu'Alfred et elle avaient rompu et que sa venue n'était donc pas nécessaire. Rowena répliqua par un télégramme, dont tout Latham prit connaissance, annonçant qu'elle venait quand même afin de trouver un autre époux pour sa sœur au cœur brisé.

C'était après la réception de ce second message que la panique s'était emparée de Dorie. Qu'allait-elle faire ? A sa manière, Rowena était aussi tyrannique que leur père. Après toutes les lettres passionnées que Dorie lui avait envoyées, elle croyait vraiment que sa sœur était amoureuse de cet affreux petit Alfred Smythe.

En désespoir de cause, Dorie ne pensa qu'à épouser quelqu'un d'autre. Mais il fallait que ce soit un homme qui corresponde aux idées romantiques de Rowena pour qu'elle puisse croire que sa sœur avait pu tomber amoureuse de lui si vite après l'échec de sa grande passion pour Alfred.

Dorie n'était pas la fille de son père pour rien. Lorsqu'elle se mit en chasse, sa première idée fut d'acheter un mari, comme elle aurait acheté une paire de chaussures neuves. Après tout, son père avait bien acheté sa femme ! Il était retourné dans l'Est, avait lu les annonces de faillite dans les journaux, et s'était lié d'amitié avec le premier homme dont la fille était assez craintive pour qu'il n'ait jamais à redouter qu'elle ne fût séduite par un autre. Puis il avait réglé les dettes de son père et l'avait épousée.

Dorie pensa donc engager un individu qui ait

besoin d'argent, mais il fallait que cet homme soit assez romantique pour que sa sœur y croie. Il lui fallut quelques jours pour rédiger une liste. Puis elle s'aperçut par hasard que le maréchal-ferrant de Latham connaissait l'un d'eux, un homme que les autres prenaient pour un tueur. Mais il lui apprit que Cole Hunter avait le cœur le plus tendre qu'il ait jamais vu. Cole l'ignorait, et il tirait si vite qu'aucun homme n'était prêt à le lui révéler, mais son cœur tendre faisait l'objet de toutes sortes de plaisanteries parmi les vrais tueurs.

– Il a le sang trop chaud, lui apprit le maréchal-ferrant. L'idée de tuer quelqu'un le dégoûte vraiment.

Cet homme, elle le trouva à Abilene, mais il ne correspondait pas à ce qu'elle attendait. Le pire, c'était qu'il semblait la détester de bon cœur. Dorie n'en fut pas surprise. Elle n'avait jamais plu aux hommes. Non qu'elle ait d'eux la moindre expérience, mais lorsque Rowena vivait encore à Latham, Dorie avait rencontré quelques-uns des superbes jeunes hommes qui venaient rendre visite à son éblouissante sœur. Et chacune de ses rencontres, sans exception, s'était soldée par un désastre.

Rowena lui disait : « Dorie, tu ne dois pas dire à Charles Pembroke qu'il a une cervelle de moineau, et qu'il est aussi gracieux qu'un éléphant en tutu. »

Pendant un certain temps, Dorie avait essayé de ne pas ouvrir la bouche et d'observer – ainsi que d'apprendre –, mais Rowena la rendait malade. Rowena poussait des « oh ! » et des « ah ! » devant chaque créature du sexe masculin qu'elle rencontrait, si stupide et repoussant fût-il. Dorie trouvait cette attitude malhonnête. Or, Dorie prisait par-dessus tout l'honnêteté.

Finalement, Rowena se maria et eut deux beaux

enfants, et Dorie se retrouva seule dans cette grande maison sinistre, à distribuer de l'argent autour d'elle. Elle ne comprenait toujours pas pourquoi les hommes préféraient les mensonges à la vérité, mais cela semblait être le cas.

Quant à M. Hunter, elle ne parvenait pas du tout à le saisir. Elle l'avait compris lors de leur première rencontre, lorsqu'elle lui avait dit la vérité. Comme tous les autres hommes, il semblait détester son honnêteté. Dorie savait que Rowena lui aurait menti, qu'elle l'aurait flatté et qu'il lui aurait mangé dans la main. Mais Dorie lui avait dit la vérité, et il lui avait clairement fait comprendre qu'il ne pouvait la supporter.

Sa réaction l'avait peinée, car, à son grand étonnement, il lui plaisait assez. Elle ignorait vraiment pourquoi, mais il lui plaisait. Peut-être était-ce à cause de son caractère héroïque. En vérité, lorsqu'il l'avait sauvée, elle avait eu l'impression d'être l'une de ces héroïnes des romans dont son père lui interdisait la lecture.

Mais M. Hunter ne ressentait pas les choses à sa façon. Lorsqu'elle lui avait rendu visite dans sa chambre afin de lui présenter ses excuses pour des paroles inconsidérées qu'elle regrettait, elle n'avait réussi qu'à augmenter sa fureur.

C'est alors qu'il était venu la voir à son hôtel et qu'il lui avait dit qu'elle devait l'épouser. Peut-être pensait-il que Rowena ferait partie des cadeaux de mariage... C'était la seule explication plausible à ses yeux. Elle lui déplaisait grandement lorsqu'elle était seule, mais, après avoir vu Rowena, il avait voulu l'épouser.

De toute façon, qu'est-ce que cela pouvait faire ? Leur arrangement n'était que temporaire ; dans six mois, il ne serait plus là. Il aurait ses cinq mille dollars, et Dorie se retrouverait à son point de départ. Elle n'était pas assez sotte pour croire une seconde à ses histoires. Elle savait bien que c'était l'argent qu'il voulait – assorti d'une possibilité de séduire Rowena, comme le désiraient apparemment tous les autres hommes. C'était un accord idéal.

Et maintenant, assise à la table minuscule face à lui, le grand lit menaçant dans son dos, une alliance – cadeau de Rowena – pesant à son doigt, Dorie étalait la nourriture dans son assiette. Il lui fallut un moment avant de se rendre compte que M. Hunter lui adressait la parole.

– Je vous demande pardon, dit-elle en levant les yeux.

– Je disais que, si vous voulez vous trouver un mari – un vrai, je veux dire –, vous avez intérêt à déployer davantage de charme.

Dorie ne put que le regarder en clignant des yeux. Charme... C'était un mot qu'elle avait toujours entendu associé à Rowena, et aux sortilèges des sorcières, mais pas à grand-chose d'autre.

Depuis que s'était déroulée cette petite farce glaciale dénommée « mariage », Cole se demandait comment il avait pu accomplir une chose pareille. Il ne s'était jamais pris pour un romantique, mais cette cérémonie rapide et ennuyeuse, célébrée par un prédicateur qui ne pensait qu'à retourner dîner, ne correspondait pas à l'idée qu'il se faisait d'un mariage. Une femme n'était-elle pas censée avoir envie de belles fleurs et d'une jolie robe ? Les femmes n'étaient-elles pas censées se montrer sentimentales à l'égard du mariage et des événements de ce genre ? L'homme n'était-il pas censé faire comme si ces trucs ne l'affectaient pas, tout en appréciant en secret le parfum des fleurs et la vue des dentelles dont était drapée la mariée ?

Depuis la cérémonie, elle n'avait pas dit un mot, laissant à son patron de sœur le soin de tout diriger. Au bout de quelques heures en compagnie de Rowena, Cole commençait à comprendre que sous cette enveloppe mielleuse et cajoleuse se cachait un cœur d'acier. Elle lui avait fait tellement de compliments qu'il se serait pris pour le plus intelligent, le plus brave, le plus bel homme de la planète, s'il l'avait crue. Mais, pendant qu'elle le flattait, elle s'assurait que sa petite sœur se mariait pour de bon. Elle avait dit à Dorie où allait se dérouler la cérémonie, où elle allait passer sa lune de miel et quand le couple reviendrait à Latham. Rowena avait organisé le dîner de mariage et avait fait emballer les vêtements de sa sœur afin qu'ils soient prêts pour le voyage. Mais, à la fin de la cérémonie, lorsqu'elle avait murmuré à sa sœur : « Maintenant, Dorie, tu peux l'embrasser », Cole avait mis les pieds dans le plat.

– Elle est ma femme désormais, avait-il répliqué tranquillement, mais sur le ton qu'il employait pour s'adresser aux hommes qu'il soupçonnait de tricher aux cartes.

Un des bons côtés de Rowena, c'était qu'elle semblait comprendre quand elle devait faire marche arrière. Gracieusement, elle avait cessé de donner des ordres et s'était écartée, un sourire radieux sur le visage, contente d'avoir tout arrangé.

Et Cole se retrouvait maintenant seul avec une étrangère qui était sa femme sans l'être, et il éprouvait subitement l'envie de mieux la connaître. Etait-elle aussi dure qu'elle semblait l'être lors de leur première rencontre, ou aussi tendre qu'elle le paraissait parfois ? Etait-elle calculatrice ou innocente ? Souhaitait-elle blesser avec ses mots incisifs ou ne savait-elle pas s'y prendre autrement ?

– Je crains de ne pas savoir comment être charmante, répondit-elle sans lever les yeux de son assiette. Je laisse le charme à ma sœur.

Après la journée qui venait de s'écouler, Cole savait désormais que pour barboter dans le « charme » de Rowena, il fallait porter de véritables cuissardes. Comme il regardait le sommet du crâne de sa femme, il s'aperçut qu'il ne l'avait jamais vue sourire. Lui arrivait-il de sourire ? Et, dans ce cas, à quoi ressemblait-elle ?

Il se redressa sur sa chaise comme un maître d'école.

– Attention, mademoiselle Latham, euh... madame Hunter, se corrigea-t-il, s'apercevant que ce mot lui plaisait bien, nous allons passer à une leçon de charme.

Surprise, elle releva les yeux.

– Maintenant, répondez à ma question : imaginons que vous vous trouviez seule avec un inconnu et que vous souhaitiez engager la conversation. Que faites-vous ?

A la façon dont elle le regardait, il comprit que Dorie prenait ce jeu très au sérieux.

– Que fait-il ?

– Il ne fait rien. Dans la plupart des cas, c'est la femme qui bavarde. L'homme doit être du genre fort et silencieux et la femme essaie de le faire sortir de lui-même.

– Oh, fit Dorie qui n'avait encore jamais entendu cela mais qui trouvait que cette théorie expliquait bien des choses. Je veux dire, que fait-il pour gagner sa vie ? Pour subvenir à ses propres besoins. Cela peut éventuellement être un sujet de conversation...

– Bien vu ! Cet homme est fermier.

– Eh bien, dans ce cas, je lui demande comment se présentent ses récoltes.

– Hum..., fit Cole. Ça pourrait aller s'il est en âge d'être votre père, mais s'il s'agit d'un homme jeune, beau, avec de larges épaules ?

Une petite étincelle d'humour s'alluma dans les yeux de Dorie.

– Quelle largeur exactement ? s'enquit-elle.

Cole ne sourit pas.

– Oh, environ comme ça. Non, comme ça, mima-t-il en écartant les mains.

L'étincelle brilla davantage.

– Monsieur Hunter, aucun homme n'a les épaules si larges !

Un instant, Cole parut sur la défensive. Partant de ses mains tendues, son regard remonta jusqu'à ses propres épaules, ce qui lui permit de constater que l'écartement de ses mains se prêtait exactement à leur largeur. Quand il voulut ouvrir la bouche pour lui dire que ses épaules correspondaient effectivement à la description, il regarda dans ses yeux et s'aperçut qu'il s'agissait d'une taquinerie. Elle ne perd rien pour attendre, songea-t-il, je lui revaudrai ça.

– A y repenser, l'homme près duquel vous êtes assise est un célèbre conciliateur.

– Conciliateur ? Vous voulez dire un bandit ? Un tueur ?

Cole gardait un visage très sérieux.

– Madame Hunter, voulez-vous m'écouter, je vous prie ? Il s'agit d'une leçon de charme, et, pour l'instant, je ne suis pas convaincu que vous sachiez le sens de ce mot.

– Bien sûr que si ! Il équivaut au mensonge.

Cette réponse le mit en rage.
– Le charme équivaut au mensonge ?
– Rowena déploie son charme en mentant.
– Faites-m'en une démonstration.
Dorie faillit lui dire qu'elle ne pouvait absolument pas lui montrer ce qu'elle entendait par là, puis elle réalisa qu'elle avait longuement observé sa sœur. En fait, elle devait être capable d'imiter Rowena.
Les coudes appuyés sur la table, elle s'inclina par-dessus son assiette de façon à ce que son visage soit très près du sien et battit des paupières.
– Oh, monsieur Hunter, j'ai tellement entendu parler de vous ! J'ai entendu louer votre sagesse, la façon dont vous réglez les différends et dont vous sauvez seul des villes entières. Seigneur, vous êtes vraiment un homme important ! J'espère que vous ne voyez pas d'inconvénient à ce que je vous observe ainsi. Mais figurez-vous que je cherche un saphir dont la couleur est exactement la même que celle de vos yeux et que je n'arrive à trouver ce bleu foncé nulle part. Vous pourriez peut-être m'accompagner la prochaine fois que j'irai chez mon bijoutier afin que je puisse lui montrer ce que je souhaite...
Dorie s'écarta de la table, les bras croisés sur sa poitrine.
Cole resta sans voix pendant un certain temps. Elle venait de se moquer de lui et de sa sœur, c'était clair, mais, qu'à cela ne tienne, ce qu'il venait d'entendre lui plaisait. Il avait le plus grand mal à contrôler son envie de saisir un couteau afin de vérifier la couleur de ses yeux sur la lame.
Ce qui l'obligea à se maîtriser, ce fut le regard entendu de Dorie. Et de deux pour elle, songea-t-il.
– Les mensonges. Ils sont terribles. Vous voulez dire que les hommes mentent aussi, non ?

– Pas à Rowena. Ils n'en ont pas besoin. Que pourraient-ils inventer comme mensonge à propos de sa beauté ?

– Le charme véritable se passe de mensonges...

– Rowena est une experte ès charme, et pourtant elle ment tout le temps.

– Dans ce cas, il ne s'agit pas d'un charme véritable. Ce qui gagne le cœur des hommes, c'est sa beauté. Mais que lui adviendra-t-il quand sa beauté se fanera ? Plus aucun homme ne croira à ses mensonges lorsqu'ils sortiront d'une bouche fanée.

Il vit qu'il était parvenu à capter son intérêt.

– Tenez, laissez-moi vous montrer ce qu'est le véritable charme. Donnez-moi votre main...

Elle garda la main là où elle était, fermée tout près de son corps.

– Si vous me dites des tas de mensonges idiots sur ma magnifique beauté, je ne vous croirai pas !

– Pourriez-vous m'accorder un peu de crédit ? Maintenant, donnez-moi votre main !...

Sapristi, cette femme l'énervait ! Il était convaincu qu'elle était bien la seule au monde à refuser une leçon de séduction. Surtout quand l'homme qui essayait de la séduire était son mari.

D'un geste doux, il prit sa main dans la sienne. Avec une autre femme, il se serait inquiété de lui faire peur, mais il doutait que cette petite créature puisse être effrayée. Tenant sa main, il la leva jusqu'à hauteur de son visage, ne l'embrassa pas, mais en pressa le dos contre sa joue.

– Savez-vous ce que j'aime chez vous, madame Hunter ? J'aime votre honnêteté, poursuivit-il sans attendre sa réponse. Toute ma vie, je n'ai eu droit qu'à des compliments. Les hommes avaient trop peur de me dire des choses désagréables et les femmes appréciaient tellement mon physique qu'elles se mettaient à ronronner à mon approche.

Il roula les « r » du mot « ronronner » d'une voix douce et soyeuse qui fit écarquiller les yeux de Dorie.

– Je trouve rafraîchissant de rencontrer une femme qui se montre honnête envers moi et qui me dise que j'ai des choses à apprendre. Et cela est stimulant pour mon esprit. Vous me donnez envie de travailler dur pour vous et de vous montrer que je peux effectuer ce travail, alors que vous pensez que j'en suis incapable.

Il porta sa main à ses lèvres et entreprit d'embrasser une à une leurs phalanges.

– Quant à la beauté, vous possédez une étincelle que votre sœur n'a pas. Elle est une rose, épanouie, luxuriante et voyante, alors que vous êtes une violette, douce et timide, tendre mais forte. Il ne suffit pas de vous regarder pour saisir votre beauté. Elle est d'un genre plus subtil. Il faut la chercher, et, par conséquent, elle a bien davantage de valeur.

Dorie ne bougeait pas. Ses yeux s'agrandissaient à chaque parole qu'il prononçait. De petits frissons remontaient de sa main le long de son bras, puis se dissolvaient dans tout son corps.

Cole lui relâcha subitement la main.

– Voilà, conclut-il. C'est ce que j'entendais par charme sans mensonges.

Dorie dut secouer la tête pour s'éclaircir les idées.

– J'appellerais ça des mensonges charmants, dit-elle.

– Et quelle est la vérité pour vous ?

– Que vous me prenez pour une peste et une casse-pieds. Une peste fort riche, néanmoins, et vous avez besoin d'argent.

Cole ne se souvenait pas d'avoir reçu plus grave

insulte. Elle était en train de lui dire qu'il ne l'avait épousée que pour son argent, ce qui était totalement faux. Il l'avait épousée pour... Bon sang, il ne savait pas bien pourquoi, mais il était sûr que ce n'était pas seulement pour cela ! Un homme qui se mariait pour l'argent était, était... Quel était donc le mot exact ? Un gigolo, voilà ce qu'il était. Cela ne le gênait pas qu'on dise qu'il était un tueur, mais il n'accepterait pas qu'on le prenne pour un homme qui se servait des femmes.

Il se leva abruptement.

– Mettons les choses au point ! Je vous ai épousée parce que vous aviez besoin d'être protégée, et vous me payez pour que je vous apporte cette protection. Je suis en quelque sorte votre garde du corps. Quand mon bras sera guéri et que votre sœur sera repartie, nous nous serrerons la main, nous nous séparerons, et ce sera terminé. C'est d'accord ?

– Bien sûr, répondit-elle calmement, le regard clair, sans manifester la moindre émotion.

– Maintenant, si cela ne vous dérange pas, je vais me coucher. La journée a été longue.

Les yeux de Dorie s'écarquillèrent juste assez pour qu'il comprenne ses pensées.

Sans saisir exactement pourquoi il éprouvait une telle rage, il attrapa deux sacs posés contre une paroi et les laissa tomber au milieu du lit de façon à créer deux couches séparées. Peut-être sa colère provenait-elle du fait qu'il avait dû se battre toute sa vie pour se débarrasser des femmes et que, d'un seul coup, cette petite souris se conduisait comme s'il s'était transformé en satyre, en une chose vile et répugnante. Il lui déplaisait tellement qu'elle hésitait même à lui confier sa main par-dessus une table.

– Voilà ! dit-il méchamment en désignant le lit

d'un signe de tête. Cela convient-il à votre sens de la décence ? J'ignore pourquoi vous persistez à penser que je suis du genre à déflorer les vierges qui se font prier, mais je vous assure que ce n'est pas le cas.

– Je ne voulais pas dire..., commença-t-elle, mais il lui coupa la parole.

– Couchez-vous, un point c'est tout ! Je ne vous ennuierai pas. Alors, ne prenez pas cet air inquiet !

– Je n'étais pas inquiète, affirma-t-elle calmement avant de passer derrière un joli petit paravent posé dans un coin près du lit.

Elle commença à se déshabiller.

Rowena avait parlé à Dorie en tête à tête après que Cole eut annoncé qu'il allait l'épouser. Elle lui avait raconté toutes sortes de bêtises sur le fait qu'elle ne devait pas avoir peur et lui avait conseillé de faire de son mieux pour essayer de convaincre M. Hunter que c'était lui le plus intelligent. « C'est important pour un homme, lui avait dit Rowena. Ça lui est même nécessaire. » Dorie n'avait aucune idée de ce dont lui parlait sa sœur.

– Nom de Dieu ! entendit-elle Cole jurer, avant que ne résonne le petit bruit d'un bouton qui avait dû heurter le bassin de faïence.

Dorie risqua un coup d'œil. Cole, les sourcils froncés, se concentrait pour essayer de se dévêtir, mais son bras blessé lui rendait la tâche fort difficile. Un héros, pensa-t-elle, un homme qui ne demanderait pas de l'aide.

Vêtue d'une immense chemise de nuit blanche qui l'enveloppait de la tête aux pieds, elle sortit de derrière le paravent et se dirigea vers lui. Tout de suite, elle vit qu'il avait l'intention de lui dire qu'il était capable de se déshabiller tout seul, mais, dans ce domaine, Dorie se sentait compétente. Pendant la dernière année de sa vie, son père était resté invalide, et il n'acceptait d'être soigné que par elle. Dorie savait habiller et déshabiller un homme adulte.

– Laissez-moi faire ! dit-elle avec assurance.

Quelques secondes lui suffirent pour débarrasser Cole de tous ses vêtements en dehors de son caleçon long. Elle ne se rendait pas compte qu'il la regardait en souriant, à la fois amusé et incrédule.

Pas davantage qu'elle ne se rendait compte du regard qu'il posait sur ses cheveux épais ramenés en une natte innocente. Dans la journée, elle maintenait sa chevelure étroitement tirée en arrière, sans que le moindre cheveu dépasse. Une coiffure d'une netteté inouïe. Mais, maintenant, elle paraissait douce et de petites boucles frisaient autour de son visage. Bizarrement aussi, sa chemise de nuit toute simple était presque provocante. Cole avait l'habitude des femmes vêtues de dentelles noires ou rouges, et non drapées de blanc pur et virginal. De la voir ainsi complètement dissimulée excitait davantage son désir que de la soie transparente.

Lorsqu'il se retrouva en caleçon, elle ouvrit les draps de lit et l'aida en le poussant à s'allonger. Puis, comme si elle avait fait ce geste des centaines de fois, elle le borda et déposa un baiser rapide et négligent sur son front, se détourna, souffla sur la chandelle posée près du lit et se dirigea vers la porte.

Sa main était déjà posée sur la poignée quand elle comprit où elle se trouvait et ce qu'elle venait de faire. Le visage empreint de stupéfaction, elle se tourna pour le regarder. Cole, son bras valide passé derrière la tête, lui souriait de toutes ses dents.

Spontanément, ils éclatèrent de rire.

– N'ai-je pas droit à une histoire avant de dormir ? lui demanda-t-il.

Elle se mit à rougir.

– Mon père..., voulut-elle lui expliquer.

Son rire la reprenant, elle poursuivit :

– Quel genre d'histoire ? Des attaques à main armée ?

– Mes amis en feront-ils partie ?

Le rire de Dorie redoubla.

– S'il s'agit de criminels, il ne peut être question que de vos amis, non ?

– A vous entendre, si on m'envoyait en prison, ce serait une réunion de famille, répliqua-t-il, mi-figue, mi-raisin.

– A mon avis, l'endroit le plus proche de l'église que vous atteindrez sera le cimetière.

Ce qui ne se voulait que pure plaisanterie tomba à plat, car il y avait trop de vrai dans ce qu'elle venait de dire. Ni elle ni Cole ne voulaient penser au fait qu'il côtoyait la mort de si près.

Une lampe brûlait de son côté du lit. Revenue à la raison, Dorie réalisa qu'elle ne se trouvait pas chez elle et que cet homme n'était pas son père invalide. Elle se dirigea vers le côté qui lui était réservé. Sans même jeter un regard sur les sacs pesants que Cole avait jetés au milieu du lit, elle tira la couverture, éteignit la lampe et, lui tournant le dos, se glissa sous les draps. Un moment s'écoula avant qu'elle ne s'adresse à lui.

– Vos parents étaient-ils gentils ?

– Non.

Il hésita.

– Et les vôtres ? Aimiez-vous votre tyran de père ?

– Je n'y ai jamais réfléchi. Oui, je suppose. Je n'avais pas d'autre famille...

– Votre sœur est donc le seul parent qui vous reste ?

– Oui. Mais elle vit de l'autre côté de l'Océan sur un autre continent. Et elle a un mari et des enfants, ajouta-t-elle après une pause.

– Par conséquent, vous êtes seule au monde.

Elle ne répondit pas. Le train avançait bruyamment dans la nuit, mais c'était un bruit qui semblait les envelopper. Cole trouvait cette scène presque intime, eux deux allongés dans le même lit sans se toucher. Jamais encore il n'avait passé une nuit entière dans un lit avec une femme ; il s'était toujours donné pour règle de s'en aller une fois l'acte terminé. Il s'était aperçu qu'après avoir couché avec une femme, il pensait moins clairement et devenait la proie facile de n'importe quel scélérat désireux de s'affirmer en le tuant. Se trouver dans un lit en compagnie d'une femme pour autre chose qu'une relation sexuelle était une expérience toute nouvelle pour lui. Il se tourna sur le côté, plia la main et posa la tête sur son bras.

– Vous avez sommeil ? Je veux dire... si c'est le cas, je...

Elle se retourna pour le regarder. Le petit rayon de lune qui perçait à travers les rideaux suffisait à rendre ses yeux brillants et vivants.

– Je n'ai pas sommeil du tout. Vous avez envie de parler ?

C'était bien entendu ridicule. Il était un homme d'action, pas de paroles. D'accord, il était capable de s'exprimer correctement lorsque cela s'avérait nécessaire. Il avait souvent recours aux mots plutôt qu'aux armes pour régler un différend, bien qu'il ne soit pas du genre à priser les conversations creuses. Mais, pour l'instant, il était trop surexcité pour dormir. Peut-être cela provenait-il du fait qu'une femme qui lui était interdite était allongée près de lui. Peut-être était-ce dû à l'acte incroyable qu'il avait accompli aujourd'hui : il s'était marié. A moins que cette femme ne commence à lui plaire. Mais il se demandait bien pourquoi. Elle ne correspondait en rien à l'idée qu'il se faisait des femmes. Cependant, il n'éprouvait nulle envie de la posséder puis de se sauver immédiatement après.

– Quel est votre nom ? Je sais que votre sœur vous appelle Dorie, mais aujourd'hui, à l'église, le pasteur vous a appelée autrement.

– Appolodoria. C'est un nom grec. En tout cas, mon père le prétendait. Il disait aussi qu'il était ridicule, mais ma mère avait fait le vœu de m'appeler ainsi sur son lit de mort, alors il a respecté son désir.

Il s'appuya en arrière dans le lit, un bras derrière la tête.

– Appolodoria ? Ça me plaît. Je suis content que votre père ait accepté.

– Notre cuisinière disait que ma mère avait juré de revenir le hanter s'il ne me donnait pas ce nom. Mon père n'était pas superstitieux, mais il n'était pas non plus homme à prendre des risques.

Cela le fit rire. Elle avait une façon de faire paraître drôles les choses les plus affreuses.

– Parlez-moi de votre ville. Celle qui vous a poussée à me conseiller de ne jamais accepter un tel cadeau.

– Latham est minuscule. Tout juste deux cents personnes. Mais, vu la façon dont la population augmente, je pense que les gens ne se contentent pas de se reposer le dimanche après-midi.

De nouveau, Cole se mit à rire en attendant la suite.

Dorie se demandait ce qui pouvait inspirer davantage quelqu'un que le fait d'être approuvé. Durant toutes ces années passées près de son père, elle avait gardé le silence. Il détestait ce qu'il appelait ses commentaires impertinents. Il voulait simplement qu'elle soit là, et, jusqu'à la dernière année de sa vie, n'avait jamais attendu d'elle autre chose que de rester assise à un endroit où il pouvait la voir. Afin d'échapper à l'ennui inouï de sa vie, elle s'était mise à observer les gens, à les regarder, à essayer de les percer à jour, à remplir les blancs au moyen de sa propre imagination.

Tous les jours, elle sortait en carriole avec son père, gardant un silence absolu pendant qu'il s'adressait à ses locataires et répondait non à tout ce qu'ils étaient susceptibles de lui demander. Et, tout ce qu'elle observait, elle le gardait pour elle-même.

Subitement, un homme riait de chacune de ses remarques comme si elles l'enchantaient.

– Latham est une ville tranquille. Très peu de problèmes, en fait. Je suis sûre que vous allez trouver que c'est un endroit ennuyeux. Le 4 Juillet, nous avons un pique-nique. L'événement le plus extraordinaire de l'an dernier, c'est quand le chapeau de Mme Sheren s'est envolé au moment où tout le monde sortait de l'office. Le chapeau a volé par-dessus la rivière, a heurté la tête du taureau de M. Lester et s'est empalé sur sa corne gauche. Le plus drôle, c'est que ce dernier avait ramené ce taureau du Montana en se vantant que c'était la bête la plus violente et la plus méchante du Texas. Peut-être bien que c'était vrai, mais je peux vous assurer qu'avec ce joli bonnet de paille bordé de cerises et de feuilles de glycine, la brave bête n'avait pas l'air bien féroce.

Cole se contenta de sourire dans l'obscurité, ravi d'être diverti. Elle savait s'y prendre pour raconter une histoire. Elle lui parla des boutiques, de la pension et des passagers du train.

Au fur et à mesure qu'il l'écoutait, Cole s'aperçut néanmoins qu'elle n'était partie prenante d'aucune de ses histoires. Elles étaient toutes racontées du point de vue de l'observateur, comme si elle était restée assise derrière une fenêtre à regarder la vie se dérouler. Pas une seule plainte, pas une seule référence à sa vie solitaire, passée près d'un père qui ne dispensait ni amour ni approbation à sa fille cadette. Mais Cole entendait ce qu'elle ne lui disait pas.

Ce qu'il était sur le point de dire lui échappa brutalement, car le conducteur du train freina. La machine s'arrêta par à-coups. S'ils n'avaient pas été allongés, ils auraient pu tomber. Dommage, pensa-t-il. S'ils étaient tombés, elle aurait pu atterrir dans ses bras. Ses qualités avaient beau l'ennuyer, elles faisaient ressortir le protecteur qui était en lui.

Dans un grincement de freins, le train s'immobilisa. Une énorme secousse poussa Cole d'instinct à tendre sa main valide et à agripper l'épaule de Dorie pour l'empêcher de rouler à bas du lit. L'un des sacs qui les séparaient se mit à glisser, manquant heurter la tête de la jeune femme. Cole le lança par terre.

Une fois le train définitivement arrêté, il s'aperçut qu'il se trouvait suspendu au-dessus d'elle, comme pour la protéger de flèches et de balles.

– Ça vous ennuie que je vous embrasse pour vous dire bonne nuit ? s'entendit-il lui demander.

S'il avait eu trente-huit ans quelques jours auparavant, il se retrouvait maintenant âgé d'environ douze ans, en train d'éveiller une fille sous un pommier.

– Je... je n'ai rien contre, murmura-t-elle en guise de réponse.

– Bien, fit-il tout en se trouvant ridicule d'éprouver une telle excitation.

Il avait embrassé des tas de femmes. Mais, évidemment, aucune d'elles n'était son épouse.

D'un coup de pied expert, il envoya promener le dernier sac vers le pied du lit, d'où il tomba par terre. Aucune barrière ne les séparant plus, il se pencha lentement pour presser ses lèvres contre les siennes. Il lui avait menti comme un arracheur de dents lorsqu'il avait prétendu que le baiser qu'ils avaient échangé était parfaitement ordinaire. Ce baiser, il n'arrêtait pas d'y penser. Pour tout dire, il n'avait presque pensé à rien d'autre depuis.

A la seconde où ses lèvres l'effleurèrent, il comprit que ce baiser n'avait pas été un hasard. Une émotion d'une force et d'une profondeur extrêmes l'envahit. Comme s'il n'avait jamais embrassé une autre femme, jamais su ce que cela signifiait de toucher un être du sexe féminin.

S'écartant d'elle, il plongea les yeux dans les siens et vit qu'ils étaient pleins d'émerveillement. L'espace d'un instant, il ne comprit pas ce qu'elle pensait, si elle avait aimé ou non le baiser tendre qu'il venait de lui donner, mais c'est alors qu'elle leva la main pour lui effleurer les cheveux sur sa tempe. Jamais de sa vie une caresse ne l'avait autant enflammé que celle-là.

– Ah, Dorie !

Puis, roulant de nouveau vers elle, il l'attira sur lui. Il jurait tout bas de ne pouvoir l'étreindre complètement, mais il la serrait le plus possible de son bras valide. Et Dorie, qui avait roulé sur lui pour pouvoir l'embrasser plus profondément, n'avait pas besoin d'être tenue. Elle est très intelligente, pensa-t-il. Elle apprend vite.

Au moment où il allait lui démontrer ce que sa langue était capable de faire, un coup de feu traversa la vitre, la brisant en mille morceaux, et la balle vint se loger dans le lit du côté de Dorie. Tirée une minute plus tôt, la balle serait entrée dans le cœur de la jeune femme.

6

– Hunter, t'es là-d'dans ?

Dès la première explosion, Cole avait enveloppé Dorie de son bras et roulé à bas du lit, la protégeant de son corps au moment où ils tombaient par terre. En chutant, il avait attrapé son arme sur la table de chevet.

– Ça va ? chuchota-t-il en la tenant contre lui.

Elle opina de la tête et il fut content de constater qu'il n'y avait ni hystérie, ni même interrogation dans ses yeux. Elle le regardait comme si elle attendait ses ordres, prête à lui obéir. A cet instant, il songea qu'il l'aimait peut-être. Quel homme n'aimerait-il pas une femme capable de recevoir des ordres ?

– Restez par terre, je vais voir qui c'est.

Se faisant toute petite contre le mur du compartiment, elle s'exécuta.

A pas précautionneux, Cole se dirigea vers la fenêtre située de l'autre côté du train et jeta un coup d'œil dehors. La lune était pleine et il n'eut aucun mal à distinguer quatre cavaliers. Celui de devant, qui chevauchait un grand cheval bai, et dont la silhouette indiquait une extrême nonchalance et une insouciance provocante, n'était pas un homme que l'on confondait ou que l'on oubliait facilement.

S'asseyant sur le sol, Cole s'appuya contre le mur en éructant quelques jurons bien sentis.

– C'est la première fois que j'entends ces mots, dit doucement Dorie.

Cole en fut si surpris qu'il pointa son arme sur elle et l'arma avant même de réaliser ce qu'il était en train de faire.

Dorie avait rampé jusqu'à lui sous le lit ; seul son visage pointait sous l'édredon qui pendait jusqu'au sol. Au bruit que faisait le chien de l'arme de Cole, elle redisparut dans sa cachette. Après avoir réalisé qu'il n'allait pas lui tirer dessus, elle lui jeta de nouveau un coup d'œil.

– Qui est-ce ? chuchota-t-elle.

– Winotka Ford.

Cole ramena sa tête contre la paroi du train.

– J'avais entendu dire qu'il était mort. Sinon, je ne serais jamais monté à bord d'un train comme celui-ci.

La colère, une colère dirigée contre lui-même, le submergeait.

– Comment ai-je pu être si stupide ?

Il la regarda.

– C'est son plus jeune frère que j'ai tué au cours du hold-up. J'aurais dû savoir que Ford viendrait me chercher, mais je croyais qu'il était mort. En fait, j'ai dû prendre pour argent comptant un vœu que faisait la moitié du Texas.

Des coups de feu déchirèrent la nuit silencieuse.

– Sors, Hunter ! Viens à la rencontre de ton Créateur. J'vais te regarder mourir...

– Qu'allons-nous faire ? demanda Dorie en regardant Cole comme si elle l'estimait capable de résoudre tous les problèmes du monde.

– Nous n'allons rien faire, répliqua-t-il. Vous allez rester ici pendant que je sortirai voir Ford.

– Hunter ! hurla quelqu'un dehors.

– D'accord ! cria Cole par la fenêtre. Laisse-moi le temps de m'habiller. Un homme a le droit de mourir avec ses bottes aux pieds.

Tout en se levant, il s'adressa à Dorie :

– Aidez-moi à m'habiller !...

D'un mouvement rapide et agile, elle sortit de sous le lit, puis elle ramassa les vêtements de Cole et l'aida à les passer.

– Ne m'en veuillez pas de ma curiosité, mais comment comptez-vous tirer alors que vous n'êtes même pas capable de boutonner votre chemise ?

– Je tirerai de la main gauche...

– Je vois. Ambidextre...

Cole n'essaya pas de comprendre ce que ce terme signifiait.

– Passez-moi ma chemise !...

Dorie se détourna, puis elle attrapa à la hâte sa brosse à cheveux et, pivotant brusquement, la lui lança. Cole essaya de l'attraper de la main gauche, la rata, et la brosse tomba bruyamment sur le sol.

– Etes-vous aussi doué pour tirer avec votre main gauche que vous l'êtes pour attraper les objets ?

– Taisez-vous et aidez-moi à passer mes bottes ! lui ordonna-t-il.

Pendant qu'elle s'exécutait, il lui expliqua d'une voix calme :

– J'ignore s'il est au courant de votre présence. Ça m'étonnerait que ça l'intéresse. C'est à moi qu'il en veut, pas à vous.

Elle était agenouillée, en train de lui enfiler une

de ses bottes, et il fut subitement pris d'une grande tristesse. Il était passé si près d'obtenir ce qu'il n'aurait jamais cru posséder un jour. Jamais il n'avait pensé avoir une épouse et, qui sait, quelques enfants, et il se rendait compte maintenant que c'était peut-être pour cela qu'il avait accepté d'épouser cette petite femme si pure et si fraîche. Il était assez intelligent pour savoir que la chance de rencontrer une personne comme elle ne se présenterait plus jamais. Plus jamais une femme virginale ne viendrait à lui en lui offrant de vivre une vie différente de celle qu'il avait toujours vécue.

Mais sa chance s'était maintenant envolée. Il était persuadé qu'il ne lui restait plus que quelques minutes à vivre. Winotka Ford, né d'une mère cheyenne et d'un père américain, était un salaud vicieux. Il n'avait jamais aimé le frère que Cole avait tué, mais il n'avait jamais eu besoin de se chercher une excuse pour rendre visite à quelqu'un en pleine nuit et le tuer. La vengeance était une excuse aussi bonne qu'une autre. Les combats à la loyale ne l'intéressaient pas ; il refusait de rencontrer un homme dans une rue en plein jour pour voir lequel des deux tirait le plus vite. Ce que Ford aimait, c'était arrêter des diligences et tuer tous les passagers pour le seul plaisir de pratiquer ce sport.

A cet instant précis, Cole ne pouvait espérer davantage que de parvenir à protéger Dorie. S'inclinant vers elle, il lui souleva le menton et plongea les yeux dans les siens.

– Dès que j'aurai passé cette porte, je veux que vous sortiez par-devant et que vous vous mêliez aux autres passagers. Vous m'avez compris ? Quoi que vous entendiez à l'extérieur, restez à bord du train, et faites en sorte que Ford n'apprenne pas que nous nous connaissons.

D'un seul coup, Cole eut un haut-le-cœur. Si Ford le tuait, qui empêcherait cet assassin de monter à bord du train et de le piller ? Même s'il ignorait que Dorie était liée à lui, il ne manquerait pas de s'apercevoir qu'elle était jeune et vulnérable. Et jolie, pensa-t-il, avec ses cheveux ramassés en une natte épaisse qui pendait dans son dos, le doux bruissement de sa chemise de nuit autour de son cou, et sa façon de lever les yeux. Il voyait bien ce qu'il allait perdre.

Il l'embrassa à la hâte, mais avec une grande ferveur et, quand il s'écarta d'elle, la tête lui tournait presque.

– On se voit tout à l'heure, hein ? lui dit-il en faisant comme s'il allait revenir.

Mais il ne put s'empêcher d'ajouter :

– Dites à votre sœur de s'occuper de vous et dites-lui que vous méritez mieux que ce M. Poivrier.

Il aurait voulu qu'elle lui sourie, mais elle n'en fit rien. Ses yeux étaient immenses ; il avait la conviction qu'il s'y noierait s'il restait une minute de plus, et la certitude qu'il en mourrait. Ce qui l'avait empêché de trouver la mort jusque-là, c'était qu'il se moquait de vivre ou de mourir. Mais maintenant il tenait à la vie. Il y tenait beaucoup.

– Hunter, j'te donne dix secondes, et après, j'entre.

– Prenez bien soin de vous, Appolodoria, murmura Cole.

Puis il se redressa et se dirigea vers la porte arrière du wagon.

– Y t'en a fallu du temps ! lui jeta Ford quand Cole émergea sur la plate-forme à l'arrière du train.

Attendant qu'il fasse le premier geste, Cole ne bougeait pas. Sa seule chance de survie était de se laisser tomber par terre sur la plate-forme au premier geste de l'un des quatre acolytes et de se mettre à tirer. De cette manière, il parviendrait peut-être à en tuer trois avant d'être tué. Ces trois-là ne seraient plus susceptibles de faire du mal à Dorie. Il s'occuperait de Ford en premier, ainsi ses hommes s'éparpilleraient peut-être, à moins que les pleutres qui observaient la scène de toutes les fenêtres du train ne se décident à lui venir en aide.

7

En quelques secondes, Cole passa de la peur au plus grand étonnement. Il ne comprenait pas ce qui venait d'arriver. Dorie était sortie en courant du train, son corps frêle presque caché derrière des volants frissonnants et la jupe volumineuse de sa chemise de nuit. Elle avait détaché ses cheveux pour qu'ils puissent jaillir de sa tête – et le terme « jaillir » les décrivait exactement. Cole avait cru que ses cheveux étaient raides car elle les tirait toujours sévèrement en arrière. En fait, dompter sa chevelure revenait à dompter un cheval sauvage tout juste sorti des plaines. Elle moussait autour de sa tête tel un nuage couleur de miel. Et il trouva qu'elle ressemblait à un ange. Jamais il n'avait éprouvé une telle envie de protéger un autre être.

Dès qu'il la vit, Cole comprit que quelque chose n'allait pas du tout. Un des hommes de Ford était-il déjà monté à bord du train ? Quelqu'un l'avait-il touchée ? Il voulut faire un pas dans sa direction et lui aboyer un ordre, mais, sans lui laisser le temps de dire un mot, elle poussa un hurlement de martyre.

– Vous ne pouvez pas le tuer avant qu'il m'ait rendu l'or qu'il nous a volé, à ma sœur et à moi. Il est le seul à savoir où il se trouve.

– Dorie ! s'écria Cole en essayant de lui tendre la main sans pour autant quitter du regard les quatre hommes à cheval qui le surveillaient.

Elle se déroba à lui en manifestant une horreur exagérée, comme si elle risquait de mourir sur-le-champ d'une infâme maladie s'il la touchait.

Malgré lui, ce geste de recul et l'horreur qu'elle affichait lui firent froncer les sourcils.

– N'approchez pas ! Je préférerais mourir !...

Elle s'adressa à l'homme qui chevauchait le grand cheval bai.

– Oh, monsieur Ford, vous ne pouvez pas imaginer le monstre qu'il est. Il se sert de moi !

Tout le monde la fixait, de Cole aux quatre hors-la-loi, en passant par les passagers couards qui regardaient par les fenêtres tout en restant à l'abri des parois d'acier du train.

Comme elle entreprenait de descendre de la plate-forme, Cole se pencha brusquement pour attraper l'arrière de sa chemise de nuit, mais elle l'esquiva.

– Monsieur Ford, vous avez l'air d'un homme qui viendrait à l'aide d'une dame, lança-t-elle.

Winotka Ford était doté de pommettes acérées, dont l'une était barrée d'une estafilade de quinze centimètres, de cheveux qui lui pendaient jusqu'aux épaules et qui n'avaient pas été lavés depuis qu'il n'avait plus traversé de rivière, et d'un regard si glacial qu'il effrayait les serpents à sonnettes. Il avait l'air de tout, sauf d'un être capable ou désireux d'aider son prochain.

– Cet homme, cet homme abominable a tué votre frère pour pouvoir me kidnapper. Il savait que j'étais riche, plus riche que ses rêves les plus fous. Il savait que mon père avait des lingots d'or cachés dans sa maison. Il s'en est servi contre moi. J'ai cru qu'il était mon ami. J'ai cru qu'il était un homme bien quand il m'a sauvée du hold-up. Je... je l'ai épousé.

Ford leva les yeux vers Cole, toujours debout sur la plate-forme, toujours prêt à tirer. S'il bougeait afin d'essayer d'écarter Dorie de ces hommes, il perdrait sa position avantageuse, et, avec sa main droite invalide, il n'arriverait pas à la maintenir hors du champ des balles qui voleraient alentour. Il était prisonnier.

– Tu t'es épousé une richarde, Hunter ? ironisa Ford.

Il aimait jouer avec les gens avant de les tuer.

Ce fut Dorie qui lui répondit :

– Il m'a épousée et, ensuite, il a forcé ma sœur à lui verser cinquante mille dollars en or qu'il a cachés. Je ne sais pas où. Je ne sais plus rien. Il est incapable d'ôter ses mains de moi assez longtemps pour que j'arrive à réfléchir.

– Dorie ! s'exclama Cole en s'apercevant avec horreur qu'il s'exprimait d'un ton blessé.

Il ne l'avait pas touchée. Il ne l'avait traitée qu'avec le plus grand respect. Comment pouvait-il mourir en paix sur ces paroles ? Ses quelques baisers l'avaient-ils dégoûtée à ce point ?

Dorie l'ignora.

– Faites-lui avouer où il a caché l'or et, après, vous pourrez le tuer. Ou peut-être que ce sera moi qui appuierai sur la détente. J'aimerais le voir mort, après la façon dont il m'a traitée.

Subitement, Cole comprit ce manège et il s'en voulut de ne pas l'avoir saisi plus tôt. Ce qu'elle avait dit sur leur mariage l'avait tellement aveuglé que son laïus sur l'or lui avait complètement échappé.

– Il n'y a pas d'or, lança-t-il calmement à Ford. Je n'en ai caché nulle part.

– Menteur ! hurla Dorie, en soulignant son accusation d'un crachat.

Cole l'admit à contrecœur, mais ce geste le choqua. Où avait-elle appris à se conduire de manière si vulgaire ?

Ford éclata de rire – un rire très laid, car il riait rarement. Son rire ressemblait au grincement d'une roue de wagon rouillée par les intempéries qui essaierait de se remettre en branle sans avoir été graissée.

– Qui je crois ? Toi, ou la p'tite dame ?

– Ne le croyez pas, il ne fait que mentir ! hurla Dorie. Il nous a menti, à ma sœur et à moi. Il ment à tout le monde. Il s'est fait tirer dessus et, comme il ne parvient plus à gagner sa vie en tuant les gens, il m'a convaincue de l'épouser à force de cajoleries, et après, il a forcé ma sœur à lui donner tout son or. Il m'emmenait à Latham pour s'emparer du reste. Je pense qu'il a l'intention de me tuer et de brûler la maison de mon père. Je pense...

– Fermez-la ! hurla Cole.

Elle se tut instantanément.

– Elle essaie de me sauver la vie ! cria-t-il à Ford. Il n'y a pas d'or. Nulle part. Elle est aussi pauvre qu'une vagabonde. Ton gibier, c'est moi. Pas elle. Dorie, allez à l'autre bout du train et arrêtez de vous mêler à tout ça.

– Ha ! Ha ! fit-elle. Plutôt mourir que de vous obéir une fois de plus. Vous n'imaginerez jamais les choses horribles qu'il m'a obligée à faire. Des choses dégoûtantes dont une dame n'aurait pas dû sortir vivante.

Elle courut vers Ford, posa les mains sur la sangle de ses éperons et leva vers lui des yeux suppliants.

– Je ne suis pas pauvre. Si je l'étais, est-ce que je voyagerais en wagon privé ? Je n'essaie pas de lui sauver la vie. Je le hais ! Il m'a pris trop de choses et je veux les récupérer. Faites-lui avouer où il a caché l'or. Ensuite, vous pourrez le tuer. Je me fiche de lui ! Royalement !

Cole se rendit compte que Ford commençait à la croire. Un homme comme lui était cupide et les allusions licencieuses avaient dû également l'émoustiller.

– Watkins ! Donne ton cheval à Hunter et à la p'tite dame, hurla-t-il en ricanant. On rentre au camp mettre c't' histoire au clair.

Cole eut la tentation d'en abattre autant qu'il le pouvait. Mais s'il perdait la vie, qui s'occuperait de Dorie ? Elle venait de raconter à ces pourritures qu'elle était riche et s'était présentée à eux tel un objet. Ces hommes allaient chercher à savoir quelles saletés lui avait infligées Cole. Ils voudraient connaître les détails et renouveler l'expérience.

– Elle ment.

Rien de ce qu'il pouvait dire ne saurait rivaliser avec les deux mots magiques « or » et « sexe ».

– On verra ça plus tard, fit Ford. Maintenant, à cheval !

– Laisse-la s'habiller, dit Cole qui essayait de gagner du temps.

La foudre allait peut-être terrasser Ford et ses hommes. La cavalerie allait peut-être arriver au galop pour les sauver. Les passagers, morts de peur, qui les observaient, allaient peut-être se porter à leur secours. Et, qui sait, Winotka Ford allait-il se repentir dans les deux secondes à venir ? Il pouvait toujours compter là-dessus !

– Je refuse de monter sur le même cheval que lui, dit Dorie en se recroquevillant vers l'arrière-train du cheval de Ford, les bras croisés sur la poitrine comme si elle voulait se protéger de Cole.

– Elle peut grimper avec moi, lança un des hommes en la lorgnant d'un œil concupiscent.

– Non, laisse-la à Hunter. Il lui plaît tellement ! ordonna Ford dont on pouvait facilement lire le regard au clair de lune.

Il allait se délecter de la voir assise si près d'un homme qu'elle haïssait. Le malheur des autres lui procurait un immense plaisir. Lorsqu'il en était à l'origine, une sensation de pouvoir se mélangeait à son plaisir et il était doublement ravi.

– Descends d'là avant que j'te découpe en morceaux ! lança-t-il à Cole. Et qu'elle change pas d'habits. Ouste !

Cole ne s'était encore jamais retrouvé dans un tel dilemme. En fait, il n'avait encore jamais été responsable d'un autre être. Toute sa vie, il n'avait eu à s'occuper que de lui-même. S'il était tué, sa mort ne signifierait rien pour personne. Nul ne remarquerait qu'il avait disparu de la surface du globe. Mais, désormais, les choses avaient changé. S'il était tué ce soir, une personne pour laquelle il s'était pris d'une vive affection connaîtrait l'horreur. Il savait bien qu'ils ne s'étaient pas mariés pour les raisons qu'il fallait, mais il avait juré de rester avec cette femme et de veiller sur elle jusqu'à ce que la mort les sépare.

Un quart d'heure plus tard, ils chevauchaient, Dorie bien calée devant lui, son ample chemise de nuit battant les jambes de Cole, les pieds enfoncés dans des pantoufles. Elle s'inclinait en arrière contre lui, et il lui entourait la taille pour tenir les rênes. Depuis dix minutes, il lui disait ce qu'il pensait de sa stupidité.

– Vous auriez dû rester là où vous étiez ! Si vous aviez fait ce que je vous disais...

Elle bâilla et s'appuya davantage sur lui.

– Vous seriez probablement mort...

Elle avait vraiment le don de le mettre hors de lui.

– Vous feriez mieux de ne pas trop vous serrer contre moi, ne put-il s'empêcher de répliquer, sinon, je risque de vous faire des choses innommables.

– Telles que ? s'enquit-elle sur le ton d'un savant décidé à prendre des notes sur les comportements sociaux d'une autre civilisation.

– Aucune idée ! C'est vous qui avez raconté à tout le monde que je n'arrêtais pas de vous tripoter. Sapristi, Dorie ! Vous nous avez fourrés dans un sacré pétrin ! Vous savez aussi bien que moi qu'il n'y a pas d'or. Pourquoi ne m'avez-vous pas laissé me battre contre lui ?

– Parce que je ne voulais pas que vous mouriez, répondit-elle simplement.

Cole se radoucit un instant. Il était évidemment soulagé d'être encore en vie, mais il aurait tout donné pour qu'elle se trouve en sécurité ailleurs, et non à la merci d'un hors-la-loi.

– Mais pourquoi a-t-il fallu que vous racontiez à Ford et à tous ceux qui pouvaient l'entendre que je... que je...

– Que vous ne cessiez pas de me tripoter ?

Par fierté, Cole ne voulait pas exiger une réponse. Mais, en cet instant précis, il n'était plus qu'émotions embrouillées et douloureuses.

– Oui, chuchota-t-il.

– Mon père ne me laissait jamais rien faire de ce que je voulais. Rowena disait qu'il pouvait se montrer contrariant, mais je pense, moi, qu'il était tout simplement mesquin. Quand j'avais envie de lire, il m'obligeait à sortir en carriole avec lui. Si je remarquais qu'il faisait beau et que j'avais envie d'aller me promener, vous pouvez être sûr que nous restions enfermés, et dans une seule pièce, par-dessus le marché. Je me suis dit que votre hors-la-loi était peut-être aussi mesquin que mon père. Que si je lui disais que je voulais rester avec vous, il ferait tout son possible pour nous séparer. Et j'ai donc appliqué la leçon que j'avais apprise de mon père : je lui ai dit que je voulais le contraire, m'éloigner de vous.

Elle se pelotonna davantage contre son torse.

– Apparemment, ça a marché.

Toute sa vie, Cole avait cru que les femmes étaient le sexe faible. Qu'elles avaient besoin d'être protégées. Mais celle-ci le faisait revenir sur ses opinions. Sur une impulsion, il baissa la tête et lui embrassa le cou à deux reprises.

– Arrêtez ! hurla-t-elle. Otez vos sales pattes de moi ! Je vous déteste ! Ne me touchez pas !

Devant eux, ils entendirent ricaner Winotka Ford. Il avait probablement ri davantage en une soirée qu'au cours des dix années précédentes.

– Vous n'avez pas besoin d'en rajouter, remarqua Cole, blessé malgré lui.

– Si ! Il le faut ! Sinon il ne prendra aucun plaisir à tout cela.

Peut-être était-ce à cause de cet inhabituel instinct de protection qu'elle avait éveillé en lui, mais Cole n'aimait pas à penser qu'elle avait déjà connu quelqu'un qui ressemblait même de loin à Winotka Ford. Il aurait préféré savoir que son père la couvrait de jolies robes et de sucettes le dimanche après-midi. Mais il commençait à se rendre compte que son enfance de petite fille aisée avait été aussi solitaire que celle du pauvre petit garçon qu'il était.

Refusant de sombrer dans le mélodrame, il se secoua. Pour l'instant, son principal souci consistait à les sortir du pétrin dans lequel Dorie les avait fourrés. S'il avait été seul, il aurait essayé de s'échapper en faisant feu, en dépit du fait que le bras qu'il utilisait pour tirer était en écharpe. Mais là, il fallait qu'il la sauve.

Malgré l'aspect déplaisant de la chose, il essaya de se souvenir de ce qu'elle avait raconté à Ford. Apparemment, lui, Cole, était censé détenir des dollars dont il était le seul à connaître la cachette. Par conséquent, Ford pouvait tout lui faire, sauf le tuer, s'il voulait savoir où il avait dissimulé l'argent. Dorie, si sa mémoire ne le trahissait pas, avait également raconté qu'il y avait aussi de l'or caché dans la maison de son père.

– Y a-t-il de l'or dissimulé dans la maison de votre père ?

– Non, répondit-elle d'une voix ensommeillée. Pourquoi ?

Il l'enlaça plus étroitement par la taille, en guise d'avertissement.

– Oh, ça ! fit-elle, se souvenant de ce qu'elle avait raconté à cet individu horrible et dégoûtant. Je voulais lui fournir une raison de ne pas me tuer, alors je lui ai dit que je savais qu'il y avait de l'argent caché. Mais c'est faux. Mon père a institué un fidéicommis dans une banque de Philadelphie. Je ne reçois qu'une misère tous les mois.

– Ecoutez-moi, dit Cole en se penchant de manière à ce que sa bouche lui frôle l'oreille. Je veux que vous m'aidiez à nous sortir de ce pétrin. Je vais continuer à dire à Ford que vous avez de l'argent et que je veux mettre la main dessus. Je lui dirai que c'est la seule raison qui m'attache à vous.

– C'est vrai ? demanda-t-elle.

– Quoi ?

Sachant qu'il faisait le sourd, elle ne prit pas la peine de se répéter. Manifestement, il ne voulait pas lui avouer ce qu'elle cherchait à savoir.

Cole ne voulait rien dire qui puisse lui faire penser à l'amour ; les femmes amoureuses faisaient des choses idiotes. Vrai, elles se montraient fidèles à un homme, si crétin fût-il, mais elles pouvaient mettre leurs propres vies en péril.

– Je veux que vous me donniez ces cinq mille dollars. Un point, c'est tout ! Après ça, je n'aurai sûrement plus envie de remettre les pieds au Texas !

Il n'était pas assez bon menteur pour lui dire qu'il ne voudrait plus jamais la revoir, mais il tentait de l'insinuer. Si elle s'imaginait qu'il ne tenait pas à elle, elle se montrerait plus obéissante le moment venu.

– Que dois-je faire ? demanda-t-elle tristement.

Cole refusa de se laisser prendre à son ton.

– Je vais faire comprendre à Ford qu'il ne pourra pas mettre la main sur l'or sans moi, et que je ne pourrai pas mettre la main dessus sans vous. Je lui dirai que vous avez menti en affirmant que vous n'aimiez pas que je vous touche.

Une pointe de fierté pointa ensuite dans sa voix.

– Je lui dirai qu'à force de mots doux j'ai obtenu votre confiance. Seul un mari peut obtenir l'argent, et c'est pour cela que je vous ai épousée. Vous devez signer des papiers.

Comme elle ne disait rien, il se pencha vers elle.

– Vous dormez ?

– Non. Ça signifie donc que vous allez... me faire la cour ? Plein de baisemains, ce genre de truc ? Vous allez essayer de me faire signer des papiers en me cajolant, c'est ça ?

Cole n'avait pas vu si loin, mais l'idée y était.

– Oui. Vous avez quelque chose contre ?

– Pourquoi ne vous contentez-vous pas de pointer une arme sur ma tempe en menaçant de me tuer si je ne signe pas ?

Cette petite dame n'était vraiment pas tombée de la dernière pluie.

– Votre père pensait peut-être que vous étiez une idiote en ce qui concernait les hommes, alors il a stipulé dans son testament que vous deviez signer ces papiers en présence de témoins.

– Vous pourriez retenir ma sœur et ne la relâcher que lorsque je les aurai signés ?

Il sourit dans l'obscurité. Elle savait vraiment tenir un homme sur le qui-vive.

– Vous savez, vous pourriez forcer un homme à boire...

Il prit une inspiration.

– A mon avis, Ford n'a pas un cerveau aussi brillant que le vôtre. Je lui dirai que moi, votre mari, suis obligé de vous faire signer les papiers pour que vous me transmettiez cet argent. Nous devons rester ensemble, afin que ses hommes ne puissent pas m'attacher à un poteau et me battre à mort. Ai-je répondu à votre question ?

– Avez-vous répondu aux questions de votre ami hors la loi ?

Cole faillit éclater de rire. Mais il préféra enfouir le visage dans son cou.

– Croyez-vous que vous arriverez à faire semblant de me trouver à votre goût ?

– Ne vous ai-je pas déjà prouvé que je suis une grande actrice ? demanda-t-elle.

Cette question l'amena à s'écarter. Sans en être persuadé, il avait l'impression qu'elle venait de lui dire quelque chose de terrible.

– Posez la tête en arrière et dormez un peu. Accordez du repos à votre petite cervelle tortueuse. Nous ferons probablement une halte de quelques heures avant l'aube, mais reposez-vous un instant.

Dorie se nicha contre lui mais ne s'endormit pas. Elle sentait au contraire son torse solide se presser contre son dos et son bras invalide qui lui encerclait la taille tandis que l'autre la maintenait. Son menton était proche de son front et elle sentait son haleine dans la fraîcheur de la nuit. Contre ses petites cuisses se frottaient les siennes, plus massives, endurcies par des années passées à chevaucher, musclées par les ordres qu'il donnait à des chevaux rétifs.

Dorie se rendait compte que cette aventure aurait dû la terrifier. Elle aurait dû être inquiète, terrorisée, tremblante même. Mais, en vérité, une partie d'elle-même ne se souciait pas de ce qui arriverait le lendemain. Elle ne parvenait à penser qu'à l'instant présent. Aux journées précédentes qui avaient été les meilleures de sa vie. Depuis toujours, elle vivait raisonnablement. Elle organisait tout, jusqu'au plus petit détail. Elle avait étudié son père comme s'il était un manuel qu'elle devait apprendre par cœur, et elle avait appris comment se conduire avec lui. Elle avait appris son emploi du temps, sa philosophie, et ses habitudes. En se servant de ses facultés, elle était parvenue à s'adapter à lui.

Cole Hunter, elle l'avait trouvé par déduction logique. Elle l'avait choisi en fonction des choses qu'elle avait entendues et lues, et surtout en prévision de ses besoins.

Seulement, Dorie avait appris que si son père agissait de façon prévisible, il n'en allait pas de même des autres individus. Cole Hunter n'avait rien fait de ce qu'elle avait envisagé. Lorsqu'elle l'avait demandé en mariage, il s'était mis en colère, mais Dorie s'y attendait : elle mettait toujours les hommes en rage. C'était la douceur grandissante qu'il lui manifestait qui l'étonnait.

Et elle en arrivait à bien aimer cette douceur. Elle aimait la façon dont il la regardait par moments. Bizarrement, il semblait surtout apprécier ce qui déclenchait les plus vives colères de son père : ses remarques impertinentes. Son père détestait qu'elle dise ou fasse quelque chose d'intelligent, quelque chose auquel il n'avait pas pensé lui-même. Son père avait besoin de croire que toutes les femmes étaient idiotes, car il trouvait alors une justification à tous les actes mesquins et méprisables qu'il commettait à l'égard de ses deux filles.

Fermant les yeux, elle s'appuya en arrière de tout son poids, et Cole parut se refermer sur elle, la protégeant, la tenant à l'abri de tout mal.

8

– Passe-la-moi !

Dorie se réveilla lentement. Elle se rendait compte que le cheval s'était arrêté et que Cole était en train de la pousser pour la redresser. Debout à sa gauche, les bras avidement tendus, se tenait l'un des horribles acolytes du hors-la-loi qui essayait de tuer son mari. Comme elle n'était pas totalement éveillée, elle n'eut pas le temps de se souvenir de l'histoire qu'elle avait racontée à ces hommes ; elle oublia temporairement qu'elle avait prétendu détester Cole Hunter. A la vue de cet affreux individu qui tendait les bras, elle eut une réaction instinctive : elle se tourna, passa les bras autour du cou de Cole et le serra étroitement.

Winotka Ford n'était pas une lumière, mais son cerveau fonctionnait suffisamment bien pour qu'il s'aperçoive que quelque chose n'allait pas. Il n'aimait pas qu'on le prenne pour un imbécile. Se penchant sur le pommeau de la selle, il lança à Cole un regard vibrant de colère.

– Qu'est-ce qui s'passe ? gronda-t-il d'une voix basse et menaçante.

Cole essaya de faire comme si rien d'inhabituel ne s'était passé.

– Je lui ai parlé pendant des heures.

Comme Ford continuait à le foudroyer du regard, il haussa les épaules.

– Tu as peut-être du mal à attirer les femmes, mais donne-moi trois heures en tête à tête avec l'une d'elles et j'arrive à la convaincre de n'importe quoi.

Sur ce, il descendit de sa monture et tendit son bras valide à Dorie pour l'aider à en descendre à son tour.

Il fallut une minute entière à Ford et à ses hommes pour comprendre ce que Cole venait de leur dire. En dehors de l'accepter, que pouvaient-ils faire ? Lequel d'entre eux allait-il reconnaître qu'il était incapable de convaincre une femme de quoi que ce soit ? Ces hommes avaient proféré des exigences, des menaces, des chantages et des ordres, mais aucun d'eux n'avait jamais essayé de recourir à de petits mots gentils. Ils n'avaient jamais su dire les mots qui incitaient une femme à passer d'elle-même les bras autour de leur cou et à laisser aller son corps contre le leur.

Cole aurait aimé pouvoir transporter Dorie à l'abri de ces hommes soupçonneux qui la regardaient bouche bée, mais, avec un bras invalide, c'était impossible. Et le pouvoir et la force que lui conférait l'arme suspendue à sa hanche lui manquaient. Les seules armes qui restaient désormais à sa disposition étaient sa taille, sa réputation et sa faculté de paralyser les hommes d'un regard.

L'aube allait se lever dans deux heures. Comme Ford avait décrété que les chevaux avaient besoin d'un peu de repos, ils devaient s'allonger un moment. Cole, dans une tentative d'acquérir un peu d'indépendance, déposa sa selle le plus loin possible des autres. Il ne voulait pas cependant que, par ce geste d'audace, ces types s'imaginent qu'il aurait la bêtise d'essayer de s'échapper pendant leur sommeil. Si Dorie n'avait pas été en sa compagnie, il aurait bien entendu tenté de fuir. Mais il n'entreprendrait rien qui soit susceptible de mettre sa vie en danger.

L'un des hommes fit un feu de camp, mit du café à chauffer, et fit frire du bacon. Lorsque Dorie resurgit de derrière les arbres d'où elle venait de passer quelques instants d'intimité, Cole lui tendit une tasse de café si amer qu'elle toussa et le recracha.

– Buvez, ça vous réchauffera, dit-il doucement.

Son corps massif la dissimulait aux autres hommes qui étaient accroupis près du feu de camp.

Jusque-là, Ford et ses hommes n'avaient pas eu beaucoup de temps pour réfléchir à ce qui s'était passé, mais ils risquaient maintenant de le faire. L'intention de Ford était de tuer Cole Hunter, célèbre bandit, car il savait qu'on ne le poursuivrait jamais en justice. Ford n'aurait qu'à affirmer qu'il l'avait abattu lors d'un combat à la loyale, présenter quelques témoins, et on le libérerait. Le passé de Cole empêcherait les gens de se poser des questions. Mais au lieu d'assassiner un homme, Ford se retrouvait maintenant avec des otages sur les bras. Peu importait que Cole ait été le premier à la kidnapper ; il était son mari. Si quelque chose arrivait à cette femme, ce serait Ford qui aurait des ennuis. Il ne pouvait donc se consoler qu'ainsi : elle avait intérêt à se montrer à la hauteur, financièrement parlant.

– Buvez ce café et mangez ça, ordonna Cole en lui tendant un morceau de bacon racorni.

Obéissante, Dorie essaya de mâcher la viande et d'avaler le café. Elle avait faim, seulement la viande avait un goût de vieux cuir ranci et on aurait dit que l'eau provenait d'une gourde rouillée. Néanmoins, le tout était chaud, et, comme Cole voulait qu'elle mange, elle s'exécuta.

Cole l'observait, la joue maculée d'une traînée de saleté, debout au clair de lune dans une chemise de nuit qui avait été virginale mais qui n'était plus que sale et en lambeaux, et un remords le prit. C'était lui qui l'avait entraînée dans cette aventure. Si elle ne l'avait pas rencontré, elle serait en ce moment en sécurité, et non en danger de perdre la vie à tout instant. Il fit le vœu, sans la quitter des yeux, que même au prix d'y laisser sa vie il ferait tout pour la tirer de là.

Ford confia la garde à l'un de ses hommes, pour qu'il surveille Cole mais aussi qu'il reste à l'affût des chasseurs de prime lancés sur leurs traces. Le reste de la bande s'étendit sur des couvertures et, quelques minutes plus tard, tout le monde dormait.

Cole fit signe à Dorie de prendre la couche qu'il

lui avait préparée avec les moyens du bord. Mais elle refusa de prendre place sur les couvertures relativement confortables pendant qu'il essaierait de dormir à même le sol à quelques centimètres d'elle.

– Je ne prendrai pas le seul lit, lui chuchota-t-elle.

L'homme de garde les observait crûment et quelque chose dans la façon dont ses yeux luisaient, en dépit de l'obscurité, donna la chair de poule à la jeune femme.

– Il faut que vous dormiez un peu, lança Cole, exaspéré.

– Vous allez geler sans couverture ! Le feu est à trois mètres...

– Je suis habitué à dormir en plein air, lui lança-t-il sèchement.

– Raison de plus pour que vous utilisiez les couvertures et votre selle comme oreiller ! J'ai l'habitude de dormir dans un lit de plume avec des draps blancs et propres. Ici, c'est vous qui devez dormir à la meilleure place.

Cole se rendait compte peu à peu qu'avec son entêtement ils risquaient de se disputer toute la nuit. Or, il voulait dormir le plus possible. Dieu seul savait ce que leur réservaient les jours à venir.

– Bon, dit-il dans l'intention de régler le problème. Nous n'avons qu'à dormir ensemble...

Sachant qu'elle allait refuser et qu'il finirait par dormir sur le sol, il s'étendit sur la couverture, puis l'invita à le rejoindre, son bras valide tendu vers elle. Il s'attendait à ce qu'elle lui dresse la liste des raisons pour lesquelles ils ne pouvaient pas dormir l'un près de l'autre, mais elle ne marqua pas la moindre hésitation. Rapidement, voire même avec diligence, elle vint se nicher dans ses bras, et ajusta son corps au sien en experte, la tête sur son bras et une cuisse ferme entre les siennes.

– Ô Seigneur ! supplia Cole tout bas.

Jamais de sa vie un corps de femme ne lui avait procuré une sensation si agréable. Toutes celles qu'il avait eues étaient soit de mœurs légères soit en situation illégale. Si la femme avec laquelle il couchait n'était pas une prostituée, c'était la sœur ou la femme de quelqu'un ; elle appartenait de toute façon à un autre homme. Mais celle-ci était sienne. Peut-être pas pour toujours et sans doute pas pour les bonnes raisons, mais au moins elle était à lui pour le moment. Sans doute était-ce ridicule, vu l'aspect irréel et temporaire de la situation, mais à l'idée qu'il avait le droit de la tenir contre lui il l'appréciait encore davantage.

Il la croyait minuscule, mais il se trompait. Elle possédait la taille adéquate, et remplissait les courbes de son corps comme s'ils avaient été fabriqués l'un pour l'autre. Elle se pelotonna contre son torse, et son cœur se mit à battre follement.

Soit elle était aussi innocente qu'un nouveau-né, soit elle était la plus délurée petite traînée de la terre, songea-t-il. Mais, quoi qu'elle fût, Cole avait conscience qu'en cet instant précis il aurait tué quiconque essaierait de l'obliger à la lâcher.

Quant à Dorie, elle n'avait jamais éprouvé sensation plus agréable que de se retrouver serrée contre Cole. Non seulement parce qu'elle était vierge, mais parce qu'elle n'avait encore jamais connu aucun des plaisirs physiques auxquels un être humain a droit dans l'existence. Dans son enfance, personne ne lui avait fait de câlins. Sa mère avait pu caresser et cajoler sa fille aînée, mais elle était morte à sa naissance. Son père avait décidé que la plus petite marque d'affection était synonyme de gâterie, et il avait donc interdit que l'on donnât jusqu'aux caresses les plus brèves à ses enfants. Par sa nature douce, Rowena avait su susciter l'envie de lui offrir ces caresses interdites, mais la petite Dorie, au comportement tranquille et au regard détaché à l'image de celui de son père, incitait les gens à y repenser à deux fois avant de risquer d'être punis pour l'avoir touchée. En conséquence, elle avait grandi sans recevoir les caresses dont tous les enfants ont besoin. Les gens disaient que la petite Dorie se suffisait à elle-même et n'avait besoin de personne, alors qu'à la vérité c'était le contraire. Elle avait envie de grimper sur leurs genoux, comme elle voyait Rowena le faire, mais ne savait pas d'instinct comment taquiner un adulte pour lui donner envie de la prendre dans ses bras. Elle n'avait jamais trouvé le moyen de réclamer ces attentions.

Cole Hunter était la seule personne, en dehors de Rowena, qui avait osé bousculer les apparences. Et Cole s'apercevait de ce que Rowena savait depuis toujours : la froideur de Dorie n'était qu'une défense pour ne pas montrer au monde ce qu'elle désirait tellement.

Lorsque Cole la tenait contre lui, c'était comme s'il dénouait quelque chose d'enfoui profondément en elle : le besoin de sentir un cœur battre contre le sien, de mélanger son haleine à celle d'un autre être, de sentir sa peau contre la sienne.

Lorsque Cole la prit dans ses bras, elle sut que c'était pour la réchauffer et la protéger, mais la présence de son grand corps pressé contre le sien lui procurait une sensation de bien-être, la sensation d'être là où elle devait être. Elle avait envie de se glisser en lui, de se rapprocher encore davantage.

Son cœur s'emballa, comme s'il battait avec davantage d'énergie, plus profondément dans sa poitrine. Non seulement elle entendait battre celui de Cole contre sa joue, mais elle le sentait. Elle avait soif d'être plus près de lui, mais le tissu de sa chemise les séparait. Dans son esprit, ce tissu était aussi épais et impénétrable que du cuir.

Elle se rendit compte qu'il était choqué lorsqu'elle commença à déboutonner sa chemise pour pouvoir poser la joue contre sa peau. Elle lui avait dit la vérité en affirmant que les boutons lui faisaient mal à la joue. Le coton lui-même lui faisait mal à la peau, mal à son cœur.

Au moment où elle écartait sa chemise et posait la joue contre son torse nu, Cole roula les yeux vers le ciel et marmonna quelques jurons.

Radieuse, plus heureuse qu'elle ne l'avait jamais été, Dorie remua la joue contre son torse, et, lorsque ses lèvres effleurèrent sa peau, elle l'embrassa sans réfléchir.

Il l'attrapa par les épaules pour la tenir à distance.

– Arrêtez ! lui ordonna-t-il avec une violence contenue.

Dorie le regarda en clignant des yeux. Elle ne réalisait pas ce qu'elle venait de faire, ni pourquoi elle avait accompli ce geste interdit d'embrasser le torse nu d'un homme.

– Pardon... monsieur Hunter, dit-elle lorsqu'elle réalisa son geste.

Manifestement, il ne voulait pas qu'elle le touche davantage que nécessaire. Elle se raidit dans ses bras, et son corps doux et malléable se transforma en une seconde en une masse rigide.

– Je ne sais pas ce qui m'a pris, monsieur Hunter, mais...

– Laissez ça ! lui ordonna-t-il sèchement quand elle entreprit de lui reboutonner sa chemise.

– Mais je...

Il lui rejeta la tête en arrière avant qu'elle ne puisse ajouter quelque chose.

Mais Dorie refusa de rester tranquille. Sans doute était-elle fatiguée, mais elle ne s'était jamais sentie si pleine d'énergie. Une partie d'elle-même lui ordonnait de se conduire en dame, tandis que l'autre lui demandait à quoi de telles manières pourraient bien lui servir alors qu'il ne lui restait probablement que vingt-quatre heures à vivre. Elle imaginait mal cet abominable Ford, lorsqu'il découvrirait qu'il n'y avait pas d'or chez elle, en train d'éclater de rire et de lancer sur le ton de la plaisanterie : « Vous m'avez bien eu ! » puis de les relâcher. Il leur tirerait probablement une balle dans la tête et n'y repenserait plus jamais. Quand elle serait morte, graverait-on sur sa tombe : « Elle a été une dame jusqu'au bout » ?

– Est-ce que c'est merveilleux ? demanda-t-elle à Cole.

– Qu'est-ce qui doit être merveilleux ? grogna-t-il, prétendant qu'elle l'empêchait de dormir.

Si Dorie n'avait pas eu l'oreille pressée contre son torse et senti et entendu que son cœur battait la chamade, elle n'aurait pas osé continuer. Mais elle savait bien qu'il n'avait pas davantage sommeil qu'elle.

– Faire l'amour, chuchota-t-elle. Est-ce si agréable que cela ?

Comme il ne répondait pas, elle continua :

– Rowena refuse de m'en parler. Je veux dire que je suis au courant de... la façon dont on s'y prend, mais j'ignore ce que l'on ressent. Rowena dit qu'un mari doit enseigner à sa femme tout ce qu'elle a besoin de savoir, mais je n'ai jamais pensé que j'en aurais un. Un mari, je veux dire...

Elle hésita, puis se hâta de poursuivre :

– Non que je vous prenne vraiment pour mon mari... Je sais bien que vous ne l'êtes pas ! Simplement, vu la manière dont les choses sont en train de tourner, je risque de ne jamais en avoir d'autre et c'est pour ça que j'ai pensé vous poser la question.

Elle attendit. Cole lui répondit au moment où elle ne s'y attendait plus.

– Oui, c'est agréable, dit-il enfin. Mais je pense que ça pourrait être mieux...

Cette réponse l'incita à reculer la tête en arrière pour le regarder, mais Cole l'obligea immédiatement à n'en rien faire. Apparemment, il ne voulait pas qu'un centimètre carré d'elle s'écarte de lui.

– Vous ne devriez pas me poser de telles questions. Je ne connais que la fornication. Les expériences que j'ai eues consistaient à aller le plus vite possible pour en avoir fini avant que quelqu'un ne vienne me tirer dessus ou ne vienne prendre ma place dans le lit.

– Mais vous avez sûrement...

– Ça s'est peut-être passé agréablement une ou deux fois, mais je me suis toujours demandé ce que je ressentirais si je le faisais avec une femme qui m'appartiendrait, à moi et à personne d'autre.

Il baissa la voix.

– Une femme qui n'aurait jamais connu d'autre homme. Une femme qui n'appartiendrait qu'à moi.

– Je n'ai jamais... connu d'autre homme, dit-elle d'une voix pleine de douceur.

– Je sais. Et c'est pour cela que vous méritez mieux qu'un bandit vieillissant.

– Oh ! Voulez-vous dire que vous êtes trop vieux pour...

Elle ne sut pas bien si elle avait dit ou non ce qu'il fallait, mais il posa la main sur sa nuque et leva la tête pour l'embrasser. Un baiser comme ceux dont elle avait rêvé. Durant ces journées où elle restait assise aux côtés de son père, elle avait imaginé ce que ce serait d'être aussi belle que Rowena et de voir un homme séduisant venir lui donner des baisers tendres et passionnés.

Il tourna la tête pour l'embrasser plus avidement, et, lorsque sa main glissa le long de sa poitrine pour se refermer sur l'un de ses seins, Dorie ne pensa même pas à s'écarter. En la voyant telle qu'elle était quelques jours auparavant, un homme aurait pensé qu'elle donnerait un coup de cravache à quiconque oserait lever la main pour l'effleurer, mais, lorsque Cole la toucha, son corps sembla s'ouvrir à lui. Elle changea de position de façon à ce que ses hanches se pressent contre les siennes, glissa la jambe plus haut, et, lorsqu'elle bougea la cuisse, elle l'entendit grogner contre ses lèvres.

Lorsqu'il s'arracha à elle, Dorie essaya de l'attirer de nouveau, mais il repoussa son visage afin que leurs lèvres ne puissent pas se toucher.

– Monsieur Hunter... est-ce que je peux vous appeler Cole ?

– Non, dit-il sèchement. C'est mieux comme ça. Ecoutez-moi, Dorie, et écoutez-moi bien ! Je ne suis pas celui auquel vous songez. Je ne suis pas votre satané héros. Je suis celui que vous avez reconnu lors de notre première rencontre : un bandit vieillissant. Je ne sais pas comment j'ai fait pour vivre si longtemps – un accident de la nature, j'imagine. Vous aviez raison : la plupart d'entre nous sommes des hommes morts avant d'avoir atteint la trentaine. Pour le moment, je vis sur du temps emprunté. Je ne devrais pas être vivant, et je suis sûr qu'il ne me reste que très peu de temps à vivre...

– Mais...

– Non ! Je le vois et je le sens !...

Tout en parlant, il ne pouvait s'empêcher de faire courir ses mains sur son dos, afin de sentir la courbe de son corps. Il ne put résister à l'envie d'empoigner ses fesses rondes et de les presser plus près de lui. Pas davantage qu'il ne put retenir le grognement qui lui échappait. Il mourrait avant de lui dire qu'elle était la femme la plus désirable qu'il ait jamais rencontrée, qu'il préférerait passer une nuit avec elle plutôt qu'avec n'importe quelle autre, même si elle était deux fois plus belle que sa sœur.

– Nous devons rester ensemble jusqu'à ce que j'arrive à vous sortir de là, mais, ensuite, vous retournerez à votre monde et moi au mien. Nous ne sommes pas semblables. Nous venons de planètes différentes.

– Peut-être que nous nous ressemblons, mais que nous sommes simplement nés dans des endroits différents. Peut-être auriez-vous été autre si vous aviez été le fils de mon père...

– On m'aurait probablement pendu pour le meurtre de ce salaud, fit-il entre ses dents.

Dorie sourit. Elle savait qu'il n'aimait pas son père parce qu'il s'était montré injuste envers elle.

En souriant, elle se pelotonna contre lui.

– Je vous aime bien, dit-elle. Je vous aime beaucoup. Vous êtes un homme bon.

Elle ne se rendit pas compte que ses paroles le déconcertaient. Plusieurs femmes lui avaient avoué leur amour, mais aucune ne lui avait dit ces mots. Et, pourtant, il croyait presque à ce qu'elle venait de prononcer.

Il la tint serrée contre lui, se nourrissant de sa chaleur et de sa pureté. Chose étrange, il se sentait effectivement un homme bon lorsqu'elle était près de lui. Comme si tous les combats de sa vie avaient été menés par quelqu'un d'autre. Et, lorsque Dorie levait les yeux sur lui, il avait l'impression d'être capable de n'importe quoi.

– Je vous sortirai de là, ma douce, murmura-t-il.

Elle ne répondit pas ; elle dormait déjà. Elle lui faisait tellement confiance qu'elle s'était endormie dans ses bras. Cole comprit alors qu'il préférerait mourir plutôt que de permettre qu'on lui fasse du mal.

9

– Je n'irai pas ! déclara Dorie, debout près de leur cheval, les bras croisés sur la poitrine, le regard perdu au loin. Je refuse d'y aller, un point, c'est tout ! Tirez-moi dessus si ça vous chante, mais je n'irai pas !

Cole décida que toutes les idées positives qu'il avait jamais nourries à l'égard de Dorie et des femmes étaient l'œuvre du diable en personne. Seul Satan pouvait lui avoir suggéré que des créatures aussi entêtées, pour ne pas dire stupides, étaient sympathiques.

Quant à Ford, il tira son revolver de son étui dès qu'il fut remis du choc qu'il venait de subir. Rares étaient les personnes qui osaient lui désobéir. Du coup, Cole descendit de sa monture afin de faire un rempart de son corps et de protéger Dorie des balles qui n'allaient pas manquer de siffler.

Il faut que je garde mon calme, se disait-il. Que je la raisonne, que j'essaie de la persuader. Les femmes aiment les mots doux.

– Que le diable vous emporte ! cracha-t-il malgré lui, les dents serrées. Ne réalisez-vous pas que la situation est grave ? Vous pourriez être tuée. Vous pourriez...

– Je ne lui dirais pas où se trouve l'or, même s'il me tue, répliqua-t-elle sans même le regarder.

Sa bouche ne formait plus qu'une ligne, tendue comme un fil à couper le beurre.

– Dorie..., commença-t-il. Et zut ! ajouta-t-il sur-le-champ en la prenant par la taille pour essayer de la faire monter de force sur le petit cheval.

Elle était petite, d'accord, mais très énergique, et il ne pouvait se servir que d'un seul de ses bras. Pour l'empêcher de la soulever, elle se mit à agiter les bras et les jambes, puis à se raidir de tout son corps, pour enfin le repousser de partout.

En quelques secondes, ils se retrouvèrent à lutter à égalité, muscles contre entêtement.

Ce fut le vieux rire rouillé de Ford qui incita Cole à la lâcher pour essayer ensuite de mieux la saisir.

– Lâche-la ! lança Ford.

Immédiatement, Cole reposa la jeune femme sur le sol et s'interposa entre elle et le hors-la-loi.

– Tu ne lui feras pas de mal, dit-il, les yeux étincelants.

– Hunter, j'crois bien qu'vous m'avez menti tous les deux en disant que vous vous aimiez pas, gronda Ford.

Un frisson se propagea le long de sa colonne vertébrale. Si Ford s'apercevait qu'ils lui avaient menti, il ne tarderait pas à comprendre que ce mensonge n'était pas le seul à leur actif et réaliserait bien vite qu'il n'avait plus aucune raison de les garder en vie.

Mais, pour le moment, Cole aurait volontiers et gaiement étranglé Dorie. Depuis quelques jours, il se disait que pour la première fois de sa vie il avait rencontré une femme avec du plomb dans la tête. Pourtant, ce matin, elle lui avait démontré qu'elle était... eh bien la plus femelle des femelles ! Il ne trouvait pas de pire qualificatif à lui appliquer. Elle n'avait pas de cervelle.

Ce matin, après deux heures à peine de sommeil, ordre leur avait été donné de remonter à cheval. Ils avaient chevauché durant trois heures jusqu'à atteindre une crête surplombant une petite bourgade qui n'était plus qu'un lieu de perdition. Autrefois, cette cité avait eu une raison d'exister, mais qui avait disparu depuis belle lurette et dont personne ne se souvenait. D'ailleurs, personne n'en avait cure. Mais, après que les habitants furent partis, les parieurs et les meurtriers avaient emménagé dans les cendres encore chaudes qu'ils avaient laissées derrière eux. Désormais, la bourgade n'était plus qu'un endroit où les hommes – et les femmes – venaient perdre leur argent, ou leur vie. Il s'agissait bien entendu du point de ralliement de Winotka Ford, le seul endroit sur terre où il se sentait en sécurité.

Ils s'attardèrent au bord de la crête, observant suffisamment longtemps les bâtiments près de s'écrouler pour s'assurer qu'aucun détachement de police ne se trouvait là, aucun soldat, personne qui risque de leur causer des ennuis.

– On va descendre là ? demanda alors Dorie.

Du cheval où ils étaient assis, elle contemplait avec Cole la bourgade en contrebas.

– Oui, répondit-il, tout en tentant d'imaginer un moyen d'échapper à cette situation.

Il n'avait pas d'argent pour distribuer des pots-de-vin ; il ne pouvait pas prendre la fuite en tirant. Une fois qu'ils seraient entrés dans la ville, comment s'y prendraient-ils pour en sortir ?

– Je ne peux pas entrer dans cette ville en chemise de nuit, dit Dorie avec une voix au bord des larmes.

Il rejeta cette remarque d'un bref commentaire.

– Personne n'y prêtera attention...

Des connaissances à lui se trouvaient-elles dans la ville ? Dans ce cas, il espérait ne pas avoir tué un de leurs parents.

– Vous ne comprenez pas ! insista Dorie. Je ne peux pas faire ça !

– Dorie, cela fait deux jours que vous traversez l'Etat du Texas avec cette seule chemise de nuit sur le dos. Quelle différence cela ferait-il que vous la portiez quelques heures de plus ? Nous vous trouverons quelque chose d'autre à mettre une fois en ville.

Il n'avait aucune idée de la manière dont il s'y prendrait pour lui acheter une robe, mais il n'allait pas le lui signaler.

– Non, insista-t-elle, désespérée. Jusqu'à maintenant, personne ne m'a vue. Si j'entre en ville, il y aura des femmes qui m'apercevront.

Il la regarda comme si elle perdait la tête.

– Vous avez porté cette chemise de nuit devant des hommes. N'est-ce pas pire que d'être vue dans cette tenue par des femmes ?

D'où les hommes tenaient-ils leur stupidité ? songea-t-elle. Comment les mères arrivaient-elles donc à apprendre à nouer leurs lacets à des êtres sans cervelle comme eux ? Elle le regarda avec infiniment de patience.

– Les hommes *aiment* voir les femmes en chemise

de nuit. Même moi, avec mon expérience des plus limitées, je sais cela.

A l'entendre, elle ne comprenait vraiment pas pourquoi il ignorait ce détail.

– Les femmes *rient* lorsqu'elles voient une de leurs semblables entrer en ville à cheval avec pour tout vêtement une chemise de nuit sale, ajouta-t-elle.

La mâchoire de Cole tomba de stupéfaction.

– Quatre hommes dangereux sont prêts à vous tuer et vous vous inquiétez que des femmes se *moquent* de vous ?

– Question de dignité ! répondit-elle en croisant les bras sur sa poitrine.

Cole se passa une main sur le visage.

– Question de vie ou de mort ! répliqua-t-il.

Etait-il jamais arrivé qu'un homme comprenne une femme ?

– Regardez-moi cet endroit, continua-t-il en désignant la ville en contrebas par-dessus l'épaule de Dorie.

Il ne restait environ que huit bâtiments debout. Deux d'entre eux n'étaient plus que des coquilles brûlées, et on aurait dit qu'un des toits avait été soufflé. Des enseignes pendaient dangereusement de travers ; il manquait de longs morceaux de trottoirs. Pendant qu'ils observaient les lieux, trois hommes déclenchèrent une bagarre ; une seconde plus tard, l'un d'eux était allongé raide. Le reste de la population s'était à peine arrêtée de vaquer à ses occupations devant le spectacle des plus quotidiens de ce sang versé sous ses yeux. Un homme, entrepreneur de pompes funèbres, selon toute apparence, se mit à tirer le cadavre hors de la chaussée.

– Nous allons entrer à cheval là-dedans et ce qui vous ennuie c'est que l'on vous voie en chemise de nuit ? Auriez-vous peur qu'on ne vous en refuse l'entrée pour cause de tenue indécente ? l'interrogea-t-il, souriant derrière elle.

Manifestement, Cole ne la comprenait pas du tout. D'un mouvement preste, elle glissa à bas du cheval et lui répéta qu'elle n'entrerait pas dans cette ville uniquement vêtue de sa chemise de nuit. Rien de ce qu'il lui dirait ne la ferait changer d'avis.

– Dorie, insista-t-il, sans lui montrer qu'il était à bout, vous avez davantage de vêtements sur le dos que n'importe quelle autre femme de cette ville. Votre tenue n'est pas indécente.

Dorie ne daigna pas lui répondre. Une chose était sûre : elle ne pouvait entrer dans cette bizarre petite bourgade ainsi vêtue.

– Dorie, vous..., commença Cole.

– Va lui chercher une robe ! ordonna Ford à l'un de ses hommes en lui désignant la ville de son revolver.

Cole échangea un regard entendu avec Ford. Aucun homme n'avait jamais compris et ne comprendrait jamais les femmes et cela ne servait à rien d'essayer.

Dorie, contente d'être descendue de cheval, se dirigea vers le seul coin d'ombre de l'endroit, s'assit par terre sous un pin pignon, et ramena les plis de sa chemise de nuit autour d'elle d'une manière qui convenait à la dame qu'elle avait conscience d'être.

Cole leva son bras valide en signe d'impuissance, puis il prit la gourde sur le cheval et alla lui offrir à boire. Il n'osait pas lui dire un mot, de peur qu'elle ne se mette vraiment en colère. Si elle était capable d'un tel entêtement pour un détail si trivial, n'allait-elle pas refuser de faire ce qu'il fallait quand viendrait l'occasion de s'échapper ?

Au bout d'un moment, il s'étendit dans l'herbe derrière elle, posa son chapeau sur son visage et s'endormit aussitôt. Il ne se réveilla qu'à l'approche tonitruante des sabots d'un cheval. Instinctivement, il tendit la main vers son revolver, puis grimaça de douleur. Son bras blessé lui élançait et son arme n'était plus là.

– J'en ai une ! disait l'un des hommes de Ford avec autant d'empressement qu'un adolescent.

Il ne faisait aucun doute que c'était la première fois – et la dernière, si Cole arrivait à ses fins – qu'il achetait une robe pour une dame. Il était descendu de cheval et parlait à Ford, le visage aussi radieux que s'il venait d'effectuer son premier cambriolage.

– Elle a presque pas été portée. J'l'ai prise chez Ellie, parce qu'y a qu'elle qu'est pareille à cette petite chose dans la ville. Ellie voulait pas m'la donner, mais quand j'lui ai dit qu'c'était pour toi, elle a accepté. Mais, attention ! elle dit qu'elle veut pas de sang dessus, hein !

D'un geste plein de fierté, il souleva le tas de velours rouge foncé et un sac en toile bourré de dessous.

– Ça vient d'Paris, précisa-t-il.

Cole eut un petit rire de dérision.

– Paris dans le Tennessee ? interrogea-t-il en regardant la robe que l'homme tenait devant lui.

Une robe pour prostituée : très peu de tissu au-dessus de la taille, très ajustée sur les hanches, et une tournure renforcée afin de donner plus d'ampleur aux courbes arrière de celle qui la portait.

– Rapportez-la ! dit-il. Elle ne la portera pas !

– Bien sûr que si ! intervint Dorie.

Elle s'avança et prit la robe des mains douteuses de l'individu.

– Bien sûr que non ! s'indigna Cole. Ce truc n'a pas de haut. Vous... vous serez dénudée !

– Vous êtes pire que le prédicateur de Willoughby...

– Willoughby ? s'étrangla Cole.

– Là où je vis. Là où se trouve l'or, dit-elle d'un ton plein de sous-entendus.

La robe énervait Cole, mais il était franchement furieux de ne pas avoir saisi tout de suite la remarque de Dorie. Cette fille était en train de lui échapper.

– Vous ne porterez pas cette robe ! s'écria-t-il en la lui arrachant.

– Bien sûr que si !

Elle essaya de la reprendre, mais il la tenait derrière son dos.

Dorie tenta de nouveau d'attraper la robe, mais, en désespoir de cause, tourna le dos à Cole et recroisa les bras sur sa poitrine.

– Si je ne peux pas porter cette robe, je n'entrerai pas dans cette ville et personne ne mettra jamais la main sur l'or !

De toute sa vie, Cole n'avait jamais eu à régler un problème de ce genre. Grâce à son physique avantageux, il n'avait jamais le moindre mal à convaincre une femme de se ranger à ses désirs. Evidemment, il n'avait jusque-là jamais eu la stupidité d'interdire à l'une d'elles de faire une chose dont elle avait manifestement très envie.

D'instinct, il se tourna vers les autres hommes mais s'aperçut avec horreur que ces derniers les observaient comme s'ils étaient des acteurs ambulants en train de donner une représentation à leur intention. Ford lui-même, qui était en train de se curer les ongles au moyen d'un couteau assez épais pour dépiauter un buffle, ne semblait pas le moins du monde pressé que leur dispute soit réglée.

– Dorie, revenez à la raison, fit Cole en s'avançant d'un pas vers elle.

Elle se tourna vers lui.

– Et pourquoi ne puis-je pas porter cette robe ? Vous vous imaginez peut-être que cette ville propose une sélection de tenues à porter à l'église ? Et, d'ailleurs, ça ne vous regarde pas !

Déjà fort en colère, Cole sentit sa fureur redoubler.

– Je ne veux pas que toute la ville vous regarde ! hurla-t-il. Vous êtes ma femme !

A sa grande incrédulité, un sourire s'épanouit sur le visage de Dorie, comme s'il venait de lui faire grand plaisir.

– Donnez-moi cette robe, lui dit-elle d'une voix douce, la main tendue.

Comment une chose si menue pouvait-elle amener un homme si près de la folie ? A moins que ce ne soit pas la folie, mais des larmes de frustration qui lui emplissaient la tête. Cole n'était pas sot ; il savait reconnaître quand il avait perdu. Jamais il ne parviendrait à la faire monter sur ce cheval en chemise de nuit, pas davantage qu'il ne serait en mesure de lui acheter une robe décente.

Le visage résigné, il lui tendit la robe. Dorie alla se cacher derrière le rocher le plus proche pour la passer.

Une fois hors de vue, elle fut prise d'un sentiment d'allégresse au contact du velours. Elle voulait quelque chose de décent à se mettre, mais cette robe dépassait de loin, de fort loin, son envie. C'était le genre de robe qu'une femme rêvait de porter, une robe qui incitait les hommes à la remarquer. Le genre de robe qu'elle n'avait jamais eu l'autorisation de porter dans la maison de son père. Il la passait toujours en revue, s'assurant que ses cheveux étaient bien tirés en arrière et que chaque centimètre carré de sa peau était couvert. Il se fâchait lorsqu'elle ne portait pas de gants pour cacher ses mains à la vue des hommes.

Elle sortit de sa chemise de nuit virginale et se lança dans la longue entreprise qui consistait à se vêtir de pied en cap : une chemise, des caleçons avec des nœuds roses aux genoux, de jolis bas noirs qui n'étaient filés qu'en un seul endroit, des jarretières de dentelle, un corset que son père aurait trouvé indécent – en satin blanc bordé de rubans roses –, un dessus de corset, deux jupons, tous les deux bordés d'œillets, et, pour finir, la robe elle-même.

C'était une robe de velours rouge sombre, mais, tous les dix centimètres environ, y étaient insérées des bandes verticales de satin cramoisi. Quand la robe flotta au-dessus de sa tête, Dorie sut qu'elle était de la bonne taille. Elle lui allait effectivement comme un gant. Peu importait que pour bien l'ajuster à la taille elle doive cesser de respirer. Quelle importance pouvait avoir un petit détail comme la respiration ? Il manquait effectivement la moitié du corsage, dont le décolleté était si profond que ses seins se renversaient presque par-dessus. Et, pour Dorie, le contraste entre le rouge sombre et sa peau ivoire qui n'avait jamais été exposée au soleil était des plus saisissants.

Au grand ravissement de la jeune femme, la robe se laçait sur le devant au moyen d'une centaine de crochets et de trous. Elle ignorait totalement pourquoi le laçage se faisait par-devant et non par-derrière comme d'habitude, mais elle reconnut bien vite qu'il était beaucoup plus facile ainsi d'enfiler la robe.

Une fois chaussés les jolis petits souliers, elle sortit de derrière le rocher et posa les yeux sur les visages des hommes qui en restèrent sans voix.

Et son cœur bondit de joie.

Combien de centaines de fois n'avait-elle pas assisté à l'entrée de Rowena dans une pièce, et vu tous les hommes se changer en statues de pierre ? Tous se taisaient subitement, et les femmes aussi la regardaient fixement. Dorie avait même vu des groupes d'enfants arrêter de remuer au spectacle de sa ravissante sœur.

Mais une chose pareille ne lui était jamais arrivée. Dorie aurait pu traverser une pièce, juchée sur un éléphant blanc derrière une fanfare, que personne ne l'aurait remarquée. Tout au moins, c'était ce qu'elle avait toujours cru.

– Est-ce que je suis bien ? demanda-t-elle de la voix timide qu'elle avait entendu Rowena utiliser toute sa vie.

Elle avait toujours pensé comme les autres que Rowena était modeste. Et, en cet instant précis, Dorie comprenait la véritable gentillesse de sa sœur. Rowena n'avait nul besoin de se rassurer sur son apparence en cherchant des compliments. Les yeux des gens étaient des miroirs, ils lui disaient à quel point elle était belle. Lorsqu'elle leur demandait si elle était présentable, Rowena essayait en fait de les mettre à l'aise afin qu'ils ne soient pas intimidés par sa beauté. Elle leur laissait croire qu'elle était inconsciente de cette beauté à couper le souffle.

Pour la première fois de sa vie, Dorie avait l'occasion de jouer à ce petit jeu agréable.

– Personne ne va me répondre ? demanda-t-elle avec toute l'innocence d'une petite fille portant sa première robe de fête.

Cole était incapable de bouger. Il restait juste planté là, les yeux rivés sur elle. Dorie ne possédait pas la beauté de sa sœur, mais, d'une certaine façon, elle était plus saisissante. Ses cheveux, relâchés de leur prison et exposés pendant de longues heures au soleil et au vent, flottaient autour de sa tête tel un doux nuage, bouffant et séduisant. De son petit visage en forme de cœur émanait un mélange d'innocence et de grande intelligence. L'étincelle qui brillait dans ses yeux ne provenait pas du soleil, mais de ce cerveau prodigieux qui était en ébullition jour et nuit. Une jolie bouche, petite mais aux lèvres pleines, incurvée au-dessus d'un menton déterminé, et en dessous...

Cole serra les poings. Il n'était pas un homme possessif. Il n'avait jamais rien possédé de sa vie, de son propre gré. Encore moins avait-il jamais considéré un autre être humain comme sa propriété. Mais Dorie était... Il lui revenait à l'esprit que ce qu'elle montrait aux autres hommes lui appartenait, à lui. Et, en plus, elle s'exhibait en public avant même d'avoir été sienne.

Lors de leur première rencontre, il l'avait trouvée sans formes. Une poitrine agréable, certes, mais ce qu'il voyait maintenant dépassait ce qualificatif. Son cou était long et gracieux, fait pour être gainé de diamants. Ses épaules, d'une forme parfaite, cédaient la place à une gorge, parfaite elle aussi, qui s'épanouissait en des seins ravissants, bombés au-dessus du velours. Et le tout s'effilait jusqu'à une taille de guêpe.

S'il avait pu utiliser un mot pour la décrire, Cole aurait opté pour le terme « élégante ». Elle avait passé une robe dans laquelle toute autre femme aurait eu l'air d'une putain, mais elle parvenait à donner l'impression qu'elle était sur le point de prendre le thé avec la reine d'Angleterre. Il ne savait pas bien comment elle s'y était prise, mais peut-être que tous les livres qu'elle avait lus se réfléchissaient dans ses yeux. Sans doute était-ce la façon dont elle se tenait... Consciente de n'être pas une traînée, elle devait s'arranger pour que les autres ne la considèrent pas ainsi.

D'un autre côté, il se pouvait aussi que toute cette peau crémeuse l'aveugle complètement.

– Personne ne va me répondre ? répéta Dorie qui serait bien restée ainsi plantée au milieu de ces hommes admiratifs pendant un an ou deux.

Cela ne l'empêchait pas de mourir d'envie de s'entendre qualifiée de quelques termes qu'aucun homme ne lui avait jamais adressés. Pour tout dire, elle se serait même contentée pour commencer de ce bon vieux « jolie ».

Cole ne savait que trop bien ce qu'elle attendait et il aurait préféré se damner plutôt que de le lui donner. En tout cas pas en présence de ces individus qui bavaient devant elle. N'avait-il pas entendu dire que dans certains pays les hommes faisaient porter à leurs épouses des voiles qui les couvraient de la tête aux pieds ? Les hommes de ces pays possédaient une grande, grande sagesse.

Il ne lui fallut que deux secondes pour arracher la couverture du dos de son cheval et essayer de lui en draper les épaules.

Dorie s'esquiva prestement.

– Vraiment, monsieur Hunter, il fait beaucoup trop chaud pour porter une cape, susurra-t-elle en lui jetant un coup d'œil innocent par-dessus son épaule.

Les hommes qui les entouraient se mirent à ricaner. Si Cole n'avait pas eu vraiment envie de les tuer jusque-là, c'était maintenant chose faite.

– Quelqu'un voudrait-il m'aider à monter ? demanda Dorie de son plus parfait accent de belle du Sud en battant des cils. Ce velours est vraiment trooop lourd...

D'une façon sidérante, Cole parvint à la soulever et à la jeter sur la selle avec une telle brusquerie que les dents de Dorie grincèrent. Mais elle n'en perdit pas son sourire.

Elle ne le perdit pas davantage durant les trente minutes de chevauchée qu'il leur fallut pour atteindre la bourgade, pendant lesquelles Cole ne cessa de lui faire la leçon. « Pour son bien », il l'entretint de la façon dont elle s'exposait et se montrait en spectacle. Il lui dit même que le soleil allait lui gâcher le teint. Il lui raconta ce que les hommes allaient penser d'elle et, lorsqu'il lui demanda ce qu'en aurait pensé son père, Dorie éclata de rire. Jamais encore elle n'avait inspiré de jalousie à personne, et elle devait bien reconnaître qu'il était fort agréable de rendre un homme comme Cole Hunter jaloux des regards que d'autres posaient sur elle.

– Que vont penser les hommes de la ville lorsqu'ils poseront les yeux sur moi ? lui demanda-t-elle doucement en s'inclinant contre lui.

– Que vous êtes une fille des rues, se hâta-t-il de répondre.

– Et si c'était vous qui me voyiez, qu'en penseriez-vous ? demanda-t-elle avant qu'il ne puisse continuer à lui assener sa leçon de morale.

Cole aurait voulu lui dire qu'il penserait qu'elle était à vendre, mais il n'y arriva pas. Quelle que soit sa tenue, elle restait toujours entourée d'une sorte de halo, et demeurait intouchable.

– Je penserais que vous êtes belle. Je penserais qu'un ange est entré dans ma vie, dit-il tendrement en déposant un baiser sur son épaule nue.

C'était plus que suffisant.

– Je vous aime, chuchota-t-elle de toute son âme.

Cole cessa de lui embrasser l'épaule, mais il ne répondit rien. Il ne pouvait se permettre d'épancher ses sentiments. Une femme aussi pure et bonne que Dorie méritait autre chose qu'un bandit vieillissant. Elle méritait ce qu'il y avait de mieux. Et, pour l'instant, il aurait souhaité être un homme qui la méritait.

Ses pensées s'interrompirent au moment où Ford les dépassait en lançant :

– Tu sais, Hunter, j'vous trouve vachement amusants, tous les deux ! Ça va bien m'embêter d'vous tuer si j'découvre qu'vous vous êtes foutus d'moi. J'aime pas qu'on triche aux cartes et j'aime pas les menteurs !

Cole ne répondit rien.

10

– Dorie, susurra Cole en s'efforçant d'ignorer le fait que la moitié de son buste était dénudée, je veux que vous m'écoutiez, que vous m'écoutiez sérieusement. Vous me comprenez ?

Elle opina de la tête, s'attendant à ce qu'il lui annonce quelque chose d'affreux.

– J'ai découvert ce qu'ils comptaient faire de nous...

Elle comprit qu'il parlait sérieusement. Sinon, il

n'aurait pas attendu d'être presque entré en ville pour le lui révéler.

– Nous n'allons pas rester en ville. Apparemment, il semble qu'un homme qui déteste Ford, un vieil ennemi à lui, s'y trouve actuellement, et Ford ne veut pas le voir. J'ai pensé que nous aurions une chance une fois entourés, mais ce ne sera pas le cas. Ford a l'intention de faire des provisions de nourriture et de bière puis de se diriger vers les collines. A mon avis, il veut nous obliger à lui révéler où se cache l'or, sinon, nous n'en ressortirons pas vivants.

Il l'enlaça plus étroitement par la taille.

– Je vais essayer de l'obliger à m'emmener au saloon avec lui. Pendant que je m'y trouverai, je tenterai de créer une diversion et récupérerai une arme. Cela fait, je retournerai dans la rue, volerai un cheval et me dirigerai vers le sud. De votre côté, je veux que vous restiez sur ce cheval, et qu'au moment où vous entendrez le tohu-bohu vous fonciez en direction du nord. Si je ne ressors pas du saloon et si vous entendez des coups de feu, il faudra que vous galopiez le plus vite possible dans cette direction. Sans un seul regard en arrière. Compris ?

– Où nous retrouverons-nous ?

Il retint son souffle.

– Nous ne nous retrouverons pas...

Elle essaya de se retourner pour le regarder, mais il l'en empêcha.

– Dorie, nous avons accompli ce qui était prévu au départ. J'ai réussi à empêcher votre sœur de vous marier de force à M. Poivrier et vous êtes capable de voir qu'il ne peut rien y avoir d'autre entre nous. J'ai trop d'ennemis.

Dorie comprenait surtout qu'il s'inquiétait pour elle et qu'il était prêt à tout abandonner afin de la sauver. La ville se rapprochait. Il ne lui restait que quelques minutes pour prendre la décision la plus importante de sa vie.

– M'aimez-vous ? lui demanda-t-elle.

– Oui, répondit-il. Mais mes sentiments n'ont aucune importance. Et ils en auront encore moins si vous mourez.

Elle pivota sur la selle pour le regarder.

– Si cela était possible, aimeriez-vous vivre avec moi à Latham ? Cela vous plairait-il de m'aider à gérer cette ville ?

Il déposa un baiser sur son nez en souriant.

– Rien ne me plairait davantage que d'avoir mon propre lit, ma propre maison, ma propre...

Sachant qu'il la contemplait probablement pour la dernière fois, il scrutait ses cheveux, ses lèvres, ses yeux. S'il n'était pas tué dans l'heure qui suivait, il s'éloignerait à cheval dans une direction pendant qu'elle partait sur ses ordres dans l'autre. Cela lui serait difficile, mais jamais il ne s'autoriserait à lui rendre visite dans sa petite ville pacifique. Elle méritait mieux que d'être enchaînée à lui.

– Dorie...

Il posa la main sur sa nuque et chercha ses lèvres pour un baiser d'adieu.

Mais, refusant de l'embrasser, elle se détourna.

En dépit de ses bonnes intentions, Cole fut saisi de colère. Peut-être lui refusait-elle ce baiser parce qu'elle le voyait tel qu'il était vraiment : celui qui l'avait fourrée dans ce pétrin. Peut-être avait-elle enfin réalisé leurs différences en entendant le nom de sa précieuse petite ville.

Lorsqu'ils pénétrèrent dans la bourgade, Cole avait la mâchoire crispée. Il allait faire de son mieux pour la sortir de là sans histoires, et tout serait terminé entre eux.

Dorie avait refusé de l'embrasser parce qu'elle avait l'impression que ce geste reviendrait à lui donner un baiser d'adieu. Et il était hors de question qu'elle le perde de vue alors qu'elle avait passé sa vie entière à chercher un homme comme lui. Elle l'aimait, et elle avait bien l'intention de le garder. Vivant.

Evidemment, elle ignorait encore comment faire pour qu'il ne soit pas abattu par sa faute.

Le plan qu'avait concocté Cole à la hâte tourna court. Ford exigea qu'ils entrent tous les deux dans le saloon avec lui ; il ne voulait pas que les membres de sa bande se séparent. En cela, il faisait preuve de sagesse, une sagesse toute relative pour Dorie qui ne comprenait pas comment on pouvait garder prisonnier un homme comme Cole Hunter en buvant une ou deux bouteilles de whisky.

Elle essayait de songer à la manière de créer une diversion. Que pouvait bien signifier ce terme pour Cole ? Sans doute allait-il déclencher une bagarre durant laquelle elle devrait s'enfuir vers la porte à la faveur du tohu-bohu. Etait-ce l'opinion qu'il se faisait d'elle alors qu'elle lui avait déclaré son amour ? Pensait-il qu'elle ne l'aimait que pour le meilleur, et non pour le pire ?

Eblouie par le soleil, il lui fallut plusieurs secondes pour distinguer l'intérieur du saloon. La salle était très enfumée, et, à en juger par l'odeur, il y avait eu au moins autant de bière renversée que bue. Les hommes étaient légion, mais pas des hommes du genre de ceux qu'elle rencontrait à l'église le dimanche. Ils tenaient leurs cartes ou leurs verres, en embrassant la salle du regard comme si un ennemi pouvait surgir à tout instant.

Quelques femmes aussi traînaient dans la salle, les yeux vides. Dorie avait entendu parlé de ces « créatures de mauvaise vie » et s'était toujours imaginé que c'étaient des femmes dangereuses, avec leur air fatal. Elle pensait qu'elles en savaient un bout sur les hommes. Mais, pour tout dire, celles de ce saloon avaient simplement l'air sale et épuisé. Dorie avait l'impression qu'elles auraient tout donné pour une baignoire pleine d'eau chaude, un morceau de savon parfumé, et une bonne nuit de sommeil.

En résumé, ce saloon la décevait beaucoup. Où se tapissaient le danger et les intrigues ? Cet endroit débordait simplement de gens las qui s'ennuyaient.

Elle était tellement plongée dans ses observations qu'elle faillit ne pas s'apercevoir que Cole, tout en faisant semblant de trébucher, tendait la main vers un revolver rangé bien au chaud dans l'étui d'un joueur de cartes. Il suffisait que l'homme change de position pour que Cole soit surpris en flagrant délit. Et Dorie ne pensait pas que l'individu qui scrutait ses cartes en plissant le front serait du genre à lui pardonner s'il le prenait la main dans le sac.

Dorie réagit instinctivement. Une seule chose l'obsédait : créer une diversion. Elle se retrouva en une seconde la bouche ouverte, prête à chanter. Elle chantait seulement à l'église, et connaissait donc peu de chansons qui convenaient à l'ambiance d'un saloon. Mais elle se souvint d'un petit air et songea qu'il plairait peut-être aux hommes. De toute façon, elle doutait fort qu'il y eût un seul mélomane dans la salle.

Au moment où tous abandonnaient leurs occupations pour la fixer du regard, quelques notes se coincèrent dans sa gorge. Mais, contrairement au chef de la chorale de Latham, personne ne se plaignit. Tous, au contraire, paraissaient regarder le haut de sa robe – ou plutôt le haut de sa robe qui n'existait pas.

Dorie posa la main sur sa gorge et continua de roucouler.

– Dorie ! siffla Cole.

Il fit un pas vers elle. Elle se déroba. Elle en avait par-dessus la tête d'obéir aux hommes ! Se conformer à leur volonté revenait à mener une vie extrêmement terne. Elle avait obéi à son père, qui l'avait ainsi emprisonnée en exigeant toujours davantage. Rowena, elle, lui avait désobéi et avait reçu en échange amour et liberté. Désormais, Dorie désobéissait sans arrêt à M. Hunter, et, saperlipopette ! il était amoureux d'elle !

Comme tous les regards étaient posés sur elle, Dorie s'éloigna des hommes de Ford et personne n'essaya de la retenir. Après avoir repris trois fois le même refrain, elle entonna un petit air qu'elle avait entendu dans la bouche de la femme de l'épicier.

Deux minutes lui suffirent pour constater qu'elle était en train de perdre son public ; pour le moment, Cole se contentait de rester planté sur place à la fusiller du regard. Il n'avait pas avancé d'un iota dans son entreprise, et l'arme comme le cheval n'étaient pas près de lui tomber sous la main. En outre, les hommes semblaient de nouveau plus intéressés par leurs cartes que par une nouvelle femme à demi nue qui poussait la chansonnette. Il en fallait davantage pour soutenir l'attention d'individus qui passaient leur vie à s'entre-tuer.

Dorie réagit de nouveau impulsivement. Du fond du saloon, elle se retrouva en train de grimper sur un tabouret, et de là sur le bar, puis se mit à en arpenter la grande surface d'acajou toute couturée, en chantant beaucoup plus fort. Balayant le public du regard, elle se rendit compte que Cole était enfin revenu à lui et qu'il cherchait une arme.

Entre-temps, Dorie s'était mise à bien s'amuser. Peut-être avait-elle été confinée trop longtemps chez elle. Peut-être était-elle restée trop d'années assise dans un coin, alors que sa sœur aînée attirait l'attention de tous les hommes. A moins qu'elle ne trouvât simplement agréable d'être regardée par tous ces spectateurs. Elle ignorait d'où lui venait son plaisir, mais il était bien là.

Elle recommença à roucouler, mais de manière beaucoup plus suggestive. C'est alors qu'elle s'aperçut que l'un des joueurs était sur le point de surprendre le geste de Cole qui tentait de saisir une pile de monnaie sur l'une des tables. Afin que l'homme ne la quitte pas du regard, elle souleva le bas de sa jupe pour montrer sa cheville.

Les hommes réagirent avec un tel enthousiasme qu'elle souleva sa jupe un peu plus haut. Quelle histoire, pour une malheureuse cheville ! songeait-elle.

Quelqu'un se mit au piano. Bien que quelques touches aient été emportées lors d'une fusillade, les sons qui en sortaient étaient plutôt entraînants. Dorie s'intéressa davantage à la danse qu'elle exécutait. Elle se déplaça jusqu'au bout du bar, mais ne se contenta pas de marcher : elle se pavanait en balançant les hanches comme elle avait vu Rowena le faire tant de fois. Une fois arrivée au bout, elle jeta une œillade aux hommes par-dessus son épaule. Puis elle fit glisser lentement sa bretelle plus bas sur son bras.

Quand Cole sortit du saloon, elle eut tellement peur que Ford ne s'en aperçoive qu'elle se mit à dégrafer le devant de sa robe, si lentement que les hommes se mirent à taper en mesure sur les vieilles tables sales avec leurs chopes de bière.

Elle ne commença à s'inquiéter qu'une fois parvenue au dernier crochet. Cole restait toujours invisible. Il n'allait quand même pas la laisser à la merci de ces barbares ? Elle ne l'avait quand même pas dégoûté au point qu'il ne veuille plus jamais la revoir ? Il ne pouvait manquer de revenir la chercher !

Lentement, la robe glissa sur ses hanches pour venir s'étaler en une petite flaque sur le bar et l'une des femmes s'en saisit. Dorie se retrouvait en dessous.

Les jupons suivirent le même chemin que la robe, et il n'y avait toujours aucun signe de Cole. Le dessus de corset s'envola et fut immédiatement saisi par la femme qui se tenait debout à ses pieds, comme si elle était la servante d'une dame excentrique.

– Puis-je avoir quelque chose à boire ? susurra Dorie à l'intention de l'homme qui se tenait derrière le bar.

Il ne prêta pas la moindre attention à ce qu'elle lui demandait. Comme tous les autres individus présents dans le saloon, il gardait les yeux rivés sur le prochain article qu'elle allait enlever.

Elle était en train de se débattre avec les lacets de son corset lorsque Cole, à califourchon sur un grand cheval bai, pénétra dans le saloon comme une tornade, suivi de trois hommes. Jamais Dorie n'avait éprouvé un tel bonheur à la vue de quelqu'un.

Le chaos s'installa dans la salle.

Dorie n'eut pas besoin de deviner l'humeur de Cole. Après s'être approché du bar à cheval en tirant et en donnant des coups de poing dans tous les sens, il l'attrapa par la taille sans la regarder, la jeta en travers de sa monture, et sortit au galop du saloon.

11

– J'aurais dû te laisser là-bas, lui dit Cole.

Ils étaient allongés dans le même lit, ou plutôt sur la couchette d'un train qui se dirigeait vers Latham. Cela faisait maintenant trois jours qu'il lui faisait la morale. Dorie se demandait s'il avait battu un record. Néanmoins, il s'était arrangé pour suspendre ses récriminations le temps de lui faire l'amour chaque fois que cela était possible depuis qu'ils avaient réussi à échapper à Winotka Ford et à ses hommes. Lorsque Dorie avait tenté de lui suggérer qu'elle avait joué un rôle dans leur fuite, Cole avait nié. Si elle lui avait obéi, il l'aurait sauvée plus tôt.

– Oui, mon chéri, se contenta-t-elle de dire en se nichant plus près de lui pour l'embrasser encore.

Après avoir « emprunté » une arme et quelques pièces de monnaie aux joueurs du saloon, Cole s'était précipité dehors, avait trouvé les ennemis de Ford et les avait ramenés avec lui. Il s'était dit qu'ils parviendraient ainsi à s'en sortir au cours d'une bagarre.

Cependant, le gros problème était venu de cette danse impudique qu'elle avait exécutée. *En ôtant ses vêtements, de surcroît !*

Il ne lui laissait aucune occasion de se défendre, mais Dorie réalisa vite à quel point il était jaloux et n'eut même pas envie de se disculper. Elle avait souvent déclenché la colère des hommes, mais jamais leur jalousie, et elle s'apercevait que cela lui plaisait bien. Elle se rendait compte également que l'inquiétude de Cole provenait du fait qu'il se demandait si elle n'avait pas *pris plaisir* à onduler et à se déshabiller devant tous ces hommes. Elle voulait se disculper, lui dire qu'elle avait fait cela pour lui, qu'elle *détestait* les regards que ces hommes posaient sur elle, mais il ne lui en laissa pas l'occasion. Et, plus tard, lorsqu'elle put enfin s'expliquer, elle songea qu'il valait peut-être mieux garder un petit peu de mystère.

La première fois, elle arriva à mettre un terme à ses récriminations en lui montrant ce qu'elle aurait fait si elle avait mené sa représentation à son terme. Mais, lorsqu'elle y parvint, il lui avait déjà acheté une robe deux fois trop grande pour elle qui la recouvrait tout entière, ainsi qu'un chapeau aussi large qu'un tonneau, derrière lequel son visage était entièrement dissimulé. Sans cesser sa tirade sur la manière dont elle lui avait désobéi et s'était mise ainsi en péril, Cole les avait inscrits dans un hôtel comme mari et femme. Une fois dans leur chambre, Dorie avait entrepris de se peler, couche après couche, comme un oignon. Assis sur une chaise, Cole s'était tu au bout de trois crochets défaits.

Et ils étaient maintenant en route pour Latham, pelotonnés l'un contre l'autre sur leur couchette.

– Dorie, as-tu pris plaisir à te donner en spectacle devant ces hommes ?

Au lieu de lui répondre, elle lui donna un baiser. Elle avait bien l'intention de ne jamais lui avouer la vérité.

– Très bien, fit-il. Ne me dis rien. Parle-moi plutôt de ta ville. Ressemble-t-elle à celle de Ford ?

Le ton condescendant qu'il employait ne lui plut pas.

– Diriger toute une ville n'est pas chose facile, lui répondit-elle. Je t'ai déjà dit que M. Wexler refuse de payer son loyer.

– Et pourquoi ? demanda-t-il dans un bâillement.

– Parce que toutes les femmes de Latham sont amoureuses de lui. Non, non, ne me regarde pas comme ça ! M. Wexler est un petit homme très laid, mais il fabrique un élixir que toutes les femmes de la ville adorent. Personnellement, il n'est pas à mon goût. Il m'endort. Mais les hommes le font boire à leurs femmes parce que, selon eux, il les rend obéissantes. Et j'ai cru comprendre que ce genre d'attitude plaisait beaucoup aux hommes. En tout cas, M. Wexler refuse de payer son loyer, et, chaque fois que j'essaie de le mettre dehors, toute la ville veut me clouer au pilori et me brûler vive. Je ne sais vraiment pas quoi faire. Qu'est-ce qui t'amuse ?

Sans cesser de rire, Cole lui caressa le cou du bout du nez.

– Tu sais, je pensais que les gens bien étaient différents des gens méchants, mais je viens d'apprendre qu'ils se contentent de mettre des étiquettes différentes sur leurs bouteilles.

Il lui donna plusieurs baisers.

– Appolodoria, mon amour, la première fois que je t'ai rencontrée, tu n'avais besoin de personne. Je trouvais que tu te suffisais à toi-même. Mais, à chaque minute qui passe, je m'aperçois que tu as grand besoin de moi dans ta vie...

– Ha ! s'écria-t-elle. C'est moi qui t'ai sauvé dans cette sale petite ville. Sans moi...

– Hum ?

Elle se garda bien d'ajouter quelque chose.

3942

Photocomposition Assistance 44-Bouguenais
Achevé d'imprimer en Europe (France)
par Brodard et Taupin à La Flèche (Sarthe)
le 12 mai 1995. 6551 L-5
Dépôt légal mai 1995. ISBN 2-277-23942-9
Éditions J'ai lu
27, rue Cassette, 75006 Paris
Diffusion France et étranger : Flammarion